# 四郎の城

## キリシタン戦記

袴田康子

JN018313

集英社文庫

# 目次

序章　信者発見　11
一章　四郎と小左衛門　17
二章　口之津の惨劇　49
三章　大矢野蜂起　63
四章　湯島談合　89
五章　富岡城攻め　129
六章　原城入城　183
七章　知恵伊豆の目論み　215
八章　母マルタ　246
九章　大江浜の交渉　271
十章　波間　305
終章　天国の門　334

解説　澤田瞳子　369

## 原城跡　航空写真

島原の乱の最終決戦地、天草四郎らが立てこもった原城跡。左ページ中央下部の角ばった地形が石垣の名残り。

写真提供：長崎県南島原市

# 島原の乱関係地図

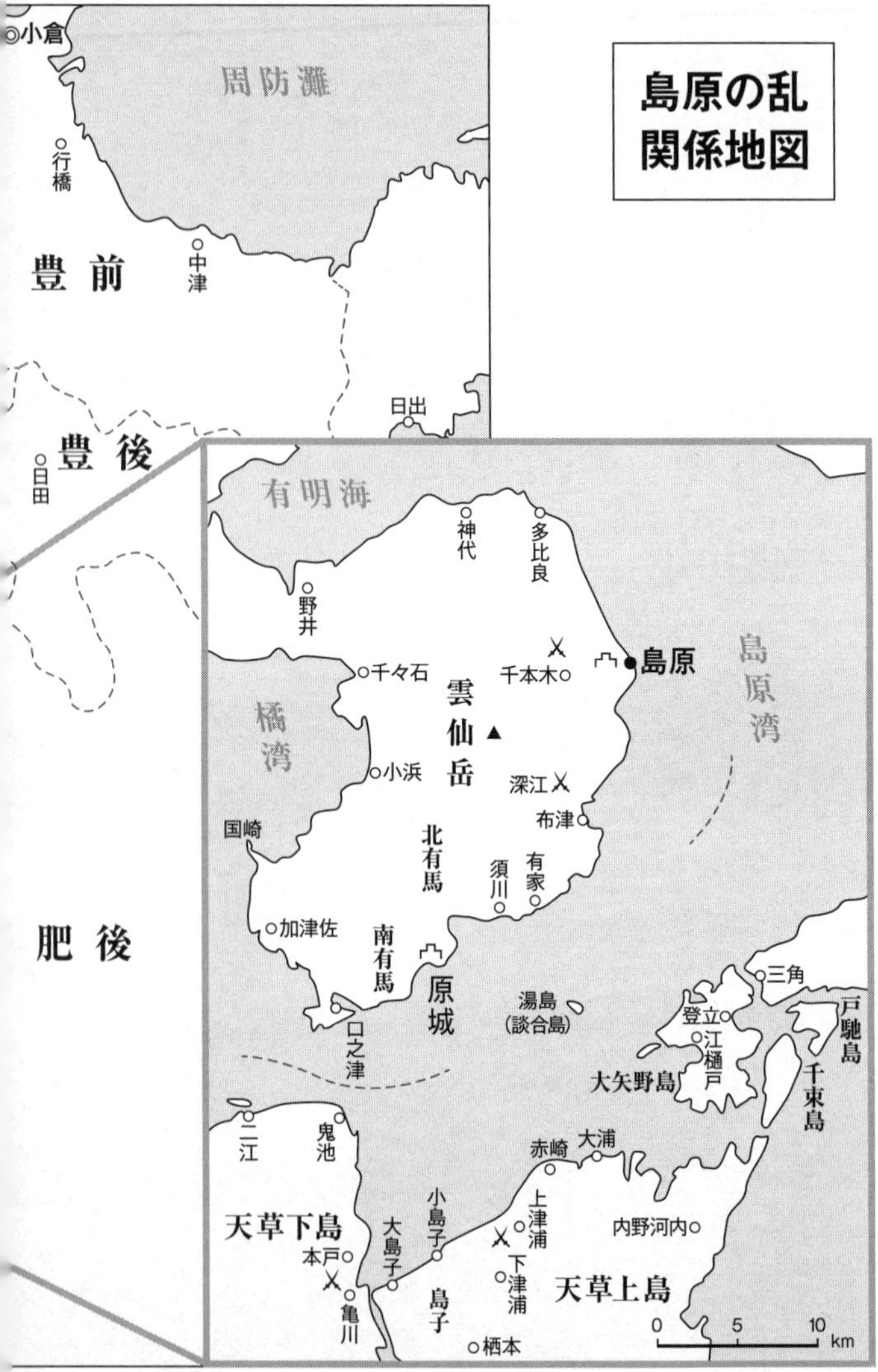
小倉
周防灘
行橋
豊前
中津
日出
豊後
日田
有明海
神代
多比良
野井
島原
島原湾
千々石
千本木
雲仙岳
橘湾
小浜
深江
布津
国崎
北有馬
須川
有家
加津佐
南有馬
原城
口之津
湯島
(談合島)
三角
登立
江樋戸
戸馳島
大矢野島
千束島
肥後
二江
鬼池
赤崎
大浦
天草下島
小島子
大島子
上津浦
内野河内
本戸
亀川
下津浦
天草上島
島子
栖本
0
5
10
km

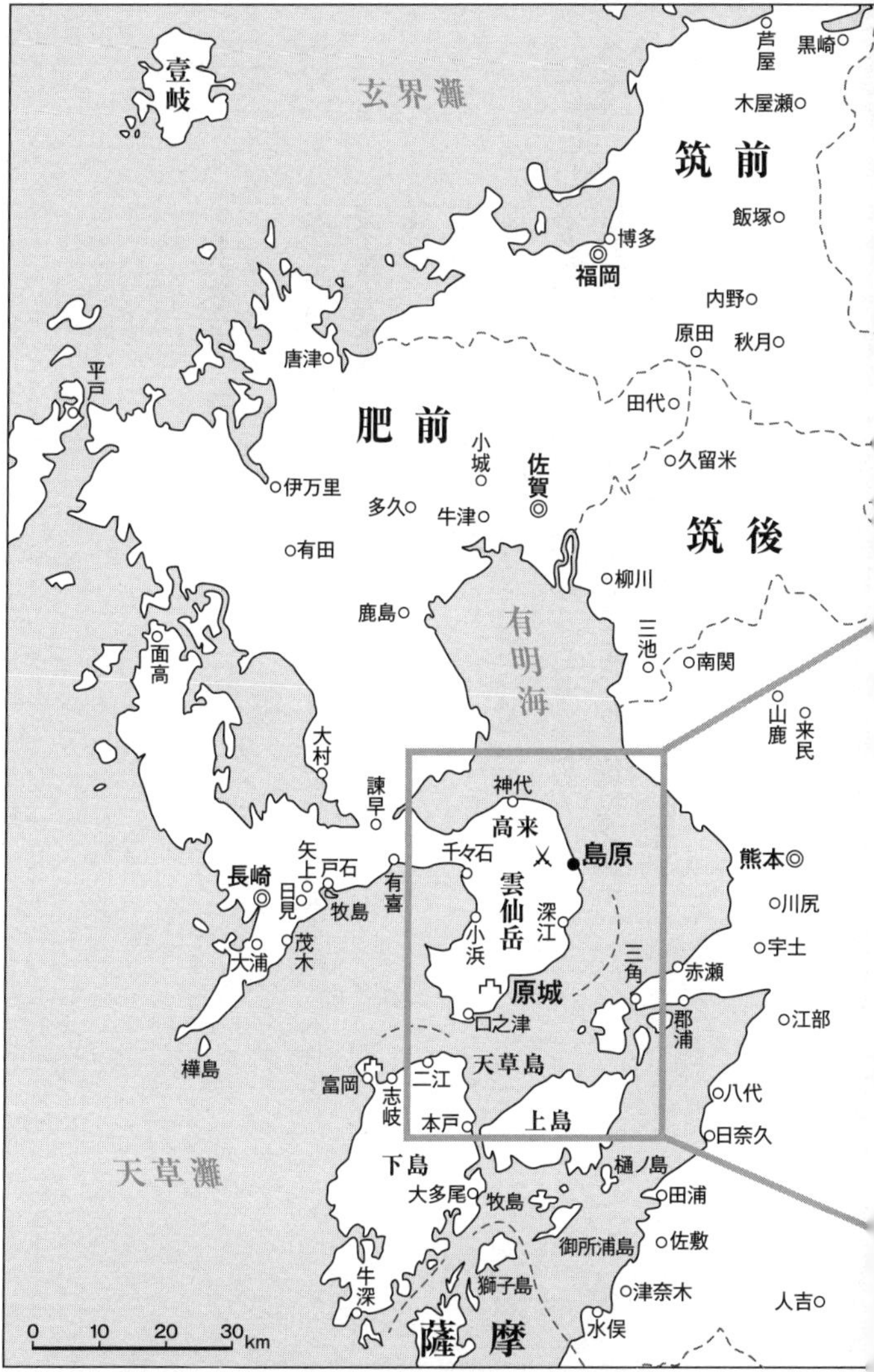
壹岐
玄界灘
芦屋
黒崎
木屋瀬
筑前
飯塚
博多
福岡
内野
原田
秋月
唐津
平戸
田代
肥前
小城
佐賀
久留米
伊万里
多久
牛津
筑後
有田
柳川
鹿島
有明海
三池
南関
面高
山鹿
来民
大村
諫早
神代
高来
島原
熊本
矢上
戸石
千々石
長崎
日見
牧島
有喜
雲仙岳
深江
川尻
小浜
宇土
大浦
茂木
三角
赤瀬
原城
口之津
郡浦
江部
樺島
天草島
富岡
二江
志岐
八代
本戸
上島
日奈久
天草灘
下島
樋ノ島
大多尾
牧島
田浦
御所浦島
佐敷
牛深
獅子島
津奈木
人吉
水俣
薩摩
0
10
20
30
km

## 主な登場人物

天草四郎　本名は益田四郎。十五歳にして反乱軍の総大将に
渡辺小左衛門　天草・大矢野の大庄屋で島原の民のリーダー的存在
花　小左衛門の妻
左太郎　小左衛門の弟
福　四郎の姉で左太郎の妻
甚兵衛　四郎の父。小西行長の近習だった
松倉勝家　島原の領主で農民たちに重税を課す
松平信綱　島原の乱における幕府側の指揮官

# 四郎の城　キリシタン戦記

# 序章　信者発見

元治《げんじ》二（一八六五）年二月二十日。長崎《ながさき》ではそれまでの寒さが緩み、冬枯れていた桜の枝に小さなつぼみがつきはじめていた。

建立されたばかりの大浦天主堂《おおうらてんしゅどう》はうららかな陽射《ひざ》しに輝き、鐘楼から打ち鳴らされる鐘の音が、丘を越え、入江まで鳴り響く。

天主堂は居留地内に住むフランス人のために建てられたもので、長崎南山手《みなみやまて》の小高い丘の上にあり、日本二十六聖人が殉教した西坂《にしざか》を見渡すことができる。

そびえ立つ鐘楼や、華やかなステンドグラスで飾られた天守堂は、海外の文物を見慣れた長崎の人々にも物珍しく、毎日、多くの見物人が押し寄せた。

「日本人というのは、本当に、好奇心旺盛だな」

ベルナール・プティジャン神父は、おびただしい数の見物人に目を見張った。

「長く国を閉ざしてきたんです。異国のものは何でも珍しいんでしょう」

同僚の神父が返す。

長崎奉行は、見物人を追い払うのに躍起になった。むやみに教会に近づかないようふれを出した。それでも群れをなしてやってくる。

奉行配下の役人たちが声を嗄《か》らして、見物人たちの行く手を塞ぐ。

群衆と役人たちの間で、通せ、通さぬという押し問答がはじまると、神父たちは心配のあまり天主堂の外に出た。一帯は見物人でごった返しており、神父たちが姿を現すと、歓声が上がった。

「伴天連《バテレン》じゃ。本物の伴天連様のお出ましじゃ」

中には拍手する者まで出る始末だった。

プティジャン神父は、好奇の視線を注ぐ群衆を遠望しながら、呟《つぶや》いた。

「これだけ多くの人間がいれば、中にひとりぐらい入信者がいてもよさそうなものだが」

「お気持は分かりますが、それはまだ難しいでしょう」

同僚神父が胸に下げた十字架に指で触れながら苦笑する。

嘉永《かえい》七（一八五四）年の開国を機に、踏絵《ふみえ》こそ廃止されたが、禁教令まで廃止されたわけではなく、未《いま》だに入信には命を賭《と》す必要があった。

天正遣欧使節《てんしょうけんおうしせつ》にみられるように、かつて日本には熱心な信者がいた。だが、長く厳しい禁教政策で、日本から信者はいなくなったと考えられており、神父たちが所属するパリ外国宣教会は、ローマ教皇から日本での布教を委託された。

再布教をすれば、新たな信者を得られるはずだ。

三十歳になったばかりのプティジャンは意欲に燃えて、自ら日本行きを志願した。二年間、琉球《りゅうきゅう》で日本語や文化を学んでから、日本の土を踏んだ。そして天主堂建立に携わりながら、入信者が現れるのを待った。

見物人の多くは、天主堂の前で数刻足を止めただけで、すぐに立ち去っていく。入信しそうなそぶりなど全くみせない。

その日も好奇心旺盛な見物人が来ただけで終わろうとしていた。

（今日もだめだったか）

神父は堂内に引き上げようとした。

そのときふと、入口前にいた十数名の男女に目が行った。

他の見物人と異なり、長い間、その場に佇《たたず》み、天主堂を眺めている。中でも手前に立つ女は、薄墨色の麻の小袖を身につけ、白い手ぬぐいで頭髪を覆った質素な身なりをしていたが、天主堂を見つめる姿はどことなく清明《せいめい》に思われ、心惹《こころひ》かれるままプティジャン神父は声をかけた。

「こんにちは。何か御用ですか」

先頭にいた五十歳ほどの女が、プティジャンの前に立った。

「ワレラノムネ、アナタノムネトオナジ」

「ムネ？」神父が小首を傾《かし》げると、女は「サンタ・マリアはどこ」と続けた。

突然、神父の膝は激しく震えた。
いて欲しいと思っていた信者。だが、
（本当にいるとは思っていなかった）
日本人信者の出現に、言葉すらなく立ち尽くした。
女たちが心急《こころせ》く様子をみせた。幸い辺りに役人の姿はなく、神父は興奮を鎮めて、
「どうぞ、こちらです」と一同を天主堂に招き入れ、聖母マリア像の前まで案内した。

マリア像は窓から差し込む日の光に照らし出され、慈愛に満ちた表情を浮かべている。
言葉にならない感動が女たちを襲う。
「ああ、バスチャン様の言ったことは本当だった」
女たちの先頭に立っていたイザベリナ杉本《すぎもと》ゆりの口から、感動の言葉がこぼれる。
バスチャンとは、二百年前に殉教したとされる日本人伝道師で、「七代堪え忍べば、
再びローマからパードレ（宣教師）がやってくる」という予言を残していた。
プティジャンはバスチャンのことは知らない。彼の前で、女たちが祈りを捧《ささ》げはじめ
た。その姿こそ、紛れもない、キリスト教信者の証《あかし》であった。
祈りを終えると、イザベリナは言った。
「近いうちにまたうかがってもよろしいですか」
「もちろんです」神父は大喜びで請け合った。

しかし天主堂に通っていることが発覚すれば、身に危険が迫る。それどころか、キリシタンであることが分かれば、命が危うい。当人ばかりか親類縁者にも累がおよぶ。

「気を付けて」神父は、浦上《うらかみ》から来たというイザベリナたちをそっと送り出した。

天主堂の周りには相変わらず多くの見物人が押しかけていた。女たちは人混みに紛れて姿を消した。神父は女たちのことが奉行所に発覚しないよう祈り続けた。

数日すると、浦上のみならず、長崎界隈《かいわい》で潜伏《せんぷく》していた信者たちが、毎日やってくるようになった。外海《そとめ》をはじめ、五島《ごとう》、天草《あまくさ》、筑後今村《ちくごいまむら》などからもやってきた。

神父は秘密裏に彼らを迎えたが、やがて、信者たちの存在は幕府の知るところとなった。


イザベリナたちの訪問から二年後の慶応《けいおう》三（一八六七）年、「浦上四番崩れ」と言われる、キリシタン摘発事件が起きた。江戸時代、「崩れ」と言われる摘発事件はたびたび起きていたが、信者が信仰を告白することはなかった。

しかし「四番崩れ」で捕縛《ほばく》された信者たちは信仰を告白した。プティジャンたちの存在が大きかったのだろう。もはや隠し立てしようとせず、自ら進んで捕縛された。

裁きの結果、三千人以上が配流《はいる》となり、その上、流刑先で激しい拷問《ごうもん》に遭い、多くの者が命を落とした。

「四番崩れ」の翌年、幕府は倒れ、明治政府が成立したが、新政府も禁教の方針を変えなかった。尊皇攘夷《そんのうじょうい》思想のもと、神道を国教化しようとする保守派の意見によるものだ。

この蛮行に各国公使は激しく抗議した。プティジャン神父も教皇に訴えた。後の話になるが、条約改正のため欧米に向かった岩倉《いわくら》使節団は、訪問先のアメリカやイギリス、フランス、オランダなどの国家元首からこの件を非難され、キリスト教弾圧が条約改正の足枷《あしかせ》になっていることを知った。

明治六（一八七三）年、新政府はようやく信者を釈放した。生き残った信者たちは、信仰心をさらに深め、浦上の地に聖堂をたてた。浦上天主堂である。

しかし禁教を命じる高札《こうさつ》が消えただけで、信教の自由が保障されたわけではなかった。真の意味で、信教の自由が保障されるには、日本国憲法の発布を待たねばならない。

大浦天主堂にプティジャン神父を訪ねた信者たちは、後に「潜伏キリシタン」と呼ばれるようになった。

# 一章　四郎と小左衛門

見たこともないほどの朝焼けが阿蘇《あそ》の山並みを赤く染めた。美しいというより、辺りを焼き尽くす野火のようであった。

益田四郎《ますだしろう》は、赤く染まった秋晴れの空を薄気味悪い思いで眺めながら、肥後の宇土《うと》陣屋近くにある家を後にした。

頰を撫《な》でる風は爽やかで、不知火海《しらぬいかい》は鏡のように静まり返っていた。前方には、天草の青い島影が弓形に続く。

四郎は大矢野《おおやの》に渡るため、三角《みすみ》の湊《みなと》をめざした。鼠色《ねずみいろ》の小袖に黒の裁着袴《たつつけばかま》、若草色の袖無し羽織、編み笠《あがさ》を目深に被《かぶ》り、強い陽射しから身を守っていたが、時折り、波に乱反射する光が編み笠の奥まで差し込んでくると、眩《まぶ》しさに目を細めた。

四郎は当年十五歳になるが、前髪に縁取られた顔には、まだあどけなさが残り、透き通るような肌、切れ長の瞳、高貴にすました知的な鼻筋、常に笑みを絶やさぬ赤い唇。まるで少女のようだった。けれども落ち着き払った態度には、十代の少年と思われぬ、大人びたものが感じられた。

昼少し過ぎ、三角に到着した。海は一見、波もなく穏やかだが、不知火海は干満の潮位差が大きく、潮の流れは川のように速い。そのため潮流を読み違えると、船はあらぬ方角に流されてしまう。

四郎は桟橋に立つと、大矢野からの迎えを捜した。迎えには大矢野の大庄屋、渡辺《わたなべ》小左衛門《こざえもん》が来るはずだった。

小左衛門は二十七歳。四郎の姉福《ふく》の夫・左太郎《さたろう》の兄で、四郎とは十以上歳《とし》が離れているが、実の兄弟以上に仲が良かった。

小左衛門の船は見あたらなかった。桟橋の下には無数の魚が群をなし、青い水面《みなも》に背びれをうねらせている。

四郎は魚群をしばらく眺めていたが、再び顔を上げて小左衛門の船を捜した。寺島《てらしま》方面から一艘《そう》の艀船《はしけ》が入江に進入してくる。波を切って桟橋に迫る小船の上に、小左衛門の姿があった。四郎は編み笠を外した。日に晒《さら》された髪が栗色《くりいろ》に輝き、海上を吹く風に鬢《びん》がほつれる。四郎は手にした笠を大きく振った。

「小左衛門殿」四郎の声が海上に響く。

小左衛門も手を振り返す。藍染の小袖から逞《たくま》しい二の腕を覗《のぞ》かせ、尻はしょりに赤い水褌《すいこん》、鍛え抜かれた腿部《たいぶ》には、隆々たる筋肉がついている。眦《まなじり》が吊《つ》り上がった眼《め》は鋭利な刃《やいば》のようで、野武士のような凄《すご》みがあった。

小船が桟橋に接岸すると、四郎は小左衛門のもとに駆け寄った。

「もしや、おいで下さらぬのではないかと案じておりました」

わずかに非難がましく文句を言うと、小左衛門が潮焼けした顔から白い歯を覗かせた。

「四郎殿がわざわざおいで下さるというのに、迎えに来ぬわけがないではないか」

小左衛門の世辞に、四郎はわずかにはにかんだ。それから船に飛び移った。着地した拍子に平衡を崩すと、小左衛門がすかさず両腕で支えた。四郎は小左衛門の腕につかまった。間近に迫った小左衛門の体からは、潮の香りがした。

「遅くなってすまなかった。ずいぶん待ったのではないか」

「いいえ。それほど待ったわけではありません」

「ならばよいが。今日は、思いのほか潮の流れが緩くてな。迎えが間に合わぬのではないかと、少々案じられた」

小左衛門のみならず、天草の男は幼い頃から船に乗り、暗礁の場所や潮の流れを体で覚えて、不知火の海を自由自在に駆け回った。そのせいで小左衛門は全身潮焼けをしており、肌は赤銅色に輝いていた。また髷《まげ》も結わず、蔓草《つるくさ》のように縮れた髪をひとつに束ねた姿は荒々しく、およそ大庄屋らしからぬ風貌をしていた。

「少し見ぬ間に、また背が伸びたようだな」小左衛門はやや苦い思いで四郎の背を眺めた。

「そうでしょうか」そう言いながら四郎が小左衛門と肩を並べた。

小左衛門とほとんど差はなくなっていた。四郎の父・甚兵衛《じんべえ》は六尺（約一八〇センチメートル）に及ぶ大男だから、やがて四郎も長身になろう。

「凶作だというのに、何を食ったらそうデカくなれるんだ」

小左衛門は悪態をつくと、桟橋を竿《さお》で蹴って小船を海上に出した。

「大きくなりたくて、なったわけではありませんよ」

「俺より背が高くなったら、俺はもうおまえの面倒を見なくてもいいというわけだな」

小左衛門は小柄なことを引け目に感じている。つい意地悪く返すと、四郎が不服そうに唇を尖《とが》らせた。

「どうしてそんなことをおっしゃるのです」

小左衛門は、四郎をやり込めると笑い声を上げた。海上に小左衛門の声が明るく響く。背は並んでも、気持の上で俺と並ぶことはまだない。

小左衛門は四郎をいたぶるのをやめて、櫓《ろ》に気持を集中させた。

船は湊を出ると、三角の瀬戸を渡り、大矢野の登立《のぼりたて》に進んだ。船の周りで、黒い背びれが水面を切る。イルカの群れだ。小左衛門は、いたずらなイルカに舵《かじ》をとられぬよう気を付けながら船を進めた。

「天草の、今年の収穫はどうなりそうですか」四郎がイルカを漫然と眺めながら、話しかけてきた。

「まあ、おそらく去年とほとんど変わりないだろう」

「不作なのですか」

「阿蘇が噴火しなければ、まだよかったのだが」小左衛門は残念そうに洩《も》らした。

数年前から全国的に凶作が続いていた。天草地方はもともと耕地面積が少なく、地味が痩せている。その上、今年は二度阿蘇が噴火して、肥後一帯の田畑をだめにしてしまったのだ。

「今年も厳しい生活を強いられそうだが、それでも南島原《みなみしまばら》に比べたら遥《はる》かにましだ」

小左衛門は険しい顔で呟いた。

天草と島原は、古《いにしえ》より地縁的結びつきが強く、人の行き来も活発だった。その島原でもやはり凶作が続いていた。特に半島南部は耕地面積が少なく、雲仙《うんぜん》の火山灰で覆われているため、米の収穫量は微々たるものだ。だが、領主の松倉《まつくら》氏は取り立てを緩めようとせず、農民の困窮は極限状態に達していた。

「島原では餓死者まで出ていると聞きましたが、本当なのですか」

四郎の質問に小左衛門は答えあぐねて、海面へ視線を向けた。

「四郎殿。まあ、島原のことは、後でゆっくり話すとして、それより急がねば。館にはすでに大勢の者が来ておるのだから」

話の腰を折られて、四郎がひどく不服そうな顔をした。だが、そもそも布教活動のため大矢野に向かっていることもあり、島原のことはひとまず棚上げにした。

「もうそんなに多くの方がおいでなのですか」

驚きを隠せない様子の四郎に、小左衛門は得意そうに言った。

「腰が曲がった婆《ばあ》さんから洟垂《はなた》れ小僧まで、みんな四郎殿を待ちかねておる」

「私などまだ未熟者なのに」四郎が気恥ずかしそうに頬を染める。

「そんなことはないぞ、四郎殿。何しろあなたは伴天連様から直接教えを受けられたのだから、俺なんかのミサよりずっとありがたく思われるのだろうよ」


小左衛門は、島民から一目置かれる存在だ。それだけに四郎も小左衛門に褒められると嬉《うれ》しかったが、反面、それほど多くの人から期待されているかと思うと、身が引き締まる。

「私はパードレの教えを守っているに過ぎません。それに小左衛門殿がいて下さるから、安心して布教ができるのです」

「いやいや、俺などいなくても四郎殿は立派に布教できますよ。何しろあなたはボカーチオなのだから」


近頃、小左衛門は四郎を褒めるとき、神に選ばれた者という意味の「ボカーチオ」という言葉を好んで用いたが、当の四郎には、その言葉が重たく感じられた。

四郎が天草で布教をはじめたのは、二年前のことだった。

寛永《かんえい》六（一六二九）年、幕府による弾圧の嵐が吹き荒れて、天草でもコンフラリア（信心会）が瓦解寸前になった。しかし四郎が活動をはじめたことにより、一度信仰を棄《す》てた人々が立ち返った。それは四郎の努力もさることながら、小左衛門の協力が大きかった。

もしボカーチオと言うのなら小左衛門の方こそふさわしい。その小左衛門からボカーチオと称賛されると、四郎は違和感を覚えた。

「私には、そのように呼ばれる資格はありません」

四郎は抗議しようとした。しかしいつしか船は登立の湊に迫っており、小左衛門は船を接岸させる準備をはじめた。四郎もそれきり話を打ち切った。


大矢野の上村《かみむら》にある大庄屋渡辺家は、戦国期、天草の土豪・大矢野氏の家老職を務めた。砦《とりで》を兼ねた屋敷の周囲には石垣がめぐらされ、巨大な長屋門の左右には米蔵のほか、武器庫がある。敷地は二千坪あまり。母屋をはじめ、中長屋、使用人長屋のほか、厩《うまや》や土蔵があった。

母屋の北に位置する中長屋に、百人が座すことができる奥座敷がある。奥手の床の間には、観音菩薩《かんのんぼさつ》が描かれた掛け軸が下げられていた。壁面を押すと壁が反転し、裏面から祭壇が現れる仕組みになっている。

この礼拝堂に、四十名近い村人が詰めかけていた。みんなこざっぱりとした木綿の衣を身につけ、女たちはベール代わりに、白い麻の頭巾を被り、色鮮やかな十字架を下げていた。十字架はどれも逆さ十字だった。逆さ十字は一度キリストを裏切ったことで知られる聖ペテロの象徴であり、立ち返りの証とされた。

信者たちが待ちわびていると、入口の方から「四郎殿が参られたで」と言う声が響いた。礼拝堂内のざわめきが大きくなる。

そこに小左衛門と左太郎に先導されて、四郎が姿を見せる。白いレースの縁取りをした白衣《びやくえ》と、背にイエズス会の紋章を金の刺繡《ししゆう》で施した紫の法衣《ほうえ》を身につけている。

小左衛門は、ミサを開始する合図を人々に送った。ざわめきが消えて堂内に静寂が漲《みなぎ》る。人々はいっせいに入祭の歌を唱しはじめた。歌声にあわせて四郎が登壇する。十字架が飾られた内陣には、いくつもの蠟燭《ろうそく》が灯《とも》されており、その光に四郎の横顔が浮かぶ様は、神が少年の姿を借りて現れたようで、人々は四郎の姿を恍惚《こうこつ》として眺めた。

小左衛門は内陣の脇に立ち、人々の様子に満足そうに見入った。

（やはりミサは四郎に限る）

小左衛門も、ミサを行うことができる。しかし四郎のように、人々を引き付ける力はなかった。

四郎は、長崎に隠れ住んでいた宣教師から直《じか》に教えを受けており、イエズス会の作法に精通していた。そのため相貌の美しさとあいまって、多くの信者の心を摑《つか》むことができた。

四郎は聖書の朗読を行った後、聖杯から、葡萄酒《ぶどうしゆ》代わりの赤酒を口に含んだ。それからミサを締めくくる説教をはじめた。

「我々、デウスの教えを守る者にとって、祈りは欠かせないものです。毎日こうして、みなさんと一緒に祈ることができればいいのですが、残念ながら幕府の法度により、それはなかなか難しいことです。しかし一人ひとりが、デウスのために祈ること、そして祈り合うことが大切なのです」

四郎の言葉に、出席者の多くが頷《うなず》いた。

ミサが終わり、人々は帰路に就いた。四郎は出口まで見送りに向かった。別れの挨拶をして人々が立ち去っていく。頭上では星々が輝いている。

最後の一人を送り出すと、四郎は母屋に入った。法衣を脱いで平服になると、聖者の顔が、十五歳の少年の顔に戻る。畳の上に両足を投げ出していると、背後の襖《ふすま》が開いた。姉の福がやってきた。

「姉様」四郎は顔をほころばせた。

「お疲れ様。とてもいいミサでしたよ」福が四郎の頭を撫でた。

福は、四郎と七歳違い。四郎にとって、第二の母のような存在だった。顔立ちは四郎とよく似ており、淡い桃色の小袖に、珊瑚《さんご》がひとつだけついた髪飾りで髪をまとめた姿からは、匂い立つような気品が感じられた。

「夕餉《ゆうげ》を頂いたら、早々に越浦《こえのうら》に参りましょうね」

四郎は大矢野に来ると、上村にある渡辺本家のほか、福の嫁ぎ先である越浦の分家に

もよく寝泊まりした。四郎と福の話の途中、

「四郎殿、おられるか」小左衛門の声がして襖が開けられた。

座敷内に福の姿を見つけると、小左衛門が少し驚いたような顔をした。しかし関心を向けることなく、四郎と対した。

「膳の支度が整いましたぞ」

「はい、今参ります」

四郎は小左衛門と並んで、部屋を出た。その後に福が続く。廊下に出ると、福が小左衛門に声をかけた。

「義兄《あに》様、今宵《こよい》、四郎の床は分家の方で用意致しますから」

小左衛門が肩越しに福を見やった。

「それには及ばない。四郎殿と少し話があるのでな。床はこちらで用意しよう」

四郎は小左衛門と福の間に立って、困ったように双方を見た。

福はしばらく不服そうな目を小左衛門に向けていたが、義兄であり、本家の当主である小左衛門と仲違《なかたが》いするわけにはいかず、ほどなくして丁重に頭を下げた。

「では、義兄様。四郎のことはよろしくお願い致します」

「さあ四郎殿、参られよ」

福を無視すると、小左衛門が四郎を促して広間に向かった。

広間には渡辺一族が顔を揃《そろ》えていた。小左衛門の義父で先代大庄屋の弥兵衛《やへえ》、実父伝《でん》兵衛《べえ》、実弟左太郎、そして妹の美沙《みさ》、その夫の瀬戸小兵衛《せとしょうべえ》、小兵衛の父理右衛門《りえもん》。

小左衛門に案内されて、四郎が上座に着く。用意された膳には、麦飯のほか、あらかぶや鯛《たい》・たこなどの海の幸のほか、ごぼう・山芋など山菜が並んでいる。女たちは給仕を終えると男たちと同じ座敷に腰を下ろした。渡辺家では「天地同根万物一体」の考えに従い、男女がともに食事を取っている。

小左衛門はデウスに祈りを捧げた。それから食事がはじめられた。

「せっかく四郎殿にお越し頂いたというのに、何もおもてなしができず、心苦しく思います」

弥兵衛が申し訳なさそうに麦飯を眺めた。

「とんでもない。膳を頂けるだけでも感謝しております」四郎が丁重に礼を述べる。

「今年もまた、栖本《すもと》に定免《じょうめん》の申し立てに行かねばなるまいな」小左衛門は乱暴に言い捨てた。

ここ天草は唐津《からつ》藩寺沢《てらさわ》家の飛び地で、島の管理は下島《しもしま》の富岡《とみおか》城代が行っている。城代の下には三人の郡代がおり、そのうち大矢野は、栖本郡代・石原太郎左衛門《いしはらたろうざえもん》の管理下にあった。

「太郎左衛門は昨年定免を呑《の》んだのだ。今年は添役《そえやく》殿に申し立てればいいのではないか」

伝兵衛の助言を、小左衛門は鼻で笑った。

「奴《やつ》では話にならぬわ。何を言っても、栖本に伺いを立てねばならぬ、の一点張りだ」

大矢野は天草諸島の東の外れに位置する島である。そのため大矢野の寺尾《てらお》に、郡代添役・古野与一《ふるのよいち》がいた。しかし添役には年貢定免という大事を決める権限はない。

「だが、添役殿の顔も立ててやらねばば」

「あんな肝の小さい男を相手にするだけ時間の無駄だ。いっそのこと、城代と直に話を付けたいくらいだ」

「おまえに乗り込まれては城代も肝を潰そう」伝兵衛が、まるで聞く耳を持とうとしない小左衛門に嘆息した。

唐津藩に限らず藩の財政はどこも逼迫《ひっぱく》している。唐津藩の場合、南蛮貿易の禁止が大きかった。そこで家臣たちに参勤銀などを課して、検地の仕方も四段から八段に細分化するなど取り立てを強めた。それでも参勤交代の義務化で、財政は悪化の一途をたどった。

こうした状況で定免要求を出すとなると、訴訟を受ける郡代や城代にも度胸が要る。領主である寺沢堅高《かたたか》から送り込まれた富岡城代・三宅藤兵衛《みやけとうべえ》は、昨年、農民側の定免要求を唐津の家老衆に吞ませている。その点を伝兵衛ら乙名衆《おとなしゅう》は評価していた。

しかし藤兵衛は、元信者でありながらキリシタンを弾圧してきた。それを思うと、小左衛門は安易に信用する気になれなかった。

「しょせん城代は、兵庫頭《ひょうごのかみ》聖高が送り込んできた男だ。たかが一、二度、定免に応じたからといって、恩義を感じる必要はあるまい」

「小左衛門、年貢の話はこのくらいにしようではないか。島原では百姓たちが干殺《ひごろ》しに遭っておるのだ。それを思えば、こうして食事ができるだけましなのだから」

義父の弥兵衛が口を挟むと、小左衛門は待っていたように返した。

「親父《おやじ》殿、三角からの道中、四郎殿とも島原の話をしてきたのだ」

「四郎殿、そうだったのですか」

それまで小左衛門の話に距離をおいていた四郎だが、弥兵衛から声をかけられると素直に頷いた。

「はい。島原では松倉家によってひどい年貢の取り立てがされていると聞きました。同じデウスの教えを信じる者として、何とかしてさしあげられぬかと思いまして」

四郎の言葉に、広間は重苦しい空気に覆われた。

島原前領主・松倉重政《しげまさ》は、武功によって封土を得たよそ者だった。そのため当初、キリシタン取り締まりを積極的に行わなかった。だが、寛永四（一六二七）年、幕命に従って取り締まりを強化した。温泉の熱湯が沸き出る雲仙地獄で凄惨な拷問が行われ、多くの信徒や宣教師が落命した。

これに加えて、農民たちに重税を課した。重政は、四万石に過ぎぬ身で、十万石に匹敵する島原城を建築した。そのため石高を実勢の倍近くに見積もった。

重政の死後、子の長門守勝家《ながとのかみかついえ》が家督を継ぐと、父以上の重税を課した。棚を作れば棚税、小屋を建てれば小屋税、人が死ねば穴税、人が生まれると頭税、そのほか畳税、窓税とすべてのものに課税した。

農民たちは、松倉家の苛政にひたすら耐えたが、このところの凶作で、取り立てがより過酷になった。税が納められない農民は、女子供を人質にとられ、蓑踊《みのおど》りなどの拷問にかけられた。

「いくら責めたところでないものはないのだ。それなのに長門守は、百姓たちを皆殺しにでもしようと言うのか」

伝兵衛が拳で膝を叩《たた》いた。

「長門守は、人を治めることができぬ愚か者なのです。無力な女や子供を責めたところで、払えぬ税が払えるようになるわけもないのに」

美沙はそれだけ言うと、涙で言葉を詰まらせた。

「伝兵衛殿、島原の方々を救う方法はないのでしょうか」

四郎の問いかけに対して、伝兵衛が難しそうに顔をしかめた。

「我らも、密《ひそ》かに米などを届けています。しかしそれも見つかれば、右から左に取り上げられてしまい、悪くすると、年貢を隠していたと責められる始末です」

「いっそ幕府に訴え出てはどうでしょうか」

四郎の提案を聞くなり、小左衛門は声を上げて笑った。

「我らを敵視する幕府に何を訴え出ると言われるのだ」

あからさまに蔑まれて四郎が赤面し、座敷には気詰まりな空気が流れた。その空気を払拭するように、伝兵衛が、祈りましょう、と声を上げた。人々はいっせいに主に憐《あわ》れみを乞うた。祈りが済むと、小左衛門は真っ先に口を開いた。

「それにしても、親父殿、祈るだけで足りましょうか」

伝兵衛が顔を背けた。小左衛門は構わず続けた。

「藩も、幕府もあてにならない。とあらば同じデウスを信奉する者同士、手を携えねばならないのではありませんか」

小左衛門の主張にみんなが表情を硬くした。左太郎や小兵衛など小左衛門の弟たちも黙っている。仕方なく、伝兵衛が応じた。

「おまえの言うことは分かる。しかしデウスの教えを信じる者は迫害に耐えねばならぬのだ。それがコウロス様が残していかれた教えなのだから」

イエズス会日本管区長マテウス・デ・コウロス神父は、最後まで天草に踏みとどまった宣教師だった。寛永六年、天草を離れたが、伝兵衛たちは、今でもコウロスの教えを忠実に守っていた。

「迫害に耐えろと言うのは簡単だ。だが、このままでは島原の者は長門守に皆殺しにされてしまう。それでも何もせず、祈るだけだと言われるのか」

小左衛門の非難に伝兵衛が口をつぐんだ。義父の弥兵衛も困ったように視線を床に落とした。

かつて弥兵衛は藩による弾圧に屈して、大矢野の転び証文を郡代に出していた。その責任をとって、婿の小左衛門に庄屋職を譲り、隠居した。保身のために一度信仰を捨てたのだ。それで、武力蜂起をほのめかす小左衛門に反論しづらかった。

四郎は思いきって口を開いた。

「確かに祈るだけでは苦しんでいる人々を救えません。隣人に手を差し伸べることこそ、デウスの教えの実践と言えましょう。けれども力による抗議は決してすべきではありません」

「では、どのような救済策があると言われるのです」

「やはり幕府に訴えてみるべきだと思います」

「直訴は極刑に処されるのですよ」

「ならば私が江戸に参ります」

四郎が自説を曲げないと、小左衛門も語気を強めた。

「誰もあなたの殉教など望んでおりませんよ。筋を通したところで無駄死にするぐらいのものだ。みんなで力を合わせて立ち上がってみるべきでしょう」

小左衛門が、ついに武力蜂起を口にした。四郎は驚きに目を見張った。しかし左太郎や小兵衛は小左衛門の意向をすでに聞いていたので、さほど驚いた様子をみせなかった。それでも進んで賛成はしなかった。

緊迫した空気の中、小左衛門がひとり意見を述べる。

「コウロス様は、迫害に耐えろ、と言ったかも知れないが、正義のために戦ってはならぬ、とまではおっしゃらなかったはずだ。我々天草の者も、島原の者たちも迫害に充分耐えた。しかしこのままでは、島原からデウスの教えを信じる者がいなくなってしまう」

「それでは、迫害する者のために祈れ、とのデウスの教えに背くことになります」

四郎は激しく反発した。

「信じる者があってこその教えではなかろうか。信者が皆殺しにされてはどんな尊い教えも伝えることはできぬ」

小左衛門から鋭く切り返されて、四郎はすっかり気後れしてしまった。それでも武力蜂起には賛成できかねた。

武器を取れば武器の報復がなされる。それが四郎の信念だった。

では、皆殺しの道を選ぶのか。容易に結論は出ず、伝兵衛たちも難しい顔で黙り込んでいた。

四郎は福に目を向けた。福は敬虔《けいけん》な信徒で、四郎とともに貧民救済や病人の看病などの慈善活動を行ってきた。その福が、小左衛門の考えをどう思っているか知りたかった。だが聞くまでもなかった。福は厳しい目で膳を睨《にら》んでおり、およそ小左衛門に賛成しているとは思われなかった。

四郎は再び小左衛門と対した。

「あなたの申されることはよく分かりました。しかし今日は父上がお見えではありません。父上がどのように思われているのか聞いてみたいと思います」

四郎の父・益田甚兵衛好次《よしつぐ》は、天草の旧領主・キリシタン大名で知られた小西行長《こにしゆきなが》の旧臣で、熱心な信者だった。浪人になった今でも天草の信徒から尊敬されており、その影響力は絶大だった。

「いいでしょう。ぜひ甚兵衛殿の考えも伺いたいものだ」

小左衛門が食べかけの麦飯をいっきに口の中にかき込んだ。


島の南側、越浦にある渡辺家の分家は、本家のある上村とは小高い丘陵で隔てられている。四郎は、姉夫婦を見送るため長屋門まで足を運んだ。

「今日はありがとうございました」義兄の左太郎に礼を述べた。

「四郎殿も疲れたろう。早く休まれるといい」

左太郎は細面《ほそおもて》で、ひょろりと背が高く、気性は穏和で争いごとを好まぬなど、兄の小左衛門とは相貌・気性とも異なった。また四郎とデウスの教えについて問答を交わすなど、知的で教養も深く、そんな左太郎のことを四郎は敬っていた。

「明日から、どうするつもりだい」

「少し上島《かみしま》の方を回るつもりです」

「兄さんが一緒なら心配はないと思うが、上島は栖本郡代のお膝元だ。充分気を付けて参られよ」

　四郎たちが話し込んでいると、小左衛門がやってきた。

「もう帰るのか」

「明日が早いので、これで失礼します」

「そうか、気を付けて戻れよ」

　左太郎が小左衛門に会釈すると、福も形式的に頭を下げた。小左衛門も慇懃《いんぎん》に応じる。それから左太郎夫婦は渡辺本家を後にした。

　夫婦が下げる提灯《ちょうちん》の明かりが暗い雑木林の向こうに見えなくなると、小左衛門が長屋門を閉ざした。

　分厚い門扉が閉じられると、昼間でも光が差さない門内にかび臭いにおいが立ち込める。小左衛門が四郎の肩に腕を回す。

「さて、我々も休むとしましょうか」

　耳許《みみもと》に口を寄せられたとたん、四郎の鼻先に小左衛門が夕餉の際、口にした焼酎の匂いがかすめた。むせ返るような酒の匂いに思わず四郎は顔をしかめた。だが、小左衛門は気にした様子も見せず大あくびをした。

「何か話があるのではありませんか」四郎は怪訝《けげん》そうに尋ねた。

　小左衛門が眼を大きく見開き、そんなことを言ったか、というような顔をした。

「ああ、後で部屋の方へ参る」そう取って付けたように返すと、四郎のもとから離れていった。

四郎はひとり母屋の客間に向かった。玄関の北側にある部屋は、十二畳ほどで、室内は床の間があるだけの、簡素な作りだった。

しばらく待ったが、小左衛門が来る気配は感じられなかった。

どうせ酒に酔って寝てしまったのだろう。四郎は諦めると、体を横にした。

四郎が布教活動をはじめた頃、小左衛門は、若き大庄屋として理想に燃えており、ずいぶん頼もしく思われた。しかし近頃では、考え方の違いから言い争いをすることも珍しくなくなり、その度に四郎は小左衛門に幻滅を覚えた。

先ほど話があると言ったのも、福に対する嫌がらせだったのか。本当に自分勝手な男だ。

小左衛門に対する不満を呟きながら四郎はうたた寝をはじめた。眠りの淵《ふち》に引きずり込まれそうになったとき、襖が開く音がした。顔を上げてみると小左衛門の姿があった。

「なんだ、もう寝ていたのか」寝ぼけ眼の四郎に呆《あき》れ顔をみせた。

「先ほどまで待っていたのですが、眠くて」

四郎は瞼《まぶた》を擦《こす》りながら身を起こした。その四郎の前に、小左衛門が徳利《とっくり》をおいた。そして当たり前のように猪口《ちょこ》を突き出した。

四郎は黙って酌をした。小左衛門が喉を鳴らして酒を呑み干す。夕餉の席でかなり呑んでいるはずだが、顔には朱ひとつ差していない。それでも体から焼酎特有の芳香が立ち上っていた。

四郎は鼻をつまみたくなるのを堪《こら》えて尋ねた。

「そんなに呑まれては花《はな》さんに怒られるのではないですか」

凶作で米が少ない分だけ、食事には麦を足さねばならない。その貴重な麦で作った焼酎を、小左衛門は惜しげもなく呑み干していた。

「あいつは俺のやることに口出しはしない、そういう女だ」

小左衛門が四郎の干渉を煩わしそうに退ける。

小左衛門の妻・花は、弥兵衛の一人娘だ。大庄屋の一人娘として育てられたせいか、愛想がなく、四郎がやってきても知らぬ顔をしていることが多かった。小左衛門ともあまりうまくいっていなかった。

それでもふたりの間には、七歳になる小平《こへい》という息子がおり、小平は四郎によく懐いていた。

「小左衛門殿、今度上島でミサをするとき、小平を連れて行ってもいいですか」

「ああ、構わないぞ。ついでに、左太郎のところの小兵衛《しょうべえ》も連れて行くといい」

小兵衛と小平は同年で、仲も良かった。ミサの際、ふたりが白い胴服を身につけると、天使のようでまことに愛らしく、信者の評判もよかった。

「姉様がお許し下さればいいのですが」

福は、体が弱い小兵衛のことを溺愛しており、片時も側《そば》から離そうとしなかった。

「俺でなく、おまえが面倒を見ると言えば、福も嫌な顔はすまい」

思いもよらぬ皮肉を吐かれて、四郎は思わず唇を嚙《か》んだ。

生真面目な福と、野心家の小左衛門とはそりがあわなかった。性格以外にも、福が小左衛門を嫌うのは、小左衛門の、四郎に対する扱いがあった。

小左衛門は、天草に神の王国を作ることをめざしていた。その道具として、信者から篤《あつ》い支持を受ける四郎を利用しようとしている。福の目にはそう映っていた。

小左衛門も、露骨な敵意を見せる福を生意気に感じており、ふたりは反目しあっていた。

四郎にとって、福は愛する姉であり、小左衛門は布教をする上で欠くことのできない協力者だ。そこで、二人の関係を何とか修復しようと試みてきたが、それは、天草に神の王国を作る以上に難しいことのようだった。四郎が考え込んでいると、

「なあ、四郎。甚兵衛殿は、蜂起に賛成してくれると思うがな」

小左衛門が先ほどの話を蒸し返してきた。思わず四郎は身構えた。小左衛門は、自分の意を通そうとするとき、決まって下手《したて》に出てくる。これまで、その手にさんざん乗せられてきただけに、

「それはどうでしょうか」と突き放した。

布教活動では、小左衛門に依存するところが大きいが、信仰のあり方まで依存する

つもりはない。まして武力蜂起など、神の教えに背くことであり、絶対賛成できなかった。

「改めて伺いますが、小左衛門殿は、武力によって天草を神の国にすることができると本当に思われているのですか」

激しい弾圧にも拘《かか》わらず、天草には信者も多く、大矢野の「イグナシオ組」のようなコンフラリアも機能している。しかし、全国に二十万いたと言われるキリスト教徒たちは、弾圧でその数が激減していた。仮に天草・島原の信徒が蜂起しても、全国の大名を従える幕府に立ち向かえるのか、疑問だった。

四郎の悲観的な考えを聞くと、小左衛門が軽蔑を露《あら》わにした。

「これだから気が小さい奴は話にならない」

「されど」

「おまえのように本当にできるだろうかなどと迷っている限り、大事はできぬものだ」

四郎は反論することができなかった。

「機は熟した。後は行動あるのみだ。だから、おまえにも腹を固めてもらわねば困る」

小左衛門の瞳はいつになく真剣な輝きを放っており、四郎の胸も緊張で高鳴った。

しかしどんな理屈で迫られても、キリストの教えは隣人愛にある。敵を愛せ、迫害する者のために祈れ、と説いてきた身として武力蜂起にだけは同調できない。

四郎が黙り込んでしまうと、小左衛門が腹立たしげに膝を詰めてきた。

「おまえはどうあっても蜂起に反対なのか」

「はい、絶対に賛成はできません」四郎は何ら迷いもみせずに拒否した。

小左衛門はいくらかたじろいだが、それはすぐに怒りに代わった。

「では聞くが、おまえは俺が蜂起したら、俺と手を切るつもりか」

どうしてそういう話になるのか。四郎は困惑した。

島原の者を救いたいのは、四郎も同じだ。だが小左衛門からは、島原を救おうという気持の裏に、このまま天草の土豪で終わりたくないという野心が透けて見えた。

松倉氏も寺沢氏も、大名の器にない、木偶《でく》だ。奴らに大名が務まるならば、俺など将軍の器だ。そんな小左衛門の本音を感じるほどに、四郎は武力蜂起に同意する気になれなかった。

では、小左衛門を見限ることができるだろうか。

四郎にとって、小左衛門は、布教を進める上で欠かせない存在だ。それどころか、小左衛門なしに布教など考えられない。

とあらば、どんなに反対でも、小左衛門に従わざるをえないのか。それでいいのか。

迷いが頭をもたげる。それを振り切るようにして顔を上げた。

「蜂起には反対です。でもあなたと行動はともにするつもりです」

自分の考えは考えとして小左衛門には従う。それが四郎が出した、ぎりぎりの結論だった。本当にそんなことでいいのか、とは思う。だが、今の四郎には、そう応えるしか術《すべ》がなかった。

しかし小左衛門は、四郎の悩みなど関心がないようで、そうか、と言い捨てると、

「話は変わるが、四郎、俺は明日、島原に行く」藪《やぶ》から棒に言い出した。

「上島ではなく島原へですか」

四郎は、上島での布教に小左衛門が同行してくれると思っていたので、ひどく落胆した。それを隠し、できるだけ冷静に尋ねた。

「いったい島原に行って何をされるのですか」

「半之丞《はんのじょう》殿に会って島原の状況を確かめて来る」

松島《まつしま》半之丞は、元島原藩士で、寛永十二（一六三五）年、四十八人の仲間とともに、松倉勝家の治世に不満を訴え出て、それを機に浪々の身となった。今では、島原における小左衛門の最大の協力者だった。

「それなら私も一緒に参ります」四郎は同行を申し出た。

半之丞なら、島原で何が起きているかつぶさに掌握しているだろうし、蜂起についての意見も聞きたいと思ったからだ。

しかし、小左衛門は四郎の願いを入れなかった。

「おまえは予定どおり、上島を布教して回れ」

「どうしてです。私も半之丞殿から話を聞きたいし、できることなら蘆塚《あしづか》忠右衛門《ちゅうえもん》殿にお会いしたいと思います」

有家《ありえ》の大百姓・蘆塚忠右衛門は、前島原領主・有馬氏の旧臣で、有馬氏の転封にともない帰農していた。南島原のコンフラリアの長《おさ》として信望があり、熱心な四郎の信奉者でもあった。その忠右衛門の出方次第で、蜂起が左右されると言ってもよかった。

それでも小左衛門は、四郎に同行を許さなかった。

「今、島原に渡るのは危険だ。船も満足に操れないおまえが一緒では、万一のとき足手まといになる」

四郎には、海人としての経験がない。現に小左衛門がいなければ、三角の瀬戸さえ渡ることができないのだ。四郎が無念に黙り込んでしまうと、小左衛門が優しく肩を叩いた。

「なあ、四郎。俺の力になりたいと思うなら、上島で布教をしてくれ。それで一人でも多くの者を立ち返らせて欲しいのだ」

天草諸島は、上島・下島・大矢野のおおむね三地区に分かれている。各地区とも、戦国期から覇を競ってきたこともあり、同じデウスの教えを信仰していても、協力関係ができていなかった。

四郎も、小左衛門の言うことは納得がいった。だが、邪険に扱われたことに対する悔しさから、返事もしなかった。黙っていると、小左衛門が機嫌を取ってきた。

「一人で不安なようなら、小兵衛に供をするよう頼んでおく。だから案じることはない」

小左衛門の義弟・小兵衛は、小左衛門の腹心で、気が小さいところがあるが、気持が細やかで、四郎にも、何くれとなく気を使ってくれた。

しかし四郎は口を結んだままだった。胸の中には、小左衛門に対する不満がたまっていた。

小左衛門は、急に島原に行こうと思い立ったのではない。はじめから上島に同行するつもりはなかったのだ。蜂起に向けて半之丞と打ち合わせをしたいのだろう。それには、蜂起に反対している自分が邪魔なのだ。

これまで立ち返りをさんざん手伝わせておきながら、必要でなくなったら無慈悲に切り捨てようとする、そんな小左衛門のやり口に四郎は無性に腹が立ってきた。

「私ひとりで上島に行って、何を説けとおっしゃるんです」

「上島でも、ママコス殿の予言は知れ渡っている。だからズイソ（審判）の日は近い。その前に悔い改めよ、と言って回ればいい」

キリシタン弾圧と、打ち続く凶作によって、天草のキリスト教徒の間では、「この世の終わり」すなわち最後の審判の日が近い、と囁《ささや》かれるようになった。こうした状況を利用して、小左衛門ら蜂起派は、ママコスの予言を流布させた。

通称ママコスと呼ばれるマルコス・フェラーロ神父は、かつて天草上津浦《こうつうら》で布教活動に携わっていたが、慶長《けいちょう》十九（一六一四）年、幕府の禁教令によってマカオに追放された。そのとき神父は、「未鑑の書」なる予言を残した。

「これより二十五年後に、この地にひとりの善人が出現する。そのとき天は東西の雲を焦がし、地は不時の花を咲かす」

この予言を裏付けるような出来事が、数年前からはじまった。

これまで見たこともないような美しい朝焼けや夕焼けが続き、桜が秋に狂い咲くなど、異常現象が生じた。そこに人々に神の言葉を説く、四郎が現れたのだ。天草の人々は、ママコスの予言が現実のものになると期待した。

だが、そうした小左衛門たちの活動は、本来の布教のあり方から外れたものであり、四郎は違和感を覚えていた。それでも小左衛門に庇護《ひご》されている身だから、これまで表立って異を唱えなかった。

けれども小左衛門の言いぐさには、まるで人々の不安を利用して蜂起を正当化しようとする響きがあり、不快極まりなかった。

「悔い改める？　何か悔いることがあるとすれば、小左衛門殿、それはあなたの方だ」

「なんだと」小左衛門の顔が険しくなった。

しかし四郎は怯《ひる》まなかった。

「あなたは、己の野望のために天草の人々を利用しているだけだ」

小左衛門は猪口を投げ出すと、四郎の首を押さえようとした。

四郎は、小左衛門の暴力から身を守ろうとした。しかし身長は並んでも、腕力では敵《かな》わない。天草の男は銛《もり》で鮫《さめ》を仕留めるばかりか、棍棒《こんぼう》で鯨を殴り殺す。小左衛門がその腕力に物を言わせて、四郎の襟を摑むと、造作なくその場にねじ伏せた。

「もう一度、言ってみろ」小左衛門の怒鳴り声が四郎の耳に轟《とどろ》く。

四郎は、殴られることを覚悟して言い返した。

「あなたのような罪人は、決して天国の門などくぐれません。地獄の業火で焼かれるがいい」

憎まれ口を叩く四郎に、小左衛門は、ますます腹を立てた。そこで襟を摑み上げると、顔を四郎の鼻先に押しつけてきた。

「おもしろいことを言うな、四郎。だがな、俺が地獄に落ちるときは、おまえも一緒だぞ」

固く閉ざしていた眼を開けると、目の前に、怒りに燃える小左衛門の眼が迫っていた。

四郎は身震いした。思わず逃れようとしたが、いくら振りほどこうとしても小左衛門の手は襟から離れなかった。

「どうして私があなたと一緒に地獄に落ちねばならないのです」

「さっきおまえは言っただろう。俺から離れないと」小左衛門が勝ち誇ったように言った。

「いいえ、私はあなたと一緒に行動などしません」

誰があんたなんかと。四郎の胸に、怒りがこみ上げてきた。

「ならばおまえは、おまえを信じている信徒たちも見捨てると言うのだな」

「どうしてそういうことになるのです。私は私を信じて下さる方々を見捨てたりしません」

「一緒に行動はしない。でも見捨てない。卑怯者《ひきょうもの》が言いそうな、体《てい》の良い言い逃れだな」

小左衛門が声を上げて笑った。屈辱のあまり四郎は、全身が冷たくなるような怒りに襲われた。

「何とでもおっしゃればいい。でも蜂起には、絶対賛成できません」

小左衛門の挑発には乗るまい。四郎は必死で己を制した。しかし小左衛門は追及の手を緩めなかった。

「それでどうやって蜂起する者を見捨てないつもりだ」

「神の許しが得られるように祈ります」四郎は真剣に応えた。

小左衛門が腹を抱えて笑い出す。

「祈ったくらいで許しなど得られるわけがない」

「なぜです」四郎はむきになって問い返す。

「そもそもおまえは、俺が何を考えているのか承知で、人々に立ち返るよう説いたのだぞ。俺以上に罪深いではないか。そのくせ、祈りで人々を救おうと言うのだ。悪魔だって、おまえほど厚かましくないだろうさ」

四郎の全身は怒りに震えた。すぐに反駁《はんばく》しようとしたが、あまりにも的を射た痛罵に、言葉が出てこなかった。

「おまえは、俺の言うとおりに動いていればいいんだ」

「そんなことはできません」

「ならば二度と大矢野に来るな」

突き放された拍子に、四郎は床に転倒した。前髪が乱れて、額に降りかかる。四郎は、前髪の間から小左衛門を睨み付けた。

信徒ばかりか、自分さえ平気で踏みにじろうとする冷血漢を思い切り殴りつけてやりたかった。けれども、言い争いの最後はいつも小左衛門が勝つ。その法則は、このときも生きていた。

一言も言い返せないでいると、小左衛門が四郎を打ち負かした快感に浸っているかのように言った。

「明日、俺と一緒に島原に渡りたいと言うのなら来ればいい」

「行きません」四郎は、自尊心のありたけを込めて怒鳴り返した。

「それなら好きにしろ」

こうして何度、小左衛門の手管に乗ったことだろうか。四郎は悔しさのあまり、唇をきつく噛みしめた。

翌日、小左衛門は予定どおり、半之丞に会うため島原に出かけて行った。四郎は言い争ったことも忘れて、江樋戸《えびと》まで見送りに行った。

小左衛門を乗せた小船が、満々と帆に風をはらんで遠ざかっていく。その様を四郎は岸壁から眺めていたが、やがて船影が芥子粒《けしつぶ》ほどになってしまうと、諦めて踵《きびす》を返した。

# 二章　口之津《くちのつ》の惨劇

小左衛門は慣れた手付きで船を操りながら、青い海原を横切り有家をめざした。有家は、湯島《ゆしま》を挟み、大矢野の正面に位置する。

江樋戸を出て一時《いっとき》（約二時間）ほどで、頭上に雲仙普賢岳《ふげんだけ》と眉山《まゆやま》が迫ってくる。その裾野に広がる小さな集落が有家だ。

小左衛門は、入江に船を入れると水褌姿から黒の裁着袴に身なりを整えた。その上で、村内に足を踏み入れた。

まだ昼間だというのに、村は火が消えたような静けさに包まれていた。乾いた畑には雑草がはびこるだけで、人の姿は見当たらなかった。人ばかりか、野良犬の姿さえも見られなかった。

小左衛門は人気《ひとけ》の失《う》せた村を抜けて、半之丞の家に着いた。周囲には、広々とした畑が広がっているが、ここでも枯れ草となった根菜類の葉が、風に吹かれていた。

家は、入口の土間に面する八畳と六畳の二間しかなかった。しかし半之丞は、脱藩と同時に妻子を実家に帰していた。男がひとり暮らすには充分な広さだった。

照りつける陽射しを避けて、小左衛門は土間に足を踏み入れた。

「半之丞殿、おられるか」声を上げると、奥の間から半之丞が、白地に刺し子柄の着流し姿で現れた。

「これは小左衛門殿。よく参られた」笑顔で迎えたが、怜悧《れいり》な顔は窶《やつ》れて、もともと細かった体から肉はすっかり削《そ》げ落ちていた。

「メシをちゃんと食っておられるのか」小左衛門は心配して尋ねる。

「まあ、豆などで食いつないでいる」

「少しでも腹の足しになればと思い、持ってきた」そう言い、小左衛門は懐から米袋を差し出した。半之丞の瞳が喜びに輝く。

「すまんな。これだけあれば年末まで食いつなげる」十字を切ってから米を受け取った。

それから小左衛門を座敷に上げた。

座敷で半之丞と向かい合うと、小左衛門はさっそく昨夜、渡辺家で行われた話し合いの様子を語った。

「餓死者も出ておると聞いてきたが、実際のところはどうなのだ」

小左衛門の問いに、半之丞は腹立たしそうに拳を震わせた。

「よその土地の者ですら、島原のことを気に掛けていると言うのに、殿は、いったい我らの抗議をどのように受け止められたのか。ここまで来ると、もうとてもまともな人間の仕打ちとは思われぬ」

島原では、秋の実りが期待できなくなった時点で、松倉家の収奪が苛烈になった。妻子を拷問で殺された本百姓の中からは、正気を失う者も出ていた。

「つい最近も口之津の本百姓の家で年貢米三十俵のかたに、嫁を連れて行かれたそうだ」

「口之津の本百姓とは、まさか与三右衛門《よざえもん》殿ではあるまいな」

与三右衛門は口之津コンフラリアの成員で、小左衛門とも面識があった。

「そうだ、与三右衛門殿だ。しかも連れ去られた嫁は腹が大きかったらしい」

半之丞の言葉に小左衛門は息を呑む。

「妊《みごも》った女を拷問にかけるために連れ去ったのか」

「連れ去ったのは、代官の田中宗甫《たなかそうほ》だ。どうも与三右衛門殿には前々から目を付けていたらしく、夕べの祈りをしていたところを襲われたらしい」

「そんな目に遭っても、島原の長老衆はまだ起《た》つことを躊躇《ためら》っておるのか」

小左衛門は苛立《いらだ》ちを隠せなかった。

「もう何度か決起を促したのだが、なかなか首を縦に振って下さらぬ」

半之丞が残念そうに返す。

織豊《しょくほう》時代を生き抜いた長老衆は、戦《いくさ》の恐ろしさを身を以《もっ》て知っている。それだけに蜂起には否定的だった。

「将軍は、正月から病床にあると聞く。家光《いえみつ》が病床にある今が好機ではないか」

小左衛門は力説した。豊臣秀吉《とよとみひでよし》は、キリスト教をいったん禁じながら、貿易の利から禁教をあいまいにした。幕府も禁教令を出しながら、キリスト教国オランダとの取引を続けている。とあらば幕府も、一度出した禁教令を緩める可能性があるのではないか。

「確かに、将軍が病床におる間が勝負だろうな。ときに小左衛門殿、武器の目処《めど》はつきそうか」

半之丞の問いに、小左衛門はにやりと笑った。

「大丈夫だ。銃は大矢野で調達できる」

大矢野の旧主・小西行長は、多くの鉄砲職人を堺《さかい》から連れてきた。大矢野では、この堺筒の系統をひく銃が今も生産されている。

「問題は火薬だ」小左衛門は顎を撫でながら洩らした。

「確かに。銃があっても、火薬がなければ話にならんな」半之丞も困ったように頭を掻《か》く。

「半之丞殿、俺は先日、長崎に行ってきた」小左衛門はぼそりと洩らした。

「長崎にか」

「長崎代官に、硝石を融通してもらえぬか、打診してきた」

戦ともなれば大量の火薬が必要だが、禁制の品なので取り扱いが難しい。また火薬のよしあしを決める硝石は、シャム製が良質とされていた。そこで小左衛門は、長崎代官に内密に融通させようとしたのだ。

　長崎は長崎奉行によって統轄されている。しかし奉行は、南蛮船が入港する六月に来崎して、帰帆後の十月に江戸に帰るので、現地の管理は代官に一任されていた。

　この代官を務めるのが末次《すえつぐ》平蔵《へいぞう》茂房《しげふさ》で、貿易のほか幕府の御用物蔵や米蔵を管理していた。

　しかし長崎代官は、長年キリシタン弾圧に携わってきた。それだけに普通の神経では、協力を申し入れるなど思いつかない。

「それで代官は、何と言ったのだ」固唾を呑む半之丞に、小左衛門はさらりと返した。

「むろん同意したさ」

　呆れ返る半之丞の前で、小左衛門は得々と続けた。

「今の代官は金に目がないときている。代金の保証をすると、内密に融通すると言ってきた」

　末次氏はもと博多の豪商で、長崎開港後同地に移り、朱印船貿易で財をなした。平蔵直政の死後、後を継いだ平蔵茂房はオランダ人と積極的に手を結び蓄財に励んでいた。それを耳にした小左衛門は、抱き込みを計ったのだ。半之丞は小左衛門の行動力に舌を巻いた。

「畏れ入ったな。おぬしは、まさに敵の懐に飛び込むというやつをやってのけたわけだ」

「起つ以上は勝たねばならぬ。それには、あれはできぬ、これは無理だなどと言ってはおられぬ」

小左衛門は当然のように返す。

武器の目処はついた。あとは長老衆を説得するだけだ。小左衛門は、さっそく南島原衆に強い影響力を持つ蘆塚忠右衛門のもとに赴くことにした。

忠右衛門の屋敷は、半之丞の家の正面にある。小左衛門は半之丞とともに、巨大な茅《かや》葺《ぶ》きの母屋に足を踏み入れた。

多くの奉公人がいるはずの邸内は静まり返っていた。忠右衛門には三人の娘がいるが、年貢のかたに取られるのを恐れて、大坂《おおさか》などに奉公に出していた。

半之丞が大声で案内を頼むと、年老いた下人が現れた。それに続いて、忠右衛門が姿を現した。

「これは小左衛門殿。わざわざお越し頂き、恐悦に存じます」

相好を崩す忠右衛門に、小左衛門も、丁重に頭を下げた。

「島原もずいぶんな凶作だと聞き、様子を見に参った次第です」そう言いながら覗き見た、忠右衛門の姿に息を呑んだ。

半年前まで忠右衛門は、堂々たる肉を肩や背につけていたが、それが痩せこけて、最初玄関先に現れたのが誰なのか分からないほどだった。福々しかった顔は、皺《しわ》に埋もれて、襟から覗く胸元には骨が浮き出ている。

本来、食に困るわけがない大百姓がこれほど痩せたのだ。水呑《みずのみ》百姓たちの餓《う》えは想像するに余りある。

小左衛門は絶句した。当の忠右衛門はそんなことは気にもせず、辺りを見回した。

「ときに、今日はおひとりで参られたのですか。四郎殿は、ご一緒ではないのですか」

島原でも四郎の人気は絶大だった。特に、年貢の収奪が激しさを増すと、救世主として期待され、信者の数を爆発的に増やした。

「実は、ともに参りたいとおっしゃったのですが、何しろ天草でも、多くの人々が四郎殿のおいでを待ち望んでいるので、今回は天草にお残り頂きました」

小左衛門は昨夜の暴言も忘れて、四郎が来なかった理由をまことしやかに説明した。

忠右衛門もそれに疑問を挟まなかった。

「忠右衛門殿、実は折り入って話があるのだが」

半之丞がそう切り出すと、忠右衛門も小左衛門の訪問の意図を察して、ふたりを奥座敷に案内した。

座敷は、小さな坪庭を挟んで、山茶花《さざんか》の生け垣が迫っていた。その向こうは半之丞の家に続く畑地で、宗門目明かしが入り込む余地はなかった。それでも、辺りに人の気配がないことを確かめた上で、小左衛門は、忠右衛門と対した。

「忠右衛門殿。失礼ながら、あなたは随分お痩せになりましたな」

「さようですか。しかしあなたがおっしゃるほど、痩せたとは思いませんが」忠右衛門が苦笑いをしてから、細くなった腕に視線を落とした。

「このままでは松倉の者どもに干殺しにされてしまいますぞ」

小左衛門は強い口調で迫った。

「分かっております。そのようなことは充分、分かっておるのです」

忠右衛門も、小左衛門が言わんとするところは分かっている。それでもデウスの教えを信奉する者として、蜂起を決断できなかった。

「島原の惨状を見かねているのは、天草の者だけではありません。長崎でも、茂木衆《もぎ》が蜂起するなら手を貸すと言って参りましたぞ」

「茂木衆が、そんなことを言って参りましたか」

忠右衛門が、それまで床に落としていた視線を上げた。間髪を容《い》れず、半之丞が口を挟んだ。

「忠右衛門殿。小左衛門殿は、長崎代官から硝石を融通してもらう段取りまでつけてこられたのですぞ」

「あの茂房が、まことにそのようなことを承知したのですか」

忠右衛門はすぐに半之丞の言葉を信じることができず、驚きに目を剝《む》いた。

「茂房殿も立場がある。表立って協力はできないが、ポルトガル商人に話を付けると約束してくれた」

「小左衛門殿、その話、本当に信用していいものでしょうか」

欲の皮が厚いとはいえ、長崎代官も幕府の犬に変わりない。これまで多くの仲間が弾圧の犠牲になったこともあり、忠右衛門は不安を払拭できないようだった。

「疑うのも無理はないと思う。だが、俺は先日、長崎まで出向き、茂房と直接話をしている」

それまで半信半疑だった忠右衛門も、ようやく小左衛門の話を真剣に検討しはじめた。

「まるで悪魔と手を結ぶような話ですな」

「戦とあらばそれも仕方なかろう」半之丞が畳み掛ける。

それでも忠右衛門は蜂起を決断できなかった。話し合いは行き詰まった。三人が黙り込んでいると、表から騒々しい足音が響いてきた。

「大変でございます」乱暴に障子を開けて、下人が飛び込んできた。

「どうした、お客様がおいでだと言うのに」

忠右衛門が使用人の不作法を窘《たしな》めようとした。それより先に下人が訴えた。

「口之津から使いが参りました」

忠右衛門が顔色を変えた。

「口之津で、何かあったのか」

「与三右衛門殿の嫁御が亡くなられたそうです」

与三右衛門とはよく知る仲で、同じデウスの教えを信じる者として、真っ先に悲報を伝えてきたのだ。

恐れていた事態に、小左衛門は半之丞を見やった。半之丞の表情が強《こわ》ばっている。

「嫁御は何が原因で亡くなられたのだ」忠右衛門が恐る恐る問うた。

「水牢《みずろう》に入れられて、それで亡くなられたそうです」

下人はそれだけ言って涙で声を詰まらせた。小左衛門の背筋に冷たいものが走る。

「忠右衛門殿、とにかく口之津まで行ってみようではないか」半之丞の提案に小左衛門が賛成すると、忠右衛門もふたりとともに口之津まで出かけることにした。

小左衛門の船に乗った三人は口之津に着いた。

島原半島南端に位置し、かつて南蛮貿易で栄えた口之津だが、幕府が南蛮船の入港を平戸《ひらど》と長崎に限ると、寂れてしまった。

それでも南蛮貿易で栄えた頃を偲《しの》ばせるように、黒い瓦で屋根を葺いた豪壮な家が多かった。

入江を見下ろす高台に、与三右衛門の屋敷があった。

三人が湊から坂道を上り、与三右衛門の屋敷近くまで来ると、長屋門の前に多くの村人が集まっていた。

「妊っていた女ば、なし水牢に入れると。松倉の奴らは鬼ぞ」

人垣から怨嗟《えんさ》の声が上がっていた。小左衛門は人垣をかき分けて門前まで進むと、そこから屋敷内を覗いた。

母屋の前に、菰《こも》をかぶせた戸板がひとつ置かれていた。菰の先から、紫色に変色した人の足が覗いている。

死んだ嫁は、町の東を流れる与茂作川《よもさくがわ》の水牢に入れられていたという。与三右衛門の倅《せがれ》が亡骸《なきがら》を引き取ってきたところで、嫁の足許には、生み落としたばかりの嬰児《えいじ》の亡骸もあった。

倅が妻の亡骸に取りすがって泣いていた。その声が屋敷全体を震わせる。

「ちくしょう、なしてな、なんでこがん目に遭わにゃんとな」

「どがんでん堪えてくれろ」

役人に聞かれまいとして、母親が必死に息子を宥《なだ》める。

「もうおいは嫌。泣き寝入りをすっとはもうよか」

倅が号泣する。その背に取りすがり母も涙を流した。

小左衛門は言葉もないまま立ち尽くした。鼓膜に倅の泣き声が突き刺さるばかりで、何をしてやることもできなかった。

しかし心の内で、今日ばかりは、四郎を連れて来なくて本当によかったと思っていた。こんな悲惨な場に遭遇したら、四郎のことだ。己の命を賭してでも、江戸まで幕府に直訴に行きかねない。想像するだに恐ろしかった。

倅の傍らに、与三右衛門の姿があった。顔に涙はなかった。虚《うつ》ろな目で宙を眺めていた。

小左衛門は声をかけたものか、躊躇った。

与三右衛門が、小左衛門の傍らに立つ忠右衛門の姿を認めた。

「これはわざわざお越し下さり、痛み入ります」

丁重に礼を述べてから、小左衛門に顔を向けた。

「小左衛門殿。嫁は本戸《ほんど》の出です。天草に戻られたなら、本戸の舅《しゆうと》殿に、このような次第になりました。まことに申し訳ありませんでしたと、伝えてくれませぬか」

小左衛門は、承知した、とだけ応えた。できることなら、この場で決起を促したかったが、嫁の死で家族全員が動揺している。とてもそのようなことを言い出せる雰囲気ではなかった。

小左衛門は、ともかく本戸に向かうことにした。踵を返そうとしたところで、横にいた忠右衛門の形相に息を呑んだ。目は赤く充血し、顔は青黒く変色していた。拳も震えており、今にも農民を引き連れて蜂起しかねない様子だった。

小左衛門は半之丞の袖を引くと、人垣から外れた場所に向かった。

「半之丞殿、蘆塚殿は、こんな状況でもまだ我慢する気だろうか」

「何とも言えぬな」半之丞が忠右衛門を見据えた。

「蜂起を決められたのならいいが、今すぐではまずい」

小左衛門は、島原側にこれまで何度も蜂起を促してきたが、蜂起するときは、島原と天草が同時でなければならないと考えていた。その上で、全国のコンフラリアに働きかけて、幕府に立ち向かう、それが小左衛門が描いた計画だった。しかし、ここで島原に暴走されてしまうと、計画そのものが崩れてしまう。

「蘆塚殿は慎重な男だ。感情任せに事を起こすことはあるまい」

「ならばいいが」

「蜂起するにしても、南島原の長老衆と話し合いを持つだろう」

「なるほどな。では半之丞殿、俺はひとまず天草に戻るが、蘆塚殿が動かれるようなら、必ず連絡をしてもらいたい」

「承知した」

半之丞から確約を取り付けると、小左衛門は湊へ向かおうとした。そこへ三十人近い村人たちが押し寄せてきた。鉈《なた》や鎌を手にして、目は殺気立っている。

「もう我慢できんけん、松倉たい（達）ば、八つ裂きんしゅい」

村人たちは、積年の恨みを吐き出すように吠《ほ》えた。与三右衛門が、門前に出て、村人たちに鎮まるよう呼びかけた。

「あんたたいの気持ば、よぉ分かる。頼んけん、堪えてくって」

どのように宥められても、群衆の怒りは、募るばかりだった。

小左衛門は、村人たちの凄《すさ》まじい怒りを眺めながら、与三右衛門の屋敷を後にした。

湊に向かう坂道を下る間も、幾人もの村人とすれ違った。その数は百近くに達し、餓えで静まり返っていた島原全体は異常な興奮に包まれていった。

# 三章　大矢野蜂起

寛永十四（一六三七）年十月二十五日。

四郎は、小左衛門を島原に送り出した後、上島で布教活動をしていた。そのさなか、対岸の口之津から黒煙があがっているのを村人が見つけて、大騒ぎになった。

「なんでん口之津で代官が襲われたらしい」

島原からやってきた行商人の話を聞くと、四郎は予定を早めに切り上げて大矢野に戻った。

渡辺本家には、すでに一族が顔を揃えていた。四郎の後を追って大矢野にやってきた父甚兵衛の姿もあった。

甚兵衛は、今年で五十六歳になり、髪に白いものが目立つようになったが、人を射抜くような鋭い眼光は小西行長の近習時代と変わりなく、柿染めの衣に黒の袖無し羽織、裁着袴という質素な身なりをしていても、六尺に及ぶ骨太な体軀《たいく》や太い眉、彫りの深い目鼻立ちから、一級の武将たる風格が感じられた。

座敷には島原から戻った小左衛門や、半之丞の姿もあった。

「いったい島原で何があったのですか」四郎が問うと、小左衛門が口之津での惨劇を語りはじめた。

年貢のかたに嫁が水牢で責め殺されたことを知ると、女たちは涙をこぼし、男たちは怒りに眦を吊り上げた。

「とにかく俺は口之津を後にすると、本戸に渡った。そこで殺された嫁の父親に与三右衛門殿からの伝言を伝えると、父親は狂ったように怒り出し、家を飛び出していった。俺はひとまず大矢野に戻ったが、先ほど半之丞殿がお見えになって、口之津で民衆が蜂起したことを知らせてくれた」

そこまで小左衛門が説明すると、その先を半之丞が続けた。

「口之津に嫁の父親がやってくると、人々の興奮は頂点に達した。人々は、松倉の者を許すな、と叫びながら、田中宗甫の屋敷に殺到した。宗甫は、当初、手勢を率いて村人を蹴散らそうとしたが、人々が町に火を放ちはじめると、島原城へ逃げていった」

広間に集まった男たちは顔を見合わせた。事情はどうあれ、農民が武士を襲ったのだ。城の家老衆がこのまま黙っているとは思われなかった。

「問題はこれからだな」伝兵衛が洩らす。

「そうだな、松倉家は武士の面目にかけても口之津の者たちを懲罰しに来よう」

弥兵衛も同調する。

口之津衆は黙って報復を受けるのか。広間に集まった人々は、来るべき事態を想定し、ごくりと唾を呑み込んだ。蜂起に反対してきた四郎でさえ、それはもう避けられないことのように思われた。

半之丞がゆっくり口を開く。

「こちらに参る前、長老衆に決起を促す文を送りました」

現在、半之丞の仲間の加津佐寿庵《かづさじゆあん》という若者が長老衆を説得しているという。

「どう思われる、甚兵衛殿」

伝兵衛から意見を求められると甚兵衛はまず、四郎に向き直った。

「四郎、こうなった以上しかたがない。島原の情勢がはっきりするまで、大矢野に留《とど》まることにしよう」

父の言葉に四郎は意外な思いに駆られた。

「宇土に戻らなくてもいいのでしょうか」

「郡奉行は島原で乱が起きたことを知れば、儂《わし》たちが一味同心することを恐れて、捕縛するやも知れぬ」

甚兵衛はキリシタンの疑いをかけられており、常時、屋敷の周囲を目明かしに見張られていた。そのため、これまではなかなか四郎とともに大矢野に来ることができなかったのだ。

「分かりました、父上。では、しばらく大矢野におることに致します。しかし、できることなら有馬に渡り、かの地の人たちにこれ以上の暴挙を慎むよう、説いて回りたいと思います」

四郎は蜂起に反対する姿勢を改めて示す。小左衛門が不快そうに額に皺を寄せた。

小左衛門も、このままなし崩しに蜂起するのがいいとは考えていなかった。だが、ともに蜂起をめざしてきた島原衆が、人として耐えられるところまで耐えたのだ。これを見捨てることは道義的にできかねた。それを四郎に説きたかった。だが今は、四郎の意見よりも、四郎の求めに甚兵衛がどう応えるかの方が重要だった。見れば、それを知る四郎も、甚兵衛の返答に固唾を呑んでいた。

甚兵衛が静かに四郎を見据えた。

「四郎、おまえは蜂起に反対なのだな」

「はい」

「それで、島原に出向いて、何と説くつもりだ」

「力での抗議は力での報復を生むだけだ、と説くつもりです」四郎が毅然《きぜん》として応える。

甚兵衛が大きく頷いた。

「おまえの言い分はもっともだ。しかし正義のための戦ならば、やむをえぬのではあるまいか。そうした我らの罪深さを、デウスにお許し頂くわけにはいかぬのか」

甚兵衛が武力蜂起に向けて大きく舵を切ろうとしているのを知ると、小左衛門は身を乗り出して尋ねた。

「では、甚兵衛殿も、蜂起はやむをえぬとお考えなのですね」

「島原の者たちは、デウスの教えに従い充分耐えたと思う。耐えられるところまで耐えて、ついに蜂起したのだ。同じデウスの教えを信じる者として、手を貸さぬわけにはいくまい」

事実上の決起表明を受け、小左衛門は膝を打って立ち上がった。

「さすがは甚兵衛殿。頼み甲斐《がい》のある」

広間に興奮が漲る。小左衛門は、ただちに天草のコンフラリアの長たちに、決起を促す使いを出そうとした。それを甚兵衛が制した。

「待て、小左衛門。天草全土を動かす前に、熊本《くまもと》の動きを見極めねばならぬ」

島原を領有する松倉家は六万石の小身。天草を領有する唐津の寺沢家は十二万石とはいえ中身で、家臣の数は知れている。

しかし熊本細川《ほそかわ》家は五十四万石の大大名で、その勢力は九州随一と言われる島津《しまづ》氏に次ぐ。松倉・寺沢両家が一揆《いっき》鎮圧に手間取れば、必ず細川家に支援を求めるはずだ。

それに富岡城代・三宅藤兵衛と、熊本藩主細川忠利《ただとし》は血縁関係にある。救援を求められれば、冷たい返事はせぬだろう。

「大矢野や上島衆は蜂起に賛同しよう。だが、城代のお膝元である下島衆がどう出るか分からぬ。天草が一枚岩になる前に、細川の大軍に殺到されたら、ひとたまりもない」

下島は宣教師が天草で最初に布教活動をはじめたところだ。我こそ天草一の信者であるという誇りを持ち、四郎の布教活動にもあまり協力的でなかった。

「甚兵衛殿、そのような懸念は無用かと存ずる」

伝兵衛が口を挟んだ。

「いくら細川家が大身とはいえ、簡単に他国に軍を出したりできませんからな」

伝兵衛が得意そうにうそぶくと、甚兵衛は不思議そうな顔をした。

「なぜそのように言い切れるのだ」

「幕府の出した法度ゆえにござる」

二年前、幕府は新たな武家諸法度（寛永令）を出している。


江戸ナラビニ何国ニ於テタトへ何篇ノ事コレ有ルトイへドモ、在国ノ輩ハソノ処ヲ守リ、下知相待ツベキ事。


何か事件が起きても、国元にいる者は幕府からの命令を待たねばならない。武家諸法度の遵守は絶対であり、これを破ることはどのような身分でも許されなかった。

「松倉家が細川家に援軍を求めても、細川家は幕府の許可を得ねばならない。熊本からの使者が江戸との間を往復するには一ヶ月は要するし、その間、細川の軍勢が天草に殺到することはありえぬのだ」

「つまり、その間が勝負だというわけだな」

小左衛門の言葉に、伝兵衛が大きく頷いた。

「それでは細川が法度遵守の姿勢を見せ次第、我らも蜂起する」

甚兵衛が断言すると、これをもって天草の蜂起は決せられたも同然となった。

天草に、島原衆を救おうという熱病にも似た興奮が渦巻いた。その中、四郎はひとり困惑していた。デウスの教えに従えば、武器による救済などありえない。でも、どうしたら蜂起を止められるのか。

思い悩む四郎をよそに、肥前《ひぜん》各地から多くの者が四郎のもとに祝福を受けにやってきた。

島原の蘆塚忠右衛門からは、天草蜂起を歓迎する文がきた。さらに文には、島原のコンフラリアの長が湯島で会することになったので、ぜひ四郎にも参加してもらいたいと記されていた。

手紙を受け取った小左衛門が、甚兵衛のもとに相談にやってきた。

「あちらの期待も大きいことですし、ぜひ四郎殿に参加して頂きたいのですが」

「それは我らにとっても、願ってもないことだ」

甚兵衛の了承を取り付けると、小左衛門が、甚兵衛の隣に座していた四郎に顔を向けた。

「四郎殿も異論ありませんな」

小左衛門から当然のように言われて、四郎は険しい眼を向けた。

蜂起が決まってから、四郎は小左衛門とまともに顔を合わせて話をしていなかった。小左衛門が、蜂起の準備に忙しかったこともあるが、言い争いになることが目に見えていたからだ。だが、今日ばかりは回避できそうにない。

「もちろん、参るつもりでおります」挑むように返した。

まだ蜂起に賛成でないのか。小左衛門は四郎の本音を見抜くと、困ったように唇を結んだ。

これでは湯島に連れて行っても、蜂起に反対する持論を口にしかねない。小左衛門が四郎をどう説得しようか思案していると、背後にいた左太郎が声をかけてきた。

「兄さん、四郎殿が湯島の談合に参加されるなら、そのことを天草衆にも知らせねばなりませんな」

「ああ、そうだな」

「では、使いを出して参ります」左太郎が軽快に腰を上げると、座敷から出て行った。その後に四郎が続く。

小左衛門は、四郎が左太郎に相談を持ちかけるつもりだと察すると、すぐに後を追おうとした。しかし甚兵衛から武器準備について尋ねられ、中座の機会を逃した。

左太郎が玄関先で草履をはいていると、

「義兄《にい》様、待って下さい」

四郎の声を耳にして振り向いた。

「おや、四郎殿。どうされた」

「少しお尋ねしたいことがあるのですが」四郎が躊躇いがちに切り出すと、

「何だい？」左太郎は優しく目を細めた。

兄弟でありながら、小左衛門と左太郎は全く性格が異なった。これまで小左衛門を頼りにしてきた四郎だが、近頃は左太郎に相談を持ちかけることが多くなっていた。

「義兄様は、天草衆が蜂起することに賛成なのですか」

左太郎は小首を傾げた。蜂起はすでに決せられたことで、今さら賛成も反対もない。そう返そうとしたが、先日、四郎が口にしたことを思い出すと、困ったような微笑を浮かべた。

「もちろん賛成だよ」

小左衛門の参謀である左太郎はそう答えるしかなかった。その上で、不安な様子を滲《にじ》ませる四郎を励ました。

「四郎殿が、蜂起に反対する気持も分かるし、不安に感じていることも分かるよ。私だって戦ははじめてだから、とても不安だ。でももう起つと決めたことだから、今さらあれこれ悩まない方がいい」

「そうですね」四郎が言いかけた言葉を呑み込んだ。

左太郎は敬虔な信者だが、小左衛門の実弟であると同時に、忠実な「家臣」でもある。その左太郎が蜂起に反対するわけがない。

黙り込む四郎を案じてか、左太郎が重ねて励ました。

「四郎殿には四郎殿で、いろいろ考えるところがおありだろうが、蜂起のことは、兄さんに任せておけばいいのですよ」

それから四郎の肩を叩くと、表に出ていった。

四郎はその場に佇んで、左太郎の背を見つめた。軽快な足取りで長屋門を出て行く左太郎からは、少しの迷いも感じられなかった。

左太郎ばかりではない。誰もが蜂起に胸躍らせている。自分だけが同意できずにいるのだ。

四郎が先ほど湯島に行くと言ったのは、小左衛門が察したとおり、蜂起に反対するためだった。だが、四郎に賛成してくれるものは誰もいないのだ。思い悩んでいると、背後に人の気配を覚えた。振り向くと、上《あ》がり框《かまち》に福が立っていた。福は時折り、本家を手伝いにきていた。今もその帰りのようだ。

「どうしたのです」心配そうに四郎に問うた。

「別にどうもしません」四郎は無理をして笑った。

しかしよく見ると、福の表情が優れなかった。

「姉様こそ、どうかされたのですか」

四郎から問いかけられると、福は思い詰めた表情をみせた。

「今し方、天草衆が湯島で島原衆と談合すると聞きましたが、本当ですか」

「はい、島原側から誘いの手紙が参りましたので」

「おまえも談合に加わるのですか」

「まだそう決めたわけではありません」四郎は慌てて否定した。

「でも美沙殿が、おまえが天草衆を率いて行くと申しておりましたよ」

四郎は、湯島に行くと言っただけで、一揆を率いるつもりなど全くなかった。あまりのことに狼狽《ろうばい》してしまうと、福が、表に出よう、と誘ってきた。四郎は黙って従った。

外に出ると、福が改めて質《ただ》してきた。

「四郎、おまえは蜂起に反対なのですね」

四郎は、ようやく自分の理解者を見つけて救われた気持になった。

「姉様、デウスは剣での報復を許しておられません。しかしいくら説いても、小左衛門殿は私の言葉に耳を傾けてくれません」

四郎の訴えに、福は力強く頷いた。

「おまえの言うとおりです。蜂起などすべきではありません」

四郎はひどく嬉しくなった。だが、単純に喜んでばかりもおられなかった。蜂起に反対しているのは自分と福だけなのだ。これでは蜂起を止めることはできない。

四郎はまた考え込んでしまった。福が重ねて諭してきた。

「蜂起に反対するなら、湯島へ行ってはなりません」

「されど先ほど、父上や小左衛門殿の前で、湯島に行くと言ったばかりです。今さら行かないとは言えません」

「いいえ。どんなに非難されても絶対に行くべきではありません」

「されど、行って、蜂起をやめるよう説得することもできます」

四郎は弱々しく言い返した。福がきっと眼を据える。

「おまえは、父上や小左衛門殿に言えなかったことを、他の長老たちに言えると思うのですか」

痛いところを突かれて、四郎は押し黙った。

「四郎。私と宇土に戻りましょう。宇土には母様がおられます。宇土に行くことで、蜂起する者から距離を取るのです」

「姉様、そんなことはできません」

それこそ、命を惜しむ卑怯者だと非難されよう。四郎は頑《かたく》なに拒んだ。しかし福も諦めない。

「このまま湯島に行けば蜂起に巻き込まれてしまいますよ」

四郎と福は、その場で言い争いをはじめようとした。そのとき、

「四郎殿」突然、背後から声をかけられて、四郎たちは慄然とした。

振り向くと、小左衛門が立っていた。


小左衛門は、座敷で四郎が戻ってくるのを待っていた。しかし、いくら待っても戻ってこなかったので、捜しに出た。すると玄関先で、福と話し込んでいる姿を認めた。何を話しているのか、耳を澄ますと、福が四郎に、湯島に行くなと諭している。小左衛門は、嚇《かく》とするまま表に出た。

「このようなところで何をしておられるのです。先ほどから、お父上ともども、あなたが戻ってくるのを待っていたのですよ」

口調こそ丁寧だったが、瞳には怒りが込められていた。

四郎が、何かしらの釈明をしようとした。それより先に、福が小左衛門の前に進み出た。

「義兄様、お話があります」

「何だ」闇の中でもよく光る、小左衛門の目が福を捉える。

福は、臆することなく対峙《たいじ》した。

「四郎は、湯島に行きたくないと申しております。私も行かせたくありません」

よく通る声で、はっきり告げた。

小左衛門は鼻で笑い、福の背に隠れている四郎に言った。

「四郎殿、座敷に戻りましょう」

「四郎、行ってはなりません」

四郎は、福と小左衛門との間で板挟みになった。しばらくその場に立ち尽くしていたが、やがて諦めると、小左衛門のもとに行こうとした。福がすかさず四郎の腕を取った。四郎も歩みを止める。それを見て小左衛門が、もう一度、声をかけた。

「四郎殿、さあ、こちらにおいでなさい」

四郎の足が再び動き出す。

「なりません」福が四郎の腕を強く摑んだ。

「四郎殿」小左衛門が、苛立った声を上げた。

四郎は目で、福に許しを請うた。福は、四郎を何とか翻意させようとする。互いを思いやり、見つめ合う。

「四郎、来るんだ！」

小左衛門の怒鳴り声に、四郎はびくりと体を震わせた。そしてとうとう福の手を振りほどくと、小左衛門のもとに向かっていった。

「四郎！」福の悲痛な叫び声が背後から追いかけてきたが、四郎は振り向くことなく、足を進めた。殴られるのを覚悟して、小左衛門の前に立った。

小左衛門は、肩で息をしていたものの、満足そうに四郎を迎えた。それから、悔しそうに唇を噛む福の前で、これみよがしに四郎の肩を抱き寄せると、屋敷内に引き上げていった。


越浦、渡辺家分家。

左太郎は、コンフラリアの長に湯島に来るよう連絡を入れると屋敷に戻ってきた。出迎えは下働きの者だけで、福の姿が見当たらなかった。

まだ本家から戻らないのだろうか。そんなことを考えながら、福を捜して厨《くりや》に向かうと、福が、竈《かまど》の前でぼんやり座り込んでいた。

「どうかしたのか」声をかけると、福が慌てて立ち上がった。

「おかえりなさいませ」それから夕餉の支度をしようとした。

様子がおかしく思われたので、左太郎は土間に降りた。

「どうした」そう言い、福を両腕に抱き包んだ。

「あなた」福が恥ずかしそうに逃れようとした。

しかし、左太郎は離そうとしない。

「迎えに出て来ないから、どうしたのかと案じたぞ」

左太郎が福を見初めたのは、六年前のことだった。渡辺本家で開かれたミサに足を運んだ福に一目惚《ひとめぼ》れをしたのだ。そして自ら甚兵衛に掛け合い、妻とした。以後、いつも寄り添い、仲睦《なかむつ》まじく暮らしてきた。

福も左太郎のことを何ものにも代えがたいほど愛している。隠し事はせず、何でも相談してきたが、小左衛門と言い争いになったことを打ち明けたものか、躊躇った。

左太郎は小左衛門を尊敬している。小左衛門についての愚痴をこぼしても、左太郎を困らせるだけだ。だが、さすがに今日ばかりは口にせずにおれなくなった。

「あなた、私は先ほど、四郎を連れて宇土に参ろうとしました」

「宇土って、肥後の宇土にか」唐突な話に左太郎は、要領を得ぬ様子だった。

「けれども義兄様が、私から四郎を奪ってお行きになられました」

福は思わず、私はあの人が大嫌いです、と叫びそうになった。それを呑み込むと、悔し涙がこみ上げてきた。

「いったい兄さんとの間で何があったんだ」左太郎が嘆息する。

「今、申し上げたとおりのことです」

「困ったものだ、子供でもあるまいに」

福は顔を覆って泣き出した。左太郎が座敷に連れて行ってくれた。左太郎の腕の中で、子供のように泣きじゃくった。

「どうして、そう兄さんと角突き合わせなければならないのだ」

左太郎も、小左衛門と福が不仲であることは承知している。だからふたりが衝突しないよう気を配ってくれていた。だが、どうやら今日、二人の間で決定的な衝突が起きたらしいと悟ったようだ。
「あの人は口は悪いが、それほど悪い人じゃない」
　左太郎が、さりげなく兄を庇《かば》った。
「分かっております、分かっておりますけど」福の声は涙でむせて、言葉にならなかった。
「それにおまえ、四郎殿を宇土に連れて行くと言ったけど、四郎殿は、湯島に参らねば
ならないのだぞ。それを宇土に連れて行こうと言うのだ。それでは、兄さんだって腹を
立てるだろう」
　大矢野衆は、同じデウスの教えを信じる島原衆を助けることに決めたのだ。福もその
ことに異を唱えるつもりはなかった。だが、四郎が小左衛門の企《たくら》みに利用されるのかと
思うと、我慢できなかった。
「あなた、四郎にはボカーチオとして、神の言葉を人々に説いて回る使命があるのです。
それなのに義兄様は、自分のためにあの子を利用しようとなされる」
　左太郎は、福の訴えに、嘆息するばかりだった。
「福。大切な弟だから、身を気遣うのは分かる。でもな、おまえにとって可愛《かわい》い弟でも、
四郎殿はそれだけの方ではない。多くの者から必要とされておるのだ」
「あなた」福は、驚いて顔を上げた。
　福を見つめる左太郎の眼は、どこまでも優しかった。

「おまえは、兄さんが四郎殿を利用していると言うが、それは違う。兄さんにとって四郎殿は、かけがえのない方なのだ。だから誰よりも大切にされておるのだよ」

それまで左太郎の言葉に耳を傾けていた福だが、それは違う、と反論したくなった。福の耳には、先ほどの小左衛門の声が、まだこびりついていた。

「四郎、来るんだ！」まるで犬を呼ぶようだった。

思い出すだに腹立たしかった。またそんな扱いを受けても、逆らわない四郎にも歯がゆさを覚えた。

福が不服そうに黙っていると、左太郎が耳許で囁いた。

「おまえが四郎殿を兄さんにとられて、悔しく思う気持は分かるよ」

「私は、そのようなことは思っておりません」福は強く反発した。

「そうかな。おまえと四郎殿は本当に仲が良いからな。俺とて、ときどき四郎殿といる兄さんを見ると、羨ましい気持になるよ」

福は、いっそう不服を顔に出した。怒りのせいで、福の白い項《うなじ》に青い静脈が浮かんでいる。泣きすがっているうちに、しなやかな足がいつのまにか、左太郎の両股《りょうもも》の間に差し入れられていた。福の背を抱いていた左太郎の手が、衣の裾に滑り込む。

「あなた」福は、とっさに拒もうとした。だが、さしたる抵抗もせず身を任せた。

福は左太郎の腕の中にいる間、小左衛門のことを忘れようとした。それでも、四郎を湯島にやりたくない、という気持に変わりはない。では、どうしたらいいのか。不意に耳許で左太郎が囁いた。

「なあ福、四郎殿とて男だ。いつまでも、おまえの後をついて回るわけにはいかないのだよ」

男は長じるに従い、男の群社会の中で生きていく。現在、大矢野の男社会の頂点に立っているのは、小左衛門だ。その下に左太郎・小兵衛らが従う。

小左衛門にもっともらしい意見をする甚兵衛・伝兵衛・弥兵衛などは、一線を退いたかつての長たちであり、言ってみれば、小左衛門が敬意を払っているから、その地位が保証されているに過ぎない。

男社会に、女の福が入っていく余地はなかった。しかしこの先、否応《いやおう》なく蜂起に巻き込まれていく四郎のことを思うと、福の悩みは深まるばかりだった。


翌朝、福は渡辺本家に赴いた。そして甚兵衛に、天草衆が蜂起する前に、宇土まで母たちを迎えに行きたいと申し出た。甚兵衛は難しい顔をした。

「江部《えべ》には次兵衛《じへえ》殿がおる。案ずることはない」

江部の益田家には、母マルタと妹まんが残っていた。だが江部にもコンフラリアがあり、庄屋の次兵衛がマルタたちを保護していた。

甚兵衛は、目明かしが屋敷の周りを徘徊《はいかい》していることもあり、下手に行かぬ方が良いと諭した。

「私もそのように申したのですが」

福についてきた左太郎も、甚兵衛の考えに賛成した。

父と夫の双方から諭されても、福は考えを変えなかった。

「されど父様は、四郎と一緒に島原衆と談合をもたれるのでしょう。それが細川家の耳に入れば、母様たちの身に危険が及ぶことが考えられます。ならば今のうちに、迎えに行った方がいいと思います」

甚兵衛はしばし考えあぐねた。左太郎も困ったように唇を結ぶ。

甚兵衛と左太郎が考え込んでいると、廊下から足音がした。

「ひだ襟くらいはつけた方がいいだろうな」小左衛門だった。

「いくらなんでも、仰々しくないですか」四郎の声が続く。

「みんなの度肝を抜くくらいの方が良い」

小左衛門が得意そうに言うと、四郎が笑い声を上げた。

四郎が小左衛門と談笑しながら、甚兵衛の部屋の前までやってきた。そして襖を開け、中に思いがけず福の姿を見出《みいだ》して言葉を呑む四郎に、福は厳しい目を向けた。

昨日四郎は、湯島に行きたくないと言っていた。それなのに、わずか一夜で小左衛門に籠絡されて、すっかり湯島に行く気になっている。

いったいおまえにとって、神の教えとは何なのか。その程度の信念しかないのなら、信仰など棄てるがいい。ありとあらゆる怒りが、福の胸に満ちていた。

座敷は気詰まりな雰囲気となった。それを払拭しようとして、小左衛門が左太郎に声をかけた。

「なんだ、早いじゃないか。どうした」

「福が、マルタ殿を迎えに行きたいと言い出したものですから」

ふたりの話をよそに、四郎は福の表情を盗み見ていた。しかし福は、四郎の方を見ようともしない。

姉様がお怒りになるのはもっともだ。四郎は自分が恥ずかしくなった。

ただ小左衛門と言い争うのはいつものことで、昨日のことも、これまで数え切れないほどしてきた言い争いのひとつに過ぎず、特別なことではなかった。

だが、そんな言い訳は福には通じない。福は、自分を庇《かば》って小左衛門と衝突した。その福が、小左衛門と仲良く肩を並べて現れた自分を見て、どう思ったか。説明されるまでもない。

四郎は恥じ入りながら、その一方で、福がなぜ、突然、母を迎えに行くと言い出したのか考えた。

昨日福は、蜂起する者と一線を画すために宇土に行こうと言ってくれた。その福が、全く逆に考えを変えたのだ。その理由が理解できず、四郎が困惑していると、小左衛門が笑い声を上げた。

「ずいぶん大きな心境の変化があったと見えるな」

たちまち福がきつく目を剝く。四郎は、慌てて両者の間に割って入った。

「姉様が、母様のことを案じられるのは分かります。されど今、江部に参られるのは危険です。母様たちのことは、次兵衛殿に任せておかれた方がいいと思います」

「いいえ、あなたが湯島に行くと決めた以上、万一のことを考えなければいけないのです。もしものとき、家族がばらばらでいたくはありません」

一揆首謀者は、家族ともども処罰される。福の意見に、甚兵衛や小左衛門は発言を控えた。それでも四郎は、思い留まるよう重ねて訴えた。

「細川家でも警戒を厳重にしているでしょうし、無理をして出かけられても、江部に入れないかも知れませんよ」

「女の私なら怪しまれないですみます。それに小兵衛を連れて里帰りを装いますから、心配いりません」

福は考えを変えようとせず、四郎が困り果ててしまうと、小左衛門が口をはさんだ。

「いいだろう、福。それなら三角までの船は、俺が出してやろう」

「義兄様がでございますか」

福は、船なら左太郎に出してもらうからいい、と断ろうとした。その出鼻をくじくように、小左衛門が続けた。

「おまえを送るついでに、宇土の様子を見ておきたいのだ」

それでも福は、小左衛門に送ってもらいたくないようで、返事を濁した。仲立ちに入ろうとした左太郎も、うまい言葉が見つからない。甚兵衛が口を開いた。

「そうまで言うのなら行くが良い。ただし三角までは、小左衛門殿に送ってもらえ。我らも三角の様子を知っておきたいしの」

「お許し頂けるのですね」

小左衛門の見送りは不快だが、父が了承してくれたので、福も愁眉を開いた。

「危険だと思ったら、引き返して来るのだぞ」甚兵衛が念を押す。

「父様のおっしゃるとおりに致します。されど必ず母様たちを連れて戻って参ります」

福が気丈に言い切ると、甚兵衛が思わず苦笑いをした。


翌日、福が息子の小兵衛を連れて三角に向かった。脚絆《きゃはん》・手甲、質素な編み笠を身につけた姿は、女行商人そのものだった。左太郎が登立の湊まで見送った。

湊では小左衛門が、小船を仕立てて待ち受けていた。

「福のことを、よろしくお願いします」左太郎が頭を下げる。

四郎は、左太郎と瀬戸小兵衛とともに見送りにやってきていた。

三人が岸壁から手を振ると、船上から福と息子の小兵衛が応じた。離岸して船が沖で小さな影になってしまうと、小兵衛が洩らした。

「おー、まさに呉越同舟ごたるたい」

左太郎が傍らに四郎がいることを気にして、しっと小さく窘めた。しかし、小兵衛は、気にした様子も見せず、にこやかに問うた。

「左太郎さんは、なし船ば出さんかったとな」

「いー、そう思っちょったげな」左太郎が、大げさに首を竦《すく》める。

「そってん、兄さんが船ば出してくれるっちゅうもんを、よかとはゆえんばい」

そりゃそうたい、と小兵衛も首を竦める。

小左衛門の下で、何かと気苦労が絶えない弟二人は、肩を並べて上村への道を戻っていった。四郎は後に続きながら、沖に浮かぶ船影を、何度も心配そうに振り返って見た。


船内では、福が船梁《ふなばり》に腰を下ろしたまま舳先《へさき》を睨んでいた。頑なに口を閉ざして、小左衛門に視線を向けようとしない。とうとう小左衛門の方が、先に音《ね》を上げた。

「あんが三角と」福の横手にいた、幼い小兵衛に向かって話しかけた。

福は聞こえないふりをして、相変わらず正面を見ている。潮風に鬢の後れ毛がなびく。それを片手で押さえる姿が艶《なまめ》かしい。栗色の髪、透き通るような白い肌、知的に澄んだ眼差《まなざ》しで沖を見つめる姿は、女の姿をした四郎が座しているようだった。

福が左太郎の嫁として迎えられたとき、小左衛門は、正直なところ、左太郎には過ぎた女だと思った。しかし小左衛門は、すでに弥兵衛の女婿《むすめむこ》になっており、たとえ望んだとしても福を手に入れることは叶《かな》わなかった。懐かしい思いに、つい苦笑いを洩らす。

「みゃあだ、三角みゃ静かね」三角を遠望しながら小左衛門が独り言を言うと、小兵衛が不思議そうな顔をした。

「なし静かな」

小兵衛が小左衛門と話すのを嫌ったのだろう、福が胸の中に引き入れた。

小左衛門は、あまりに頑なな態度の福に呆れた。

「福、そげん、そねばるこたなか」

「義兄様、私は、そねばってなどおりません」

やっと福が口を開いた。

「おいも、もっこすと言われるけども、おまえほどじゃなかばい」

小左衛門が笑い声を上げると、福が赤らめた顔を背けた。

ほどなくして船は三角の湊に入った。小左衛門は、船中から湊内の様子を窺《うかが》った。客引きの声が響くだけで、特に変わった様子はない。

警戒を解くと、小左衛門は、船を接岸した。福が小間物を詰めた行李《こうり》を担いで、桟橋に降りた。

「それでは義兄様、行って参ります」それまでの不遜な態度を改めて、丁重に礼を述べた。

福に手を引かれた小兵衛が、船中の小左衛門に手を振る。

「そんなら、いってくいけん」

幼い小兵衛は、母と旅に出られる嬉しさから顔を輝かせていた。

「侍にゃ、ゆうじんせぇにゃんど」

小左衛門は、小兵衛に言うふりをして、福に忠告を与えた。

「侍にゃ、ゆうじんすっと」小兵衛が、ませた口調で繰り返す。

福が重ねて頭を下げ、船から遠ざかった。小左衛門は、母子の姿が桟橋の奥に消えてしまうと、大矢野へ引き返した。

# 四章　湯島談合

島原衆と天草衆が談合を持つことにした湯島は、島原と大矢野の間にある、周囲一里（約三・九キロメートル）足らずの小島だ。潮は荒く、石の浜は浅くて、船を置くべき入江もない。その小島に、島原と天草のコンフラリアの長たちが集まると、猫の額ほどの船着き場は、隙間なく繫留《けいりゅう》された船で満杯になった。

いつもは閑散としている島内も、長に従ってきた水主《かこ》たちで大変なにぎわいとなった。

四郎は、小左衛門や甚兵衛とともに湯島にやってきた。そこではじめて口之津勢の姿を目にした。白木綿の揃いの衣の上に、十字の月代《さかやき》を剃《そ》り、信徒としての姿を誇示していた。

四郎も、白いレースのひだ襟に、金の十字架を下げている。そんな四郎の姿を見て、多くの者が駆け寄ってきた。四郎は、求められるまま祝福を行った。そのため、談合場所とされた庄屋屋敷に到着するのに、半時（約一時間）ほどかかった。

屋敷の大広間には、五十人ほどの指導者が顔を揃えていた。そこに四郎が現れると、長たちは感激に顔を輝かせた。四郎は、微笑を浮かべて座に着いたが、胸中はひどく複雑だった。

湯島まで来たというのに、まだ蜂起に賛成できずにいた。それだけに、一揆勢から歓迎されて後ろめたさを覚えていた。

談合がはじまった。まず島原衆を代表して蘆塚忠右衛門が四郎に感謝を述べた。

「四郎殿、本当によくお見え下された。天の使いと言われるあなたがお味方下されたことで、百万の味方を得た思いです」

四郎が静かに頷くと、忠右衛門は謹んで続けた。

「この度おいでを乞うたのは、我らの総大将になってもらいたい、と考えたためなのです」

四郎の顔から、一瞬にして笑みが消えた。それまで、どうしたら蜂起を思い留まるよう説得できるか、そればかりを考えていた。出鼻をくじかれて動揺した。

四郎の右手には、小左衛門がいた。返事もしないでいる四郎を見て、眼を怒らせていた。

四郎の魂胆《こんたん》を見抜き腹を立てたようだが、みんなの期待に応えさせようと、ひとまず四郎に礼を述べるよう促そうとした。

それより先に、甚兵衛が口を開いた。

「蘆塚殿、我らも、四郎を総大将にしようと考えていたのです」

居並ぶ長たちの間から感嘆の声が上がる。

「甚兵衛殿も、そのようにお考えでしたか」忠右衛門が喜びに顔を上気させた。大広間に興奮の波が渦巻く。

しかし当の四郎は狼狽したままだった。デウスの教えを、今一度、説かねばならぬ。蜂起には反対だと告げるのだ。そう思うのだが、どうしてもそれを言葉にすることができなかった。貝のように口を閉ざしていると、

「四郎殿、どうされたのです。みんなが、あなたを頼みにしているのですぞ」

小左衛門が促してきた。


当初、小左衛門も、甚兵衛の提案に面食らった。天草一揆の総大将には、自身が立つ気でいた。四郎は蜂起に賛成していないし、そんな者を大将に仰ぐより、後陣で戦勝祈願をさせる程度が適任だと思われた。だが、居並ぶコンフラリアの長たちは、すっかりその気になっている。これでは辞退できないだろう。

しかし四郎は、目を三角にして、どうしてそんなことを言うのか、と睨み返してきた。

小左衛門も、しっかりしろと、怒鳴りつけたい衝動に駆られる。

ふたりが反目していると、忠右衛門が、四郎の気持を察した。

「四郎殿、突然のことで驚かれるのは、無理もないと思います。されど、改めてお願いします。どうぞ我らの総大将になって下さい。だからと言って、あなたに戦の指揮を執れとは申しません。みんなを励まして下さればいいのです。戦は我らにお任せ下さい。何しろ私やお父上は、太閤《たいこう》殿下の命に従って摂津守《せっつのかみ》様とともに、朝鮮でも戦をして参りました。戦の作法は、充分心得ております」

「四郎、蘆塚殿の申されるとおりだ」甚兵衛が相づちを打つ。

短い言葉の中に、戦への自負が込められていた。

甚兵衛は、小西摂津守行長の死とともに武士を捨て、これまで信仰一筋に生きてきた。それにも拘わらず、再び戦場に立つ決意を固めたのは、松倉氏の圧政に苦しむ島原衆を救いたい、という気持に突き動かされたからだ。

自分もそうすべきなのか。四郎の胸に、これまで小左衛門と交わしてきた問答の数々が甦《よみがえ》る。皆殺しにされても最後まで祈るべきか。それとも、島原衆のために立ち上がるべきなのか。

迫害する者のために祈れ。それがイエスの言葉だ。ならば、たとえ皆殺しにされても、武器を持ってはならないのだ。

四郎は意を決すると、忠右衛門と向き合った。

「忠右衛門殿、総大将の儀、まことにありがたく存じます。されど、私はまだ元服してもおりませんし、これまでデウスの教えを守るため蜂起に反対して参りました。それを考えると、およそ総大将にふさわしいとは思われません」

四郎の返答に、小左衛門は言葉を失い、甚兵衛も青ざめた。座敷にも困惑が広がる。

忠右衛門だけが満足そうに頷いた。

「さすがは神の使いと讃《たた》えられるだけのお方でいらっしゃる。汝《なんじ》殺すなかれ、というデウスの教えは守られねばなりません。それを我らは破ってしまいました。まことに罪深いことです」

「では、総大将の儀はお諦め下さいますか」四郎は、期待に瞳を輝かせた。

「いいえ。そのようなお方であればこそ、我々の総大将としてふさわしいのです」

忠右衛門は、確固たる口調で言い切った。居並ぶ長たちも、そうだ、そうだ、と口々に褒めちぎる。

「邪宗の者どもを平らげ、天草・島原の地に神の王国を築くためにも、ぜひ総大将になって頂きたい」

忠右衛門に頭を下げられて、四郎は対処に窮した。戸惑っていると、不意に甚兵衛が四郎の面前に進み出た。

「儂からもお願い申し上げる」そう言うなり、平伏《ひれふ》した。

「父上、何をなさいます」

「そなたをおいて総大将はほかにない」

四郎は、小左衛門の方に向き直った。だが小左衛門も、甚兵衛にならって頭を下げる。

これを見てコンフラリアの長たちも、いっせいに平伏した。

座敷は、乙名衆の背で埋まった。その様を四郎はひとり眺めた。

蜂起には賛成できないのだ。重ねてできぬと言え。良心が叫ぶ。だが目の前で、多くの者が自分に期待をかけている。さすがの四郎も人々の願いを拒むことができなかった。

「分かりました」自然に口が動いた。

「総大将、お受け致します」

四郎は一瞬、自分が何を言ったのか分からなかった。我に返ると、座敷全体から歓声が上がっていた。


湯島での談合を終えると、忠右衛門は、有家に戻った。すぐさま人々を集め、四郎を総大将に頂くことができたと報告した。

「四郎殿に勝る味方はありますまい」

人々は喜んで、さっそく感謝のミサを行おうとした。時を同じく、代官・林《はやし》兵左衛門《へいざえもん》が乗り込んできた。

兵左衛門は、以前から忠右衛門のことをキリシタンではないかと狙いを付けていた。その忠右衛門の屋敷に、村人が多数集まっていると聞きつけてやってきたのだ。

「これは何の真似《まね》だ」

土足のまま座敷に上がり込むと、忠右衛門たちが拝んでいた、天主像を引き裂いた。

「お代官様、これはあまりのなされようです」

忠右衛門は、目の前に投げ出された天主像を見て、怒りに拳を震わせた。

「何を申すか。これがただの観音像とは言わせぬぞ」

兵左衛門が、天主像の背面を指した。そこには、小さな十字架が刻まれている。

「おまえたちのような者はひとり残らず海に沈めてやる」

兵左衛門も、口之津の出来事は知っている。だが、弱気をみせるから農民がつけあがると考えて、あえて強気を示したに違いない。

忠右衛門は日頃から腰の低い男で、使用人にも大きな声を上げたことがなかった。しかし、無言で兵左衛門のもとに歩み寄ると、力任せに突き飛ばした。

兵左衛門が、もんどりうって庭先に転がり落ちた。腰を打ってうめき声を上げていると、座敷から半之丞が降りてきた。

「このゼンチョ（異教者）めが」手にした刀を振り上げた。

兵左衛門は逃れようとしたが、次の瞬間には、首が宙に舞っていた。四這《よつんば》いの体が、がくりと崩れて、頸部《けいぶ》から吹き上がる血飛沫《ちしぶき》が庭先に赤い池を作る。

半之丞が、兵左衛門の首を高々と掲げた。感嘆と歓声が渦巻く。

「よくやられた、半之丞殿」忠右衛門は、半之丞の前に進み出た。

「これをどう致そうか」半之丞が、手にした首を煩わしそうに示す。

首となった兵左衛門は、自分の身に何が起きたのか分かっておらぬようで、目は宙を見つめていた。

「肥えにしてもよいですが、それでは田畑が汚れましょう。やはり、代官屋敷に晒すのが一番でしょうな」


有家の代官が殺されたという知らせが島原城に届けられると、城内に驚愕《きょうがく》が走った。

「百姓どもめ、つけあがりおって」

松倉家国家老・岡本新兵衛《おかもとしんべえ》は、口之津で農民に襲われた田中宗甫が島原城に逃げ込んできたとき、

「百姓ごときにしっぽを巻いて逃げてきた老いぼれ」と蔑み、事の重大さを認識しようとしなかった。

だが、新たな代官を口之津に送り込もうとしていた矢先だけに、有家の騒動は深刻だった。しかも今度は代官が首を取られたのだ。さすがに笑って済ませられなかった。

島原城で討伐軍が編成された。

城側の動きを警戒していた忠右衛門は知らせを受けると、近隣の村々に呼びかけて一揆軍を編成した。そして深江金時《ふかえきんとき》を大将として、松倉軍を迎え撃つことにした。

十月二十六日、両軍は、島原城の南、深江《ふかえ》で激突した。

一揆軍の士気は高かったが、松倉家の家臣は、関ヶ原《せきがはら》や大坂の陣で戦功を立てた猛将

揃いで、初手から激しく攻めかかってきた。

戦闘開始直後、早くも一揆側の最前線が崩れかかった。

「退《ひ》け、退け」

深江金時の号令で、一揆勢はいったん前線を下げることにした。

一揆勢が退きはじめると、これに気をよくした松倉兵が、追尾をはじめた。しかし深江川の川上では、蘆塚忠右衛門が、布津《ふっ》など四ヶ村の農民を搦め手《からて》として待機させていた。そこに城兵がやってきた。

一揆勢搦め手は、城兵軍が川を渡り切ったところで、背後から襲いかかった。それまで城兵に追われていた一揆先鋒《せんぽう》も攻撃に転じる。城兵は、挟み撃ちに遭い、すっかり浮き足だった。

「いったん退いて、態勢を立て直すのだ」

銃声が響く中、岡本新兵衛が声を嗄らして、城兵を一カ所に結集させようとしていた。

だが、一揆勢の多くは、島原・小西の浪人をはじめ半之丞のような松倉家の旧臣らで、槍《やり》や鉄砲を自由自在に操り、逃げる城兵をおもしろいように追い立てた。

深江は海と雲仙の裾野に挟まれた狭い土地で、押すも退くも海岸線を直線にたどるほかない。結局、城兵は態勢を立て直すこともできぬまま、這々《ほうほう》の体《てい》で島原城へ逃げ帰った。

一揆勢は、城兵を追って島原城下に殺到した。町に人の気配はなかった。藩士やその家族はすでに城内に入っていた。一揆勢に恐れをなした松倉家では、籠城することにしたのだ。

別名森岳城《もりたけじょう》と言われる島原城は、七年の歳月をかけて築かれた名城で、外見の美しさもさることながら、難攻不落の要素を兼ね備えていた。城の周囲には深い濠《ほり》が巡り、鋭く反り返った石垣を乗り越えて城内にたどり着くのは、至難の業だ。九州でこれに匹敵するのは、熊本城ぐらいのものだ。

「はん、腰抜けどもめ。籠城するとはな」

半之丞が濠端に立ち、城に籠もる城兵を軽蔑して見上げた。

「まあそれなら、城を枕に討死して頂くまででしょうな」

忠右衛門は、涼しげに返す。

一揆軍は、町屋すべてを焼き払った上で大手門に攻め寄せた。大手門から城に至る桟道は一本だ。桟道に殺到した一揆勢に大手門守備兵が激しい攻撃を加える。兵の多くは、松倉家に人質を取られた町民たちだった。

「百姓どもを、一人たりとも城の中に入れるな。入れたら最後、その数だけ人質を殺すぞ」

家老・岡本新兵衛の脅しにあった町民や雑兵たちは、大手門や周辺の城壁の上から鉄砲を乱射した。

大手門に通じる桟道は、左右を深い濠に挟まれていて、急勾配の上、狭かった。銃撃を受けた一揆勢が、濠の中へ転落していく。しかし怯《ひる》むことなく後続部隊が大手門をめざした。

大手門をめぐり、城兵と一揆勢との間で死闘が繰り広げられた。劣勢を挽回《ばんかい》しようと城側が大筒を発射した。轟音《ごうおん》が秋の澄んだ空気を伝わり、遠方まで響き渡る。それでも一揆勢は城の囲みを解かなかった。だが、激しい攻め立てにも拘わらず、日が暮れても城は落ちなかった。

一揆勢は、本陣とした千本木《せんぼんぎ》に引き上げた。一揆勢が去った後の大手門周辺には、城方と一揆勢双方の屍《しかばね》が山をなした。焼き討ちにあった城下は、海岸線に至るまで遮るものがなくなり、島原城だけがぽつりと立っていた。城の周囲をうろつく者とてなく、腹を減らした野犬が屍に食らいつく音だけが不気味に響いた。

四郎は、湯島談合を終えると、一揆の総大将として口之津に赴いた。警護役として小左衛門が同行した。そこに忠右衛門から、島原城を包囲したという知らせが届けられると千本木に向かった。

千本木は島原城を見下ろす高台にある。眼下に臨む城は、奇襲に備えて、至る所に松明《たいまつ》を置いており、夜のしじまに赤い火が揺れる様は、城兵の怯《おび》えを表しているようだった。

四郎は小左衛門に守られて、一揆勢が本陣とした庄屋屋敷に入った。邸内には、藩の米蔵から奪ってきた食料や酒樽《さかだる》が所狭しと積まれていた。それらに交じり、松倉家家臣の首級《しるし》が置かれていた。その周りで一揆勢が平然と飲み食いをしている。

凶作に苦しんできた人々は、庭先に据えた大釜から思う存分米を食い、軒先に並べた樽から酒を呑んだ。忠右衛門も濡《ぬ》れ縁《えん》に腰を下ろして、山盛りの白飯をむさぼり食っていた。

「これは四郎殿、失礼な姿をお見せしまして申し訳ございません」四郎を認めると、慌てて立ち上がり敬意を示した。

忠右衛門の足許で、一人の若者が飯を喰《く》らっていた。

「おっとんらが、米ば全部押さえてしまったっと。だけん城の中にゃ、ろくに米ばないはずな。松倉の者な、腹と背中がくっつくまで我慢すればよか」

周囲で話を聞いていた者がせせら笑った。

四郎は表面上、平静を保っていたが、戦場特有の異様な興奮に吐き気を覚えていた。それを必死に堪えていると、忠右衛門が、四郎のために用意した奥座敷に案内してくれた。

そこは庭に面した簡素な書院で、床の間と違い棚、柱には檜《ひのき》が用いられており、部屋全体に芳香を漂わせていた。障子を閉じても表の騒ぎが聞こえ、騒音は止《や》む気配をみせなかった。

「お酒を召し上がりにいかれないのですか」

四郎は、後に続いてきた小左衛門に問うた。

酒好きの小左衛門だが、先ほどから、いくら勧められても杯に手を伸ばそうとしなかった。四郎はひとりになりたいこともあり、小左衛門に酒を呑みに行くよう重ねて勧めた。

「総大将をひとりにするわけにはいかぬだろう」

小左衛門がにべもなく返す。四郎は急に笑い出した。

「これであなたの思うようになったわけですね」

「何のことだ」小左衛門が、わずかに眉をひそめた。

「蜂起に反対していた私を、総大将にできたんだ。何もかも、あなたの思いどおりというわけだ」

四郎は、感情的になって叫ぶ。しかし小左衛門が、四郎の挑発に乗ることはなかった。

「おまえを総大将に推したのは、俺ではないだろう」

「それを信じろと言うのですか。あなたと父上が謀ったことでしょう」

目の色を変える四郎に、小左衛門が、つくづく呆れた顔をした。

「俺が甚兵衛殿と謀って、おまえを罠《わな》にはめたと言うのか。よくそれで、敵を愛せだとか、互いのために祈り合いましょうなどと、もっともらしいことが言えたものだな」

痛烈な皮肉に、四郎は怒りのあまり顔を青黒くした。しかし言い返すことはできず、代わりに涙が溢《あふ》れてきた。

子供のように泣き出した四郎に、小左衛門はうんざりした。それでも同情はしていた。あれほど蜂起に反対していたのに、総大将にされたのだ。それにこの本陣の空気。四郎でなくとも気分が悪くなる。

小左衛門とて、血に酔った兵士らを見るのは、はじめてだ。だが、戦いははじまったばかりだ。これからもっと悲惨な事態が待ち構えているに違いない。それを思えば、この程度のことは何でもない。

そんなことを考えていると、突然、四郎が濡れ縁に飛び出していった。四這いで嘔吐《おうと》する四郎の背を、小左衛門はさすってやった。

「今からこんなことでは、先が思いやられるな」

「私は嫌です。人が殺し合うところなど、これ以上見たくない」

四郎が体を痙攣《けいれん》させながら訴えた。そこにまた嘔吐が襲う。

「しっかりするんだ」

四郎は吐くだけ吐くと、部屋に戻った。部屋の真ん中で伸びていると、小左衛門が膝を貸してきた。四郎は大人しく頭を乗せた。嘔吐は治まったが、悲しみまで消えたわけではない。小左衛門の膝にすがって泣き出した。

「小左衛門殿、どうして殺し合わねばならないのです。私は人を殺すのも嫌だし、死ぬのも嫌だ。そのようなことをデウスもお望みではないはずだ」

「俺とて、死ぬのが怖くないわけではないさ」小左衛門が、四郎の頭を撫でた。

「それなら、なぜ蜂起するなどと言い出されたのです」四郎が強い口調で聞き返すと、小左衛門が淡々と応じた。

「四郎。人間いつかは死ぬもんだ」

「それはそうです。でも」

「まあ、聞け。どうせ死ぬなら、納得のいく生き方をした方がいいと思わないか」

四郎の頭を撫でる小左衛門の手は、思ったより大きく温かだった。その温かさに触れているうちに、四郎の気持も落ち着いてきた。

「俺たちは蜂起したばかりだ。数は千にも満たない。だがその昔、鎌倉《かまくら》に幕府をたてた源《みなもとのよりとも》頼朝は、全国にちりぢりになっていた源氏《げんじ》の力を結集させて、平家《へいけ》の天下を覆した。その故事にならえば、俺たちにだって、徳川《とくがわ》の天下を覆す可能性がないわけではない」

鎌倉幕府樹立の経緯を語る小左衛門には、不思議な力が溢れていた。近頃、感情的な諍《いさか》いが絶えなかったこともあり、四郎は久しく忘れていた、小左衛門に対する憧れを思い出した。

四郎が大矢野で布教をはじめたとき、行く先々の村で、若き大庄屋である小左衛門は、存分な敬意を払われた。あのとき四郎は、いつかこの人のようになりたいと願った。その気持を思い出すと、小左衛門の膝から体を起こした。

「本当に幕府に勝つことができるのでしょうか」

「どこまでやれるか分からないが、とにかく信仰の自由は勝ち取りたい。それには我らだけでは力が及ばぬ。何とか全国のコンフラリアと連携できぬか、考えているところだ」

小左衛門の計画を聞き終えると、それまで四郎の心に取り憑《つ》いていた不安が、すぽりと落ちた。

「あなたはすごい人ですね」

「別にすごくなんかないさ」小左衛門が照れくさそうに鼻を掻く。

「いいえ、本当にすごい人です」

重ねて褒めると、小左衛門が嬉しそうな顔をした。

「総大将からそう言われたのだから、光栄に思わねばならぬな」

室内に燭台《しょくだい》はなく、障子の向こうから差し込んでくる庭先の松明の明かりが、四郎の顔と小左衛門の顔を照らしていた。

暗闇の中で、小左衛門の眼が白く光る。けれどもその瞳にいつもの鋭さはなく、四郎の顔を穏やかに眺めていた。表では、相変わらず兵士らの歓声が響いている。

「私は、あなたが好きです」四郎の声が柔らかく響く。

「なんだ、今さら」小左衛門が呆れたように笑った。

「でも本当なんです」尊敬していると、四郎は続けようとした。

それより先に「大変だ！」と言う大きな声がした。

四郎と小左衛門がはっとしたとき、障子が勢いよく開き、蘆塚忠右衛門が飛び込んできた。

「大変です。宮津《みやづ》から使いが参り、富岡城代の先鋒が島子《しまご》まで進軍して参ったそうです」

「何ですと」小左衛門が、険しい形相で立ち上がった。

富岡城代・藤兵衛は、島原で一揆が生じた直後から、領内のキリシタンの動きを警戒していた。中でも大矢野衆の動きに神経を尖らせており、湯島談合の情報を掴むと、先手を打って大矢野を武力制圧しようと企てたのだ。

「城代が打って出てきたのであれば、こうしてはおられぬ。急いで天草へ戻らねば。忠右衛門殿、我らに少し兵を貸してくれぬか」

「ああ、心得た」忠右衛門が小左衛門に対して、大きく胸を叩いてみせた。


十月二十七日、十字架の御旗《みはた》を立てた三百艘あまりの船が、口之津から天草めざして出航した。船には、四郎のほか、加勢として松島半之丞率いる島原一揆勢が乗船していた。

大矢野では、湯島談合後、一足先に戻った甚兵衛が中心となって、村の入口に十字架を立てたり、寺社を焼き払うなどして、蜂起の姿勢を鮮明にしていた。

四郎を迎えた大矢野衆は、渡辺本家に集まり軍議を開いた。まず鉄砲について、島内の鉄砲鍛冶のもとにあるものをすべてかき集める。それだけでは充分とは言えないので、家々にある古い銃を手入れすることにした。

また戦闘開始前に、長崎代官に頼んでおいた火薬を引き取ることにした。直接交渉した小左衛門が長崎まで出向こうと申し出たが、甚兵衛に反対された。

「小左衛門殿は、此度《こたび》の戦の要ぞ。誰ぞ代理を向かわせるべきだ」

代理には、左太郎が立つことになった。左太郎は気性が穏やかで、常に冷静で物事に動じることがないので、したたかな代官とも互角に渡り合えると見込まれた。

このほか、兵糧の調達や兵の配置などが決められた。

最後に小左衛門は、蜂起に先立って、先年、弥兵衛が郡代に提出した転び証文を取り戻したい、と申し出た。

「あんなものは形ばかりだ」

弥兵衛が、今さら思い出したくない、という口調で返した。

「そんなことは分かっている。だが、大矢野全員の転びを記したものが、敵の手にあるかと思っただけでも気分が悪い。宣戦布告代わりに取り戻してきたい」

弥兵衛が黙ってしまうと、甚兵衛が応えた。

「それもいいだろう。城代に一泡吹かせることになるからな」

甚兵衛の同意を得て、小左衛門は郡代のもとに赴くことにした。

四郎は総大将として、上座から話し合いの行方を見守っていた。終始無言で、顔色も優れない。小左衛門はそのことに気づいた。

千本木で話してきかせたのに、まだ躊躇いがあるのか。

軍議が終わると、小左衛門は、広間を出て行く四郎を追い、廊下で捕まえた。

「どうしたのだ。四郎殿。まだ戦に賛成できぬのか」

小左衛門の後ろには半之丞がおり、やはり困ったような顔をしていた。

「蜂起に反対しているわけではありません」四郎が気まずそうに視線を落とした。

「ではなんだ」

「戦を前にして、こんなことを口にしていいものかとも思いますが」そう前置きした上で、四郎は、福がまだ宇土から戻っていないことを明かした。

小左衛門は福を三角まで送ったが、その後、島原での戦闘や富岡城代の出陣などがあり、福が宇土から戻ったかどうか確認していなかった。

福は江部に向かったきり、何の連絡もないという。

「敵の虜《とりこ》になってからでは遅い。すぐに迎えに行った方がいい」

半之丞の意見に、小左衛門は頷いた。

「そうだな、では栖本の郡代と話を付け次第、俺が行こう」

出し抜けの提案に四郎は唖然《あぜん》とし、半之丞は顔色を変えた。

「小左衛門殿、いったい何を言い出すのだ」

「そうです。あなたが行く必要はありません」

ふたりから反対されたが、小左衛門は考えを変えなかった。

「福のことは俺の落ち度だ。だから俺が迎えに行く」

今さらながら、四郎は小左衛門に福について相談したことを悔やんだ。義俠心《ぎきょうしん》の強い小左衛門が、不仲とはいえ福のことを放置しておくわけがない。何とか翻意させようとした。

「小左衛門殿、先ほど父上が言われたとおり、あなたは此度の戦の要です。天草から離れるべきではありません」

強い口調で迫ったが、小左衛門は首を縦に振ろうとしなかった。

「全面的な戦闘になってからでは遅い。今ならまだ間に合う」

「小左衛門、おぬしを信用せぬわけではないが、いくら何でも無謀すぎぬか」

半之丞も重ねて説得した。何しろ先ほどの軍議で、小左衛門の代わりに左太郎が長崎に出向くことになったのだ。その経緯を考えれば、いくら四郎の母や姉のためとはいえ、四郎の私事に過ぎないことで、小左衛門が天草から離れるようなことがあってはならない。

思い余った四郎が、それなら自分が宇土まで行くと申し立てると、小左衛門が強く窘めた。

「四郎殿。あなたは総大将なのですぞ。あなたこそ天草から離れてはならない。しかし私は軍奉行《いくさぶぎょう》の一人に過ぎないのだから」

四郎は、即座に反論しようとした。小左衛門は、己のことを軍奉行の一人だとしたが、実質的には彼こそ天草勢の総大将なのだ。

「いいえ、あなたは軍奉行などではありません」

四郎の意見を、小左衛門は黙殺した。この男は一度言い出したら、人の意見に耳を貸さない。それを知る半之丞が、とうとう小左衛門の肩を持った。

「四郎殿、こうまで申すのだ。ここは小左衛門の顔を立ててあげては如何《いかが》でしょうか」

それでもなお四郎が翻意を求めると、小左衛門も、少しばかり譲歩した。

「四郎。今度ばかりは俺もひとりで行こうとは思わない。瀬戸小兵衛など警護の者を連れて行くから、そんなに心配するな」

小左衛門も、今、宇土に向かうことがどれほど危険か充分分かっている。しかし、最後まで蜂起に反対していた四郎に総大将という重大な役目を負わせたのだから、せめてもの罪滅ぼしとして、母たちを天草に引き取りたいという願いを叶えてやりたかったのだ。


渡辺本家母屋の奥、南西の角に小左衛門の部屋がある。内部は、八畳と六畳に分かれて、手前の八畳の床の間には、家老時代に拝領した太刀と、大庄屋が帯びることを許された腰刀が飾られている。その前に夫婦の床が用意されていた。しかし妻花の姿はなく、板戸を隔てた奥の六畳で、息子の小平に添い寝をしていた。

小左衛門は小袖・袴を脱ぐと、床の上にごろりと身を横たえた。頭の下で腕を組み、明日、栖本郡代とどう渡りを付けるか、考えをめぐらせた。

しばらくして板戸が開き、行燈《あんどん》の光に、花の影法師が浮かんだ。

「お父《と》っ様《つあま》。大矢野もいよいよ起つのですか」

小左衛門は、そうだ、と応えた。

「左太郎さんが、お父っ様の代わりに長崎に行くそうですね」無口な花が、珍しく質問を重ねる。

「女が口出しすることじゃない」小左衛門は短く返した。

小左衛門がやることに花が口を挟んだことは、これまでなかった。だが一揆の首謀者は、妻子まで処刑されるのだ。うるさがられることを承知で、質問を続けた。

「火薬を買うと聞きましたけど、お金は、どうされるつもりです」

小左衛門は煩わしさに舌打ちすると、身を起こした。

「誰からそんなことを聞いたんだ」

「誰って、屋敷の者みんながそう言っております」花が小左衛門の剣幕に怯えた。

「つまらんことを気にするな」小左衛門は、再び床に身を横たえた。

「でも」

「俺には俺の考えがあってしていることだ」小左衛門は目を閉じて、それ以上の話をしない構えを見せた。

しかし花が六畳間を出て、小左衛門のそばににじり寄った。

「お父っ様、少しは私や小平のことを考えて下さい」

小左衛門は目を開くと、心外であることを隠さずに、不平を並べる花を眺めた。

「火薬の代金に、田畑をすべて取られても構わない。でも城代様と戦などなされては、田畑を取られるだけではすまないでしょう」

花の泣き言に、小左衛門は憐れみを覚えるどころか、腹を立てた。

花に限らず女という者は、己の庭先さえ安全であれば、隣が猛火に包まれていても関心を払えないらしい。隣家を焼き尽くした猛火は、軒に届き、最後は我が身まで焼き尽くすというのに、火だるまになるまでそのことが分からないのだ。

花の了見の狭さに、小左衛門は怒りを爆発させた。

「俺のやることが気に入らないと言うなら、この家から出て行け」

ときならぬ父の怒鳴り声に、小平が驚いて目を覚ました。床から這い出ると、板戸越しに怯えた顔を覗かせた。

「どぎゃんしたっと」

小左衛門は、きまりが悪そうな顔をした。花が小平のもとに駆け寄って、「なんでもないけん」と慰めた。小平は、花に抱きしめられて再び体を横たえた。花は、小平を寝かしつけてから、小左衛門の前に戻ってきた。

「出て行けと言われても、ここは私の家ですから」小声で反抗した。

「主《あるじ》は俺だ」

「では、どこに行けと言われるのですか」花が情けなさのあまりか涙をこぼして訴えた。

「どこへなりとも、好きなところに行くがいい。だがな、小平は置いていけ」

それまで頬を濡らしていた、花の涙が止まった。そして、穴が開くほど見つめてきた。花の無言の抗議を小左衛門は無視した。

「小平は渡辺の跡継ぎだ。おまえの好きにはさせない」

花が嗚咽《おえつ》する。泣きじゃくる花の背を小左衛門がさすることはなかった。花の泣き声が夜の静寂を震わせて長く遠く響いた。


翌朝は、海霧が立った。乳白色の霧が大矢野を覆い尽くす。

小左衛門が目を覚ますと、隣に寝ているはずの花の姿がなかった。昨夜、泣き続ける花に知らぬ顔をして先に休んでしまった。おそらく気を腐らせて、奥の六畳で小平とともに休んでいるのだろうと思い、板戸を開けてみた。

部屋には、花ばかりか小平の姿もなかった。敷かれたままの床の上には、小平の寝間着が放置されている。

小左衛門は舌打ちすると、寝間着姿のまま家内を捜して回った。二人の姿は見あたらず、花が小平を連れて出奔してしまったようだった。

小左衛門から、花の姿が見えないという話を聞くと、弥兵衛は、家人に捜索させることにした。心配顔の家人らが村内に散って行く。

それを濡れ縁から見送る弥兵衛も沈痛な面持ちだった。

「それにしても、この大事なときにいったいどうしたというのか」

弥兵衛には、娘の行動が全く理解できなかった。

話を聞いた四郎が、甚兵衛と連れだって濡れ縁までやってきた。

「いったい花さんは、どうされたというのでしょうか」

誰からも答えは返されなかった。花の失踪に一番心を痛めていそうな小左衛門は、弥兵衛の横手に立ったまま白けた顔をしている。夫婦の間で何かあったことは、誰の目にも明らかだった。

「まあ、花殿のことは、弥兵衛殿に任せた方がいいでしょうな」

半之丞が事情を察すると、いち早くその場から立ち退こうとした。

「しかしそれでは、あまりにも冷たいのではありませんか」

四郎が抗議したが、半之丞と甚兵衛は、夫婦の問題に他人が関わらない方がいいとして、早々に屋敷内に引き上げていった。

四郎は、甚兵衛たちの対応に憤慨した。しかし肝心の小左衛門は、相変わらずどうでもよさそうに空を眺めている。四郎もようやく、小左衛門が干渉されたくないと思っていることを察して、甚兵衛たちに続いた。

他人が姿を消すと、弥兵衛は、改めて小左衛門に問うた。

「立ち入ったことを聞くが、昨夜、花との間で何かあったのか」

「家を出て行きたいと言うので、そうしろと言いました」

「また、どうして」仰天する弥兵衛に、小左衛門は淡々と告げた。

「蜂起が嫌だ、と申しましたので」

弥兵衛は、城代との戦を前にして、渡辺家の者は気持をひとつにしていると思い込んでいた。それだけに愛娘《まなむすめ》が反対していたとは、思いも寄らなかった。

「そうか。花が嫌だと言ったか」弥兵衛は震える唇をこじ開けた。それから小左衛門に頭を下げた。

「親父殿、何をされます」小左衛門が驚いて、頭を上げさせようとした。

弥兵衛は容易に応じなかった。

「花がこれほど我儘《わがまま》に育ったのも、母が早くに身罷《みまか》り男手ひとつで育てたせいだ。至らぬところがある娘だと思っていたが、まことに申し訳ない」

小左衛門は、許すとも、許さぬとも言わなかった。気持はもはや花にはなかった。自分を見限って出て行った女房のことよりも、郡代と如何《いか》に対決するかに気持を集中させていた。

島子から城代の軍勢が動き出す前に、宣戦布告を突き付けねば気が済まない。戦いに全力を注ぐ小左衛門には、花を案じてやる、ゆとりがなかった。

「花のことは、親父殿にお任せします。俺はこのまま栖本に参りますが、よろしいですか」

弥兵衛が、もちろんだと頷いた。内心、花の行方が分かるまで屋敷で待っていて欲しかったろう。だが、小左衛門は花の夫である前に大矢野の大庄屋だ。取り決めたことを実行に移さねばならず、勝手に家を飛び出していった女房の帰りを、漫然と待っているわけにはいかないのだ。

弥兵衛の承諾を得ると、小左衛門は、上村や宮津村の庄屋衆のもとに使いを出し、巳《み》の刻《こく》（午前十時頃）、寺尾の添役宅前に集合するよう伝えた。

霧が晴れ、小春日和となった。小左衛門は、紺の木綿の小袖を尻はしょりにし、脚絆・鉢巻をしめて添役宅に向かった。そして、知らせを受けて詰めかけた五十名ほどの島民とともに門扉を叩いた。添役・古野与一が、恐る恐る冠木門《かぶきもん》から顔を覗かせた。

「これはいったい何の騒ぎだ」

小左衛門は、与一の鼻先に顔を突き付けた。

「添役殿、我らとともに栖本まで来てもらいたい」

「いっ、いったいどんな用件なのだ」

「内容は、船の中でゆっくり説明しよう」

さあ、参られよ、と言う小左衛門の後ろには、殺気だった島民が並んでいた。与一は、島民らの手で罪人のようにひったてられると栖本への道を歩んだ。

同じ頃、渡辺本家に花が戻ってきた。弥兵衛は、裸足《はだし》で門前まで駆けていった。そこで娘と孫の無事な姿を見て、安堵《あんど》の胸をなでおろした。

「心配していたんだぞ、いったいどこに行っていたんだ」

花は衝動的に家を飛び出したようで、身につけているものと言えば普段着の小袖だけで、脚絆や手甲はおろか、手荷物さえ持っていなかった。

無言で立ち尽くす花の代わりに、小平が応えた。

「登立に行っちょった」それだけ言うと、厨に走っていった。

家人たちも気を利かせて、三々五々立ち退いていく。門前には、弥兵衛と花が残された。弥兵衛は、娘を労《いたわ》りながら玄関へ向かった。

「登立などに、何しに行ったんだ」

花は応えなかった。しかし何も言わずとも、大矢野を出ようとしていたことは明らかだった。それを承知で弥兵衛は、もう一度質問した。

「三角に渡ろうと思って」花が、消え入りそうな声で言った。

「三角に行って何をするつもりだったんだ」

「江部まで、福さんを迎えに行くつもりだった」

それが本音か、咄嗟《とっさ》の出任せか、弥兵衛にも分からない。いずれにせよ、島を上げて蜂起をしようという矢先、家出を企てた娘の胸中を思うと、叱責する気にもなれず、

「そうか、それは思い切ったことをしたものだな」そう言っただけで、家に上げようとした。

だが、花は玄関で立ち尽くし、周囲を神経質に見回した。小左衛門に叱責されるのを恐れているようで、弥兵衛もそれを察した。

「婿殿は栖本へ行っておる」

「郡代殿のところへか」

「そうだ、遅くならねば帰って来まい。それまでにそのふくれ面をなおして、可愛い女房だと思われるようにしておくがいい」

弥兵衛も、娘夫婦の仲が良好でないことは承知していた。

父親にしてみれば、花は目に入れても痛くないほど可愛い娘だが、器量がいいわけでもなく、かと言って人当たりがいいわけでもない。これでは、小左衛門に見限られても無理はないと思う。

それでなくとも小左衛門は男ぶりがよく、村の女たちが黄色い声を上げるくらいだから、いつ何時、花以外の女を囲うかと思うと気が気でなかった。そう思うにつれ、不出

来な娘が不憫《ふびん》になった。

「それにしても、江部などによく行こうとしたものだ。今、肥後に行くのは、死にに行くようなものだ」

弥兵衛は、花を優しく窘めた。

「福は賢い女だ。便りがないのは、無事江部にたどり着いたからだろう。それを下手に出かけて行けば、わざわざ居場所を知らせるようなものだ。行かずにおいてよかった」

昼下がり、小左衛門たちは上島の栖本に到着した。沖合に獅子島《ししじま》や産島《うぶしま》などが眺められる、白戸《しらと》海岸から石段を上っていくと、うっそうとした木立の先に、代官屋敷の長屋門が覗く。屋敷は戦国期、栖本氏が居城をおいた場所で、正面に不知火海が望まれた。

小左衛門は、大矢野衆を引き連れて門前に立った。やがて家人から知らせを受けた、郡代・石原太郎左衛門がやってきた。

「ずいぶん供回りが多いようだが、今日は何用で参ったのだ」

小左衛門と顔を合わせるなり、太郎左衛門が愛想を口にした。

本来、大庄屋が郡代を訪ねる場合、羽織袴を着用の上、脇差を帯びて正装する。しかし小左衛門は短衣に水褌姿で、背後に並ぶ大矢野衆も鉢巻・たすき掛け、手には櫂《かい》などを持っていた。その姿は、そちらの返答如何《いかん》では襲撃するぞ、と言わんばかりだった。

太郎左衛門は、城代と庄屋衆との間を取り持つ立場にあるから、常に両者の機嫌を損なわぬよう心血を注いでいた。そのせいか、いかにも計算高そうな顔付きをしており、その顔に卑屈な笑みを浮かべて、小左衛門の出方を窺っていた。

「すまんな、こんな形《なり》で」小左衛門は形ばかり愛想を返す。

「大矢野で何かあったのか」

「なに、大したことではない」

「しかし、こう大勢を引き連れてきたのだ。何もないことはなかろう」

島原の騒動が天草に飛び火したことを承知で、太郎左衛門が腹を探ってきた。小左衛門は、それまで背の後ろに隠していた、添役の古野与一を引き出した。

「俺が言うのも無礼だから、添役殿に上申して頂く」

与一が太郎左衛門の渋面を上目遣いに見ながら、大矢野衆の嘆願を述べ上げた。


ひとつ、凶作による年貢定免のこと。

ひとつ、先年出した転び証文返還のこと。


年貢定免については動じなかった太郎左衛門も、話が転び証文返還に及ぶと、顔色を変えた。

「年貢のことは承知した」懐紙を取り出し、脂汗を押さえる。

「では、転び証文については」小左衛門が鼻先を突き出すと、太郎左衛門は、喉笛に刃を当てられたような顔をした。

「それは宗門に関することゆえ、城代様に差し上げてあるから儂の手許にはない」

「では、俺に城代のところまで取りに行けと言うのだな」小左衛門がにやりと笑うと、太郎左衛門は身震いした。

「いやいや、そのようなことを申しているわけではない。是非にとあれば、儂の方で話を付けよう。だから今日のところはこれで勘弁してもらいたい」

小左衛門は苦笑した。太郎左衛門には、城代に掛け合うつもりなど毛頭ない。だが、こうして脅しをかけることで大矢野が宗門として蜂起したことが広まれば、それでよかった。

「では郡代殿、今日のところはこれで引き上げるが、また改めて相談に参りますからな」

太郎左衛門が頷くのを見届けると、小左衛門は踵を返した。

「引き上げるっと」小左衛門の声に、背後に並んでいた島民たちはいっせいに櫂を手に鬨《かちどき》を上げた。その声は、屋敷背後に迫る栖本の山頂に届き、島子にいる城兵たちを威圧するように響いた。


小左衛門が浜まで下ると、殿《しんがり》を務めていた小兵衛が石段を転がるように下りてきた。

「郡代の屋敷から、使いが飛び出していきました」

「ほう、もう城代に報告する気か」小左衛門は振り返ると、木立の上に覗く郡代屋敷を見やった。

使いは、今日中に山を越えて、城代に大矢野蜂起を伝えるだろう。小左衛門たちも、急いで大矢野に戻った。

江樋戸に着くと、小左衛門は、大矢野衆に急いで戦支度をするよう申しつけた。命を受けた島民たちが立ち去ると、小左衛門は小兵衛に船を出すよう命じた。

小兵衛は、小左衛門がそのまま上島の上津浦に向かうつもりだと思ったが、行き先を聞いて息を呑んだ。

「どうして宇土などにおいでになるのですか」

「福たちを迎えに行く」

小左衛門の言葉に、小兵衛は考え込んだ。先ほど渡辺本家から、花が無事見つかったという連絡がきた。せめて一度、屋敷に戻ってからにしてはどうかと持ちかけたが、小左衛門は首を縦に振らなかった。

「富岡城代が攻めてくる前に、福たちを大矢野に連れ戻したい。だからできるだけ急いで宇土に渡りたいのだ」

小兵衛は、細川領に足を踏み入れることに強い躊躇いを覚えたが、小左衛門には逆らえず、黙って供をすることにした。

三角の湊は、夕陽を浴びて赤く染まっていた。晩秋の海は波も穏やかで、湾内に特に変わった様子は見受けられなかった。小左衛門は慎重に船を操りながら桟橋まで近付いた。そこには船頭や行商人に交じり、小具足を付けた警備兵の姿があった。

湊は、数日前と打って変わり、厳戒態勢が敷かれていた。小左衛門は息を呑んだ。

「これは迂闊《うかつ》に近づけないな」

「我らを知る者もおります。上陸すれば面倒なことになりますよ」

小兵衛が怯えて訴える。小左衛門も、このまま引き返してもやむをえないと思った。しかし、四郎に母たちを連れてくると請け合った手前、宇土に一歩も足を踏み入れないのでは情けない。

小左衛門が、どこか安全に接岸できそうな場所はないか探していると、桟橋に立つ警備兵が小左衛門に声をかけてきた。

「ここに船を着けることはできぬぞ」

よそ者らしい番兵に、小左衛門は腰を低くして問うた。

「魚などを積んで参りました。どこか荷揚げできる場所をお教え願えませんか」

「ならば郡浦《こおのうら》に回れ」

小左衛門は人の良い番兵に礼を述べると、急いで船を離岸させた。

郡浦は、三角からモタレノ瀬戸を東に抜けたところにある小さな集落で、村は入江を見下ろす高台に広がっている。入江には番兵の姿もなく、小左衛門は安心して船を接岸させると、小兵衛のほか、下人の市兵衛《いちべえ》、水主の半助《はんすけ》を連れて、郡浦の信者・東九郎兵衛《あずまくろべえ》を訪ねた。

九郎兵衛は小西家浪人のひとりで、村外れにある小さな家に住んでいた。妻に先立たれて子もなく、真宗の村でひっそりと信仰を守っていた。

「よくこのような折りに参ったものだ」東九郎兵衛が小左衛門を急いで家内に引き入れた。そして雨戸を厳重に閉めた。

九郎兵衛のただならぬ様子に、小左衛門も危機感を強めた。

「何があったのだ」

「二十六日に島原で大規模な戦があったろう」

小左衛門は、その戦に自分も関わっていたとも言えず、黙って頷いた。

「島原で百姓たちが騒いでいると聞いていたが、さすがに大筒の音まで聞こえては、熊本の家老衆も黙っておられなくなったのだろう」

二十六日の戦いで、松倉家が用いた大筒の音が海を渡り、熊本城の障子を震わせたのだ。異変を察した細川家国家老は、ただちに川尻《かわしり》に四千の兵を送り厳戒態勢を敷いた。

「宇土がどうなったか、ご存じか」

「さて。庄屋の彦左衛門《ひこざえもん》なら、詳しいことも知っておろう」

九郎兵衛の言葉を受けて、小左衛門はさっそく庄屋屋敷に出向こうとした。しかし九郎兵衛は、明日にするよう勧めた。

細川家は、領内に乱が波及することを恐れて街道筋に物見を出しており、夜間の往来も禁じていた。

「迂闊に出歩けば捕縛される。素性が知れればただではすむまい」

仕方なく小左衛門は、九郎兵衛の家で泊まることにした。

用意された床に身を横たえて、この先、どうしたものか考え込んでいると、横に並んだ小兵衛が、おずおずと話しかけてきた。

「義兄様、もし宇土に入れない場合、どうなさるおつもりですか」

小左衛門はこのまま大矢野に引き返さずに必ず宇土に向かうはずだ、と小兵衛は考えて足が竦んでいるに違いない。

「警戒が厳しいようなら、町に火を放つほかなさそうだな」小左衛門は平然と言い放った。

「焼き討ちされると申されますか」小兵衛が恐ろしさのあまり体を震わせた。だが、小左衛門は、

「他に手もあるまい」それだけ言うと目を閉じた。

小左衛門はそのまま寝入ってしまったが、小兵衛は、まんじりともせず夜を明かしたようだ。

翌日の昼下がり、小左衛門は小兵衛らを引き連れて、郡浦の庄屋・彦左衛門の屋敷に向かった。その途中の坂道から、入江の様子が一望できた。湊には、小左衛門が乗ってきた船が繋留されている。船には三吉《さんきち》ら家人が残っていた。甲板の上から三吉が小左衛門に気づいて手を振る。

小左衛門は軽く手を振り返してから、庄屋屋敷の門扉を叩いた。しばらく待ったが、出てくる者がいなかった。玄関先まで進んで、改めて声を上げると、ようやく応対の者が現れた。

やってきたのは十五歳ほどの少年で、昼寝でもしていたのか、眠たそうに目を擦りながら、「どちらさまか」と横柄に問うてきた。

少年は彦左衛門の子で、太郎吉《たろきち》と言った。無造作に束ねた髪は何年も櫛《くし》を入れたことがないように乱れ、痩せた手足に、あばたの浮かんだ顔、歯も虫食いだらけで、いかにも愚鈍そうだった。それでも庄屋の息子ということもあり、小左衛門は丁重に問うた。

「儂は小左衛門と申すものだが、親父殿はご在宅か」

「父なら、朝から三角のお代官様のもとに行っております」

三角代官は、宇土の守りを固めるため周辺の庄屋衆を集めていた。時間がたてば、さらに警戒は厳しくなる。小左衛門は宇土に急ぐことにした。太郎吉に礼を述べて屋敷を後にしようとすると、

「しばし待たれよ」太郎吉が背後から声をかけてきた。

「はるばる参られたおまえ様方を黙って帰したと知られれば、後で俺が親父に怒られる。どうか上がっていって下され」

「せっかくだが、我らは先を急ぐゆえ」

「では、せめて飯ぐらいあがっていってくれ」

小左衛門は重ねて辞退したが、あまり急いたところをみせれば却《かえ》って要らぬ疑いをかけられるので、仕方なく太郎吉の招きに応じることにした。

小左衛門と小兵衛は、赤染の皿が飾られた客間に案内された。

太郎吉が、できる限りの膳を作るよう命じているので、少し待ってもらいたいと言った。

「そんなに気を使ってくれるな。水漬けでも馳走《ちそう》になればすぐにお暇《いとま》しよう」

「親父殿のお客に粗相はできない」

小左衛門は小兵衛とふたりで膳の用意が整うのを待った。

「遅いな」あまり長くかかるので、退散しようとして腰を上げた。

そこに表の廊下から、複数の足音が聞こえてきた。どうやら膳を用意してきたらしい。

「やれやれ丁重な扱いを受けたものだ」小左衛門がいったん上げた腰を下ろそうとした。

そのとき火薬の匂いが鼻先をかすめた。

「小兵衛、逃げるぞ」鋭く叫んで、庭に面した障子に手を掛けた。

「待て！」回廊から太郎吉が火を付けたばかりの銃を構えて現れた。

背後には、奉行所の捕り方が続いている。

「大人しくしろ」太郎吉が気迫ある声で叫んだ。

小左衛門は構わず障子を蹴破ると、庭先へ飛び出した。数歩走ったところで、

「待て、待たねば、こいつを殺すぞ」

小左衛門の足が止まった。振り向くと、太郎吉が小兵衛の顔面に銃口を突き付けていた。小兵衛は両腕を取られたまま、哀れな眼差しで小左衛門を見つめていた。小左衛門の後に続いて庭に飛び出そうとしたのだが、緊張のあまり足がもつれてしまったのだ。

小左衛門は、小兵衛を見捨てて逃げることもできた。しかし大人しく両手を上げた。奉行所の者が小左衛門の腕を取ると、太郎吉の前に連れて行った。

「どうしてこんな真似をするのだ」小左衛門が憤慨してみせると、太郎吉が、虫歯だらけの歯を剝いて笑った。

「馬鹿め、俺の目を節穴だと思っているのか」

太郎吉は火縄銃の先で、小左衛門の胸元をつついた。銃口が、小左衛門の襟元に隠されたコンタスに当たった。

コンタスは、十の小珠《こだま》と五つの大珠からなる、キリシタンの数珠だ。太郎吉は応対に出た際、小左衛門の胸からコンタスが覗いたのを見逃さなかったのだ。

小左衛門たちは縄目に掛かると、その日のうちに郡奉行小林十右衛門《こばやしじゅうえもん》に引き渡された。

# 五章　富岡城攻め

渡辺本家を囲む雑木林から、夜鳥の声が寂しく響く。四郎は客間でひとり、落ち着かぬ夜を過ごしていた。

先ほど夕餉の席で弥兵衛が、栖本から小左衛門がまだ戻らぬようだがと問うたが、それに答える者はなかった。

小左衛門は、言えば反対されるだけだとして、弥兵衛に黙って出かけていた。これまでも行き先を告げぬままふらりと出かけることがあったので、小左衛門が戻ってこないことを誰もおかしく思わなかった。

小左衛門を信用しないわけではない。でも弥兵衛に伏せていることもあり、四郎は何となく落ち着かなかった。

気を鎮めようとして、中長屋内にある礼拝堂に向かった。

蜂起を境に、これまで壁裏に隠されていた祭壇は表に出されていた。その脇に聖母像が祀《まつ》られている。

宣教師たちが残していった白亜の像は、蠟燭の明かりに慈悲深い眼差しを浮かべていた。その顔は姉の福を彷彿《ほうふつ》させるもので、正面に立った四郎を優しく見つめている。

四郎は像の前で膝を折ると、祈りを捧げた。

（どうか、小左衛門殿が姉様や母様を連れて無事戻って参れますように、お守り下さい）

祈りを終えても母屋に戻る気持になれず、四郎は、このまま礼拝堂で夜を明かすことにした。もう一度聖母の前に跪《ひざまず》くと、表から四郎を捜す声が聞こえてきた。何事かと思い、外に出てみると、三吉の姿があった。

「四郎様、こちらでございましたか」三吉が四郎のもとに駆け寄ってきた。

「三吉、無事戻って参れたのだな」四郎は喜色を浮かべて、さっそく姉たちの安否を尋ねようとした。

しかし三吉は「実は」と言うと、口ごもった。

四郎の胸に嫌な予感が流れた。気持を鎮めて、何があったか問い質すと、三吉は、小左衛門が郡浦で捕縛されたことを打ち明けた。

四郎ははじめ、三吉が言っていることが理解できなかったが、やがて状況を呑み込むと、恐怖で手足が冷たくなってきた。

「どうして、そのようなことになったのだ」三吉に詰め寄り、肩を摑んだ。

「どうしてなのかは分かりませんが、小左衛門様の帰りがあまりにも遅いので、庄屋屋敷まで迎えに行くと、屋敷の入口は奉行所の者で固められていて、どうすることもできませんでした」

話を聞いても、四郎はどうしたらいいのか、すぐに判断がつかなかった。そんな四郎に三吉が迫った。

「四郎様、今すぐ人手を集めて下さい。今夜のうちに小左衛門様を取り返さねば、大変なことになります」

「もう一度、郡浦に参るのか」

「そうです、夜襲を仕掛けて小左衛門様を取り戻しましょう」

四郎は大きく頷くと、すぐに弥兵衛のもとに向かおうとした。だが、小左衛門が内密に出かけたこともあり、どうやって話を切り出そうか迷っていると、騒ぎを聞きつけた弥兵衛が母屋の入口に姿をみせた。

四郎は躊躇いを棄てて、弥兵衛の前に向かった。そして事の次第を打ち明けた。弥兵衛の驚きは、想像以上のものだった。

「なし、こん大事な時に儂らに一言の断りもなく、そぎゃん勝手な真似をしたとな」

弥兵衛が悔しさのあまり膝を打ち据えた。しかしのんびりしている暇はない。越浦にいる伝兵衛のもとに使いを走らせた。

半時もせぬうちに伝兵衛が駆け付けてきた。顔は真っ青だった。

「小左衛門がまことに細川の虜になったのですか」飛びつくようにして弥兵衛に問うた。

弥兵衛が辛《つら》そうに頷くと、伝兵衛が両の拳で畳を殴りつけた。

「あんアホ垂れめが、馬鹿をするにもほどがある」

伝兵衛はこれまで、身勝手な振る舞いが多いと、小左衛門に何度となく意見してきた。しかし小左衛門がそれに耳を貸すこともなく、伝兵衛も見て見ぬふりをしてきた。小左衛門を信じていたからだ。だが、それがただの親馬鹿に過ぎなかったことを痛感したようだ。

「あんな奴のことはほっておけばいい。自分勝手にしたことだ。たとえ奉行の手で責め殺されても自業自得というものだ」

実父ならではの厳しい意見を示すことで、弥兵衛への謝罪にしようとした。四郎は針の筵《むしろ》に座る思いで、伝兵衛の話を聞いていた。しかしいつまでも黙っていることができなくなり、伝兵衛の前に飛び出すと両手をついて謝罪した。

「伝兵衛殿、小左衛門殿に少しも非はございません。私がつまらぬ相談をもちかけたせいなのですから」

後は涙に声が詰まって、言葉にならなかった。

伝兵衛も、四郎を責めるつもりは毛頭なかった。姉や母を救いたいと思う四郎の気持はよく分かる。ただ宇土の地理に明るい者はいくらでもいる。強いて、小左衛門が行かねばならない理由はなかったはずだ。

「ともかくこうしてはおられぬ。すぐに人を集めて郡浦に参ろう」

弥兵衛が声を上げた。

「どうか、もうあの馬鹿者のことは諦めて下さい」

伝兵衛は重ねて辞退した。

「いやいや、そう言うわけにはいかぬぞ。伝兵衛殿。小左衛門は大矢野の大庄屋だし、儂の大切な義息でもある。どうしてこれを見捨てることができよう」

弥兵衛が、伝兵衛に顔を上げさせた。そしてまだ謝罪しようとする伝兵衛を制して、夜襲の手勢を整えることにした。

本来なら、奇襲を任せたい半之丞など主立った者たちは、富岡城代との戦に向けて上島に渡っている。そこで弥兵衛自ら奪還部隊の先頭に立つことになった。四郎と甚兵衛には、万一の場合に備えて、大矢野の留守を託した。


弥兵衛は大矢野の船団を率いて、波のない静かな海を渡り、郡浦に忍び寄った。空に月はなく、海も、陸も漆黒の闇に包まれており、夜襲を仕掛けるには、申し分の無い夜だった。

ところが、郡浦に近づくにつれ、暗い海に白日のような明るさが迫ってきた。無数の灯火が、湊ばかりか村を囲む山肌にも配置されていた。

村は襲撃に備えて、厳戒態勢を敷いていた。小左衛門捕縛直後、三吉たちが逃げていくのを複数の村人が目撃していたのだ。

三角から戻った庄屋の彦左衛門は、話を聞くと、大矢野側が必ず小左衛門を取り戻しに来ると見込み、三角代官に援軍を求める一方で、逃げようとする村人を説き伏せて女子供まで入れた総出で臨戦態勢を取った。

「大旦那様、いかが致しましょう」舳先に立ち、郡浦の様子を眺めていた三吉が問うた。

弥兵衛は苦々しい思いで、無数に浮かぶ灯火を眺めた。灯火は、配置兵の数をごまかすために乱立されたものだが、遠目には、千近い兵が村を守っているように思われた。

弥兵衛が引き連れてきた大矢野衆はわずか三百。千に及ぶ兵と戦っても、到底勝ち目はない。

「どう思われる」伝兵衛に意見を求めた。

伝兵衛が無言のまま、虚《むな》しく首を横に振った。

「やむをえぬ、このまま引き返そう」

弥兵衛は断腸の思いで撤退を決した。

「何をおっしゃるのです。今ならまだ小左衛門様たちを取り戻せます。しかし明日になれば、熊本に連れて行かれてしまいますぞ」

そうなれば手も足も出ない。三吉の悲鳴にも似た訴えに、弥兵衛も唇を嚙んだ。

弥兵衛とて、小左衛門を救いたかった。しかし、天草全土をあげての蜂起を目前に控えた今、婿一人を救うために貴重な村人の命を無駄にできない。

「おまえの気持は分かる。だが、あの灯《あか》りを見よ。千近い軍勢が詰めておるのは間違いない。小左衛門のことは諦めざるをえぬ」

「そんな」三吉がなおも抗議したが、弥兵衛は黙殺すると、船を引き返させた。

夜明け前、弥兵衛たちが登立に引き上げてきた。渡辺家で奪還成功を祈っていた四郎は、浜まで迎えに行った。しかし戻ってきた島民たちは一様に重く沈んでおり、四郎と目をあわそうとしなかった。不吉な思いが胸を占める中、四郎は弥兵衛に声をかけた。

「どうでしたか」

弥兵衛が重い口を開き、郡浦上陸を諦めて戻ってきたと打ち明けた。

「どうしてです、どうして」

取り乱す四郎に伝兵衛が、郡浦の情勢を説明した上で、小左衛門のことを諦めるよう説得した。しかし四郎は聞く耳を持たなかった。

「あなた方が諦めるとおっしゃるのなら、私一人でも小左衛門殿を助けに参ります」

「これは小左衛門に与えられた運命なのです。小左衛門のことは、もう諦めて下され」

膝を折って懇願する伝兵衛に、四郎は必死に訴えた。

「運命などではありません。小左衛門殿は、私の願いを叶えようとして捕らえられたのです。どうして見殺しにできましょう」

四郎は伝兵衛を振り切ると、帆をたたんでいる三吉にもう一度船を出すよう命じた。三吉は項垂《うなだ》れたまま動こうとしなかった。

四郎が苛立ちに唇を震わせていると、伝兵衛が訴えた。

「気持は分かります。しかしここは堪えて下さい」

　桟橋から島民たちが、四郎と伝兵衛のやりとりを辛そうに眺めていた。それまで立ち尽くしていた三吉が、四郎のもとに駆け寄った。

「私とて、先ほどまで四郎様と同じ思いでおりました。しかし郡浦の守りは固く、到底上陸することはできませんでした」

「三吉、おまえまで小左衛門殿を見捨てると言うのか」四郎は我を忘れて怒鳴りつけた。

　そこに甚兵衛がやってきた。


　甚兵衛も、弥兵衛らが郡浦上陸を断念して戻ってきたと聞くと、無念の思いに襲われた。富岡城代との戦を前にして、事実上の総大将である小左衛門が捕縛されたのだ。何とか取り戻したかったが、今は四郎を落ち着かせることが先決だった。

「四郎、しっかり致せ。総大将のおまえが、そのように取り乱してどうする」

「父上、どうか私を郡浦に向かわせて下さい。何としても小左衛門殿を助け出さねばなりません。父上もご存じのはずです。此度の戦はすべて小左衛門殿が準備したことを。それなのに小左衛門殿を失ったまま、どう戦をすると言うのです。私は今すぐ三角代官のもとに向かい、小左衛門殿の身代わりになります」

　甚兵衛は四郎の双肩を摑んだ。

「いいか、四郎。もう一度言う。おまえは総大将なのだぞ」

四郎が父の手を振り切って、叫んだ。

「私が総大将を引き受けたのは、小左衛門殿がいてくれたからです。小左衛門殿がおらぬのに、どうして総大将が務まりましょう」

甚兵衛は、取り乱す四郎を前に、途方に暮れた。しかしどんなに四郎が嘆いたところで、小左衛門を取り戻すことは不可能だった。

「四郎、よく聞け。我らは戦をしようとしているのだぞ。戦で兵卒が命を落とすのは当たり前のことだ」

四郎は父の言葉に、耳を疑った。

「父上は、小左衛門殿が死んでも仕方がないとおっしゃるのですか」

「そうだ。小左衛門は兵の一人に過ぎない。だがおまえは総大将だ。総大将がいなくなったら戦は終わりだ」

四郎は、もはや誰にすがっていいのか分からなかった。あれほど小左衛門を評価していた父までが、小左衛門を見殺しにすると言うのだ。

「ですから、戦を続けるためにも小左衛門殿が必要なのです」四郎は震える声で訴え続けた。

我を張り続ける四郎に甚兵衛が業を煮やした。

「黙らぬか。おまえは小左衛門だけに乞われて総大将になったのではないだろう。島原や天草の者、みんなに望まれたのではないか」

甚兵衛の叱責は、四郎の胸に重く響いた。しかし今の四郎は、島原・天草の人々すべてを犠牲にしてでも、小左衛門を救いたかった。

「たとえ誰から望まれようとも、私は小左衛門殿を失ってまで総大将を務めたくはありません」


小左衛門を思い、半狂乱の態《てい》を晒す四郎の中から神は消えていた。そんな四郎の姿に、甚兵衛は落胆を覚えた。だが蜂起は起きてしまい、後戻りはできなかった。小左衛門の抜けた穴を埋めるためにも、残された者が団結せねばならない。それには、総大将たる四郎に毅然とした振る舞いをしてもらわねばならないのだ。

「四郎、おまえのそんな姿を見たら、小左衛門がどんなに落胆するか知れぬぞ」

四郎は父から、もっとも触れられたくない心の深淵《しんえん》に触れられた気がした。奥歯を噛みしめていると、

「おまえも知ってのとおり、小左衛門は天草を神の王国にしようとしていた。その王国の主として望まれたおまえが、それを否定するのか。いったいおまえにとって信仰とは何だったのだ」

四郎の胸に、さまざまな反論がこみ上げてきた。しかしそれを口にすることは、小左衛門ばかりか、デウスをも裏切るような気がしてできなかった。

四郎は混乱してしまい、その場に突っ伏し泣き声を上げた。

神童、神の子と讃えられても、素顔の四郎はまだ十五歳の少年だ。自分のせいで、頼りにしていた小左衛門を失った衝撃は、甚兵衛ら乙名衆には到底分からぬものだった。

そこで甚兵衛に代わって伝兵衛が、四郎を慰めた。

「四郎殿、辛いでしょうが、それほど絶望することはありませんぞ。細川家も、すぐに小左衛門を手に掛けたりはせぬでしょうからな。大切な人質として扱うはずです」

「まことでしょうか」四郎は臆面もなく、泣き顔を上げた。

「まことですとも。蜂起が成功すれば、新たな道も開けます」

「新たな道とは」

「戦に勝てば、細川家に人質解放を要求することができます」


十一月五日、左太郎は長崎から大矢野に戻った。江樋戸で荷揚げを終えると、さっそく小左衛門に長崎の様子を報告しようとした。代官が揉《も》み手摺《す》り手で迎えたこと、代金として銀貨を詰めた銭箱を見せると、これからも内密に協力する用意がある、と笑顔で告げられたことなど、話したいことが山とあった。

だが、湊に並んだ出迎えの列に兄の姿は見当たらなかった。父・伝兵衛に所在を問うと、敵方に捕縛されたことを告げられた。

「どうしてそんなことになったのです」

苦労して長崎から抜け荷を運んできたのは、富岡城代との戦のためだ。その戦の指揮を執るはずの兄がいなくて、この先どうすればいいのか。

事情を尋ねる左太郎の前で、伝兵衛は辛そうに唇を噛むばかりだった。迎えの列には四郎の姿もあったが、心ここにあらずといった表情で視線を宙に浮かべている。

「誰かわけを説明してくれ」思いあまって叫ぶと、五郎作《ごろさく》という男が近づいてきた。

「江部まで福さんを迎えに行こうとして、失敗したと」

左太郎は愕然として、その場に立ち尽くした。左太郎も、福が江部に向かったきり消息を断ったことを案じていた。しかし、天草蜂起を目前にして、左太郎自身、長崎代官から火薬を受け取るという大役を背負ったこともあり、軍議の席で福の話を持ち出すこともできず、長崎から戻ってきてから何とかしようと考えていた。

だが、こんなことになるくらいなら、自分が江部に行けばよかったのだ。歯ぎしりしていると伝兵衛が肩を叩いた。

「とにかく小左衛門がいなくなった以上、左太郎、おまえにこれからの指揮を執ってもらいたい」

「な、何の指揮を執れと言われるのです」

「大矢野衆の指揮だ」

左太郎はこれまでいろいろな面で、小左衛門の指示を仰いできた。生涯そうして過ごすつもりでいたが、その兄を突然失い、しかも父は自分に兄の代わりをしろと言う。左太郎は尻込みした。

「私が兄さんの代わりを務めるなど無理です」狼狽を隠そうとして無理に笑った。

「儂と弥兵衛殿で補佐をするから、案ずるな」

伝兵衛が左太郎を小左衛門の後継に選んだのは、小左衛門の実弟だという理由からではなかった。気性の穏やかな左太郎は、小左衛門より劣る印象を与えるが、優れた鉄砲鍛冶であるうえに狙撃の腕は大矢野一と言われており、これからの戦闘で大矢野衆を率いても少しもおかしくなかった。

だが、いくら褒められても左太郎は青い顔をしたまま黙り込んでいた。小左衛門の代役という重責に押しつぶされそうな左太郎をみて、周囲の人々がしきりに盛り立てた。

「大丈夫ですよ、左太郎さんなら無事務められますよ」

そうだ、そうだ、という声が続くと、それまで躊躇っていた左太郎もようやく迷いを捨てた。

「分かりました、みんながそう言うのなら」

たちまち湊は歓声に包まれた。

「さすがは左太郎さんだ」

「これで我らも安心して蜂起できる」

人々が左太郎を褒めそやす中、四郎はひとり、その場を離れていった。渡辺本家の屋敷へ戻る間も、湊からは左太郎を祝福する声が続いていた。

左太郎に不満があるわけではない。敬虔な信者である左太郎は、小左衛門のように酒を呑んで暴力を振るうことなどなく、信仰の指導者としてはるかにすばらしかった。

それでも素直に喜べないのは、左太郎を認めることで、小左衛門を諦めてしまうように思われたからだ。

小左衛門は生きている。敵に捕らわれても生きているというのに。

四郎は、小左衛門奪還に何ら手だてを打とうとしない乙名衆に憤りを覚えた。悲しみと怒りを胸に渡辺本家の長屋門をくぐると、三吉が待ちかねていたように飛び出してきた。

「四郎様、おひとりでございますか」

「何かあったのかい」四郎はそれまでの渋面を隠した。

「戸馳《とばせ》の庄屋から、伝兵衛様宛てに文が参りました」

戸馳は三角の正面にある島で、大矢野との交流は深い。

四郎は、三吉がひどく急いた様子をしているので、伝兵衛たちはまだ湊だと告げた。しかし三吉は、四郎に何か言いたいことがあるようで、その場から動こうとしなかった。

「いったいどんな知らせが来たんだ」

小首を傾げる四郎に、三吉が恐る恐る文を示した。

「小左衛門様からの文を預かったと申すのです」

四郎の顔が強ばった。息を呑み、三吉の手の中にある文を見つめていると、そこに伝兵衛たちが左太郎を囲んで戻ってきた。三吉が駆け寄り手紙のことを告げる。たちまち伝兵衛らの顔からも明るさが消えた。

四郎たちは、小左衛門の手紙を吟味するため急いで屋敷に上がった。広間で車座になると、伝兵衛が手紙を開いた。中には次のことが記されていた。

『郡奉行の小林様から、一揆が生じているさなか、益田甚兵衛殿の家の様子をみるために郡浦に来たことは不審に思われる、との理由からこちらに留め置かれてしまいました。我々は年貢のことなど早く解決したい問題もあり天草に帰りたいのですが、御奉行様は甚兵衛殿がこちらに戻らなければ我々を天草に戻さないと申されて、大変迷惑をしております。甚兵衛殿にぜひ帰るよう伝えて下さい』

「伝兵衛殿、これはまことに小左衛門殿の文なのでしょうか」

四郎の問いに、伝兵衛が何とも判断しかねるような顔をした。文字は確かに小左衛門の手によるものだ。それを承知で四郎は続けた。

「字こそよく似ておりますが、どうして小左衛門殿がこんな手紙をよこしましょうか」

「四郎、実は儂のところにも文が届いておる」甚兵衛が、懐に呑んでいた一通の手紙を取り出した。

差出人は、宇土江部村の次兵衛だった。次兵衛は甚兵衛の妻マルタを匿《かくま》っているはずだが、その次兵衛からも、甚兵衛に対してすぐ戻ってくるよう嘆願がなされていたのだ。

日付は、小左衛門の文と同じ十一月三日だった。

「これはどういうことでしょうか」四郎は二つの文を並べてみた。

「おそらく、我らをおびき出すための罠であろう」

「どうしてそんな真似をせねばならないのです」

「細川家は、此度の一揆に儂たち親子が深く関わっていることを摑んだのだろう」

四郎が天草・島原の者たちから乞われて総大将になったことを、小左衛門は、早々に白状したのだろうか。

小左衛門への疑惑がその場に広がると、四郎は声を大にして訴えた。

「これには何か理由があるはずです」

「四郎殿。何があったにせよ、小左衛門がこちらの事情を白状したのは間違いありません。それに次兵衛殿からも文が来たとなれば、おそらくマルタ殿たちも捕縛されたとみるべきでしょう」

伝兵衛が、甚兵衛・四郎双方に両手をついて詫《わ》びた。

四郎は悔しい気持から、もう一度文を眺めた。だが、どれほど眺めても文面が変わることはなかった。

「父上、次兵衛殿からの手紙が来たからと言って、小左衛門殿が母様の居場所を教えたとは限りません」四郎は重ねて抗議した。「おそらくひどい拷問を受けたのだろう。そうでなければ、あれほど性根の据わった男がこんな手紙をよこすはずがない」

甚兵衛の意見に、伝兵衛は居たたまれず、もう一度四郎親子に頭を下げた。

「申し訳ないことです。こんな恥知らずな文をよこすとは。あいつがもし目の前にいたら、この手で成敗してやりたいくらいです」

「いいや、父上。兄さんは、たとえ責め殺されても余計なことを口にするような人ではない。きっと、一緒に捕らえられた者が白状したに違いない」

左太郎の意見に、甚兵衛が同調する。

「確かに、そうかも知れぬな。小左衛門は家の者を数名引き連れていったしな。しかし、誰が白状したにせよ、マルタが細川側に捕縛されたことは間違いあるまい」

富岡城代との戦を前に、小左衛門ばかりかマルタまでもが敵の手に落ち、まるで蜂起はならぬという天の啓示を受けたようだった。

不吉な空気を払拭するように甚兵衛が大声で笑った。

「これで心おきなく、戦に臨むことができるようになった」

伝兵衛たちが辛そうに押し黙った。四郎だけが抗議した。

「父上、どうしてそのようなひどいことをおっしゃるのです。何の罪もない母上たちが捕まったことを憐れと思われないのですか」

たちまち甚兵衛がきつい目を向けた。

「四郎。小左衛門は、おまえの願いを叶えようとして敵の手に落ちた。そのことで渡辺家の方々に迷惑を掛けた。だがマルタが小左衛門と同じ運命に落ちたことで、我らも同じ痛みを味わうことになったのだ。これこそデウスが与えられた試練に他ならぬと思わぬか」

「父上は、これが我々に与えられた試練だとおっしゃるのですか」

「そうだ、今まさに我々は信仰を試されておるのだ」

甚兵衛の口調は静かだった。それだけに四郎が受けた衝撃は大きかった。

これまで四郎は、小左衛門を敵の手に渡すという運命を与えた神を呪い、小左衛門を見捨てた乙名衆を恨んでいた。

味方さえも愛せぬ身で、敵を愛せと説いてきた自分はいったい何だったのか。

四郎が黙り込んでいると、甚兵衛は伝兵衛に改めて陳謝した。

「今さら謝っても仕方ないことだが、小左衛門殿のことはまことに申し訳なかった」

「何を謝られることがあろうか。儂こそ謝らねばならないものを」

甚兵衛と伝兵衛は互いに詫びながら、それまで一縷《いちる》の望みを持っていた妻や息子の命に、いよいよ諦めをつけた。

伝兵衛が甚兵衛に言った。

「ともかく甚兵衛殿。四郎殿がここにいることを敵に知られてしまいました。あなた方が天草を出て長崎に向かったようだと噂《うわさ》を流しておきますから、蜂起の支度が整うまでの間、左太郎のところに身を隠して下さい」

伝兵衛の勧めに従い、四郎と甚兵衛は、その夜のうちに越浦の左太郎の家に移ることになった。四郎は、これまで借り受けていた客間に戻り、簡単な片付けをはじめた。衣類を行李に詰めると、聖書などミサに用いる道具を取りに礼拝堂へ向かった。

堂内に入ると、まず最初に聖母像の前に跪いた。神を讃える言葉を口にしようとしたが、悔しい気持がこみ上げてきた。

（どうして、私の願いを叶えて下さらなかったのですか）

二度と小左衛門や母に会うことができない、そう思うなり、手にした十字架を投げ捨てたいような衝動に駆られた。

（これがまことに神の試練なのでしょうか。これほどまでにデウスを信じております者を、なぜ試そうとなさるのです）

四郎は、十字架を額に押し当てた。声を殺して泣いていると、ふいに礼拝堂の入口に人の気配を覚えた。慌てて振り向くと、小左衛門の妻・花が立っていた。

四郎は取り乱したところを見られまいとして、急いで涙を拭った。

「これは花殿、いかがなされましたか」

四郎は、花と二人きりになったことがほとんどなかった。誰にでも分け隔てなく接する四郎だが、花だけは苦手意識が先にたつのだ。

　花の、色黒の顔の中にある、ごまのような目は表情に乏しく、喜怒哀楽がほとんど判別できなかった。また原因不明の出奔をしてから、これまで以上に近寄りがたいものを感じるようになった。その花が入口に佇み、四郎を眺めている。例によって、怒っているのか、悲しんでいるのか、見当がつかない顔をしていた。

　不仲とはいえ、敵に捕らえられた小左衛門から手紙が来たのだ。当然心を痛めているに違いない。四郎は、礼拝堂までわざわざ足を運んで来た花の行為を、そのように解釈した。

「花殿、どうか気を落とされないで下さい」

　花は、やはり何の反応も示さなかった。捉えどころのない態度に、四郎はその先、どう話を続けたものか考えあぐねた。それでも、とにかく花を元気づけることにした。

「小左衛門殿は生きているのです。戦に勝てば、敵の手から取り戻すこともできましょう」

　どのように気遣っても、花は一言も発しようとしなかった。

「花殿、いかがされたのですか」いよいよ四郎は困り果てた。

　すると花が、突然、四郎の前まで進んできた。

　大きな音がして、四郎の頰が赤く染まった。四郎は張られた頰を抱えて、花を呆気《あっけ》にとられて見つめた。

「みんな、おまえのせいだ」

突然、聞いたこともない、低い、獣の唸《うな》り声のような言葉が四郎の耳を突いた。

「おまえがこの家に来てから、何もかもおかしくなった。何が天の使いだ、おまえこそ悪魔の化身だ」

そう吠えるなり、四郎に躍りかかってきた。花は手と足を振り回し、思う存分、四郎を打ち据えた。そうすることで、これまでの恨みのありたけをぶつけようとした。

四郎はその場にうずくまったまま、ほとんど抵抗しなかった。花が、自分と小左衛門とのことをどう思ってきたか、知りながら気づかぬふりをしていた。それは小左衛門の愛情を一身に受けて、何の不足も感じなかったことからくる驕《おご》りだった。

第一自分が同情を寄せたところで、小左衛門の関心が花に向けられるわけではない。それなら、せめて花の嫉妬や怒りに気づかぬふりをするのが思いやりではなかろうか。

そんな風に四郎は、自分の都合に合わせて花の気持を踏みにじってきた。だが、こともあろうに、その花にしたり顔で同情をよせたのだ。これでは花が怒らぬわけがない。

「おまえは、うちの人をたぶらかしてくれた。私や小平は、小左衛門殿がおらねば生きておれぬものを」

四郎の上に馬乗りになると、花が髻《もとどり》を摑んだ。そのとき左太郎が現れた。

左太郎は、母屋から四郎の姿が見えなくなったことを心配して捜しにきたのだ。礼拝堂の物音を聞きつけて足を踏み入れると、花が四郎に襲いかかっていた。

「この悪魔、恥を知れ」花が四郎の顔を床に叩きつけた。

額が切れて、鮮血が床に飛び散る。あまりの事に左太郎は度を失ったが、急いで花を四郎から引き離しにかかった。

「義姉《あね》様、お止め下され」

「離せ、離せ」花が狂ったように、左太郎の手を振り解こうとした。

左太郎は花と揉み合いになり、顔面を肘で殴られた。それでも、どうにか花を四郎から引き離すことができた。

「四郎殿になんて真似をなさるのですか」

興奮が鎮まらぬ花は、しばらく肩で息をしていたが、やがてその場で泣き伏した。

そんな花を見ている内に、左太郎も悲しくなってきた。

「義姉様の辛い気持は分かります。されど、四郎殿に八つ当たりをしたところでどうにもなりますまい」

「これは八つ当たりなどではない」花が顔を上げて言い放った。

四郎は額から血を流したまま、押し黙っている。

「義姉様、どうか堪えて下さい。四郎殿は、兄さんが誰よりも重んじられた方なのですから」

花が不思議なものでも見るように、左太郎を見た。そして、

「重んじた？」滑稽そうに笑った。

謂《い》われのない嘲りを受けて、さすがに左太郎も腹を立てた。しかし、花は高々と奇声を発すると、大股に礼拝堂から出ていった。

左太郎は花の後ろ姿を目で追いながら、大きく嘆息した。

「全く、なんてことです」

四郎は相変わらず、顔を背けて立ち尽くしている。一言も発せず、何の釈明もしようとしない四郎に、左太郎も苛立った。

「あなたもあなただ、四郎殿。女の義姉様から好き放題殴られて、黙っているとはどういう了見ですか」

「花殿がお怒りになるのは、もっともなことですから」四郎が言葉少なに返した。そう答えるのがやっとのことのように思われた。

左太郎も、花がなぜこれほどまで怒ったのか、考えてみた。

四郎が大矢野に来ると、小左衛門は片時も側から離れなかった。目明かしから四郎を守るためだったが、常に一緒にいるふたりはまるで恋人のようだった。しかも小左衛門は、四郎の願いを叶えようとして敵方の捕囚となったのだ。それが花の妬みを憎しみに変えたのか。

「まあ、四郎殿。仮に義姉様の怒りがもっともだとしても、顔中血まみれになるまで殴られることはないはずだ。そんな顔を見られたら、どんな噂が立つか考えなかったのですか」

四郎の顔は一面痣《あざ》だらけで、まるで墓場から這《は》い出た幽鬼のようだった。

「私は暴力が嫌いですから」四郎はもっともらしく言い訳をした。

「あなたは総大将なのですよ」

左太郎の叱責に、四郎は耳を塞ぎたい思いに襲われた。もう嫌だ、総大将など務めたくない。四郎は逃げ出したくなった。そのとき花と揉み合った際、床に落ちた聖書の頁が目に入った。

頁の中程に、次の文字が記されていた。

Non moechaberis（姦淫《かんいん》するなかれ）

何も、肉をむさぼることばかりをさす言葉ではない。小左衛門に、妻子よりも自分を選ばせたことは、ある種の姦淫と言えるのではないか。

そう思うなり、四郎は体の芯が凍るような罪悪感に襲われた。脳裏には、これは神が与えた試練だ、という父の言葉が甦ってきた。

デウスの教えに背き、人々を欺き、信仰心などなくした自分はただの堕落者だ。だから その罰として、神は小左衛門を取り上げた。

小左衛門は、もう二度と戻ってこない。

どうにもならない絶望に、四郎は両手で顔を覆って泣いた。


四郎たちが越浦に移ると、弥兵衛が三角に物見を出して細川家の動きを探った。細川家も、大矢野衆の出方を窺っているのか、軍勢を差し向けてくる気配を見せなかった。島子の城代軍も沈黙を守っている。

敵味方双方の睨み合いが続いていた。

そんな中、甚兵衛はできるだけ早い時期に四郎を連れて、上島の半之丞たちと合流しようと考えた。だが、越浦に来てから四郎の様子がおかしかった。

小左衛門を虜にされてから精神的に不安定になっていて、部屋に引きこもったまま食事も取ろうとしないのだ。渡辺本家を出るときに作った額の傷も気になる。

四郎は、甚兵衛が四十歳のとき儲《もう》けた子だ。年齢的な開きもあり、甚兵衛は四郎の心を受け止めかねた。そこで左太郎に相談を持ちかけた。

「本家を出るとき何かあったのか」

左太郎も、ありのままのことは言えないようで、

「これといって思い当たることはありません」と言葉を濁した。

「戦も近いというのに、総大将があれでは話にならぬ。儂には何も言おうとせぬが、四郎は左太郎殿のことを実の兄のように慕っている。話を聞いてやってもらいたい」

左太郎も四郎のことを気にしていたので、甚兵衛の願いを入れると、四郎の私室へ足を運んだ。

「四郎殿、私です。入っても構いませんか」

中から、「はい」という返事がした。障子を開けると、四郎が床の間の前に座していた。正面には本家から運んできた聖母像が置かれている。祈りを捧げていたのか、四郎は胸に下げた十字架を握りしめていた。額の傷は赤い瘡蓋《かさぶた》になっている。左太郎は、傷を見つめながら話を切り出した。

「傷の具合はどうです」

「大したことはありません。少し切っただけですから」

四郎が微笑《ほほえ》んだ。けれどもそれは、心からのものではなかった。

「甚兵衛殿が心配しておられますよ」

「さようですか」関心なさそうに四郎が返す。

「先ほど、本家を出るとき何かあったのかと聞いて参られました」

四郎が左太郎から視線を逸らせた。

苦悶《くもん》する四郎の前で、左太郎は黙って座していた。正直なところ左太郎には、四郎が何にそれほど悩んでいるのか分からなかった。

気が鎮まるのを待っていると、ややあって四郎が重い口を開いた。

「義兄様は私を恨まないのですか」

　唐突な質問に左太郎は目を丸くする。

「私が四郎殿を、なぜ恨む必要があるのです」

「姉様が宇土に行くと言い出されたのは、私のせいですから」

　そこで四郎は、湯島に出かける前、小左衛門と福との間で生じた諍いについて説明した。

「私が余計な相談をせねば、姉様は宇土へ行くとおっしゃらなかったと思います」

　四郎の話を聞きながら、左太郎は、当時のことを思い出す。

　四郎は湯島に行くことを悩んでいた。最初に相談を受けたのは、他ならぬ自分だ。あのとき、コンフラリアの長たちに連絡を入れようと気が急いていたこともあり、四郎の話を満足に聞いてやれなかった。それを思えば、非は自分にもある。

「福は、我々に協力しようとしてマルタ殿を迎えに行ったのです。四郎殿がそのことを気に病むことはない」

「いいえ。私のせいです。みんな私が悪かったのです」

　四郎はあのとき、自分がいかに卑怯だったか知っている。蜂起に反対しながら、内心、小左衛門に見放されることを恐れていた。それなら、湯島に行きたくないなどと言うべきではなかったのだ。

愛する姉を自分の犠牲にしたのも許せなかったが、花から殴られるまで、花を傷つけていたことに気づこうともしなかった。そのことにいっそう腹が立った。

自分を責める四郎を、左太郎が励ました。

「四郎殿、いいですか。すべてはデウスが望まれたことなのです」

「そうです。デウスが私に与えた罰なのです」力無く応えると、左太郎が双肩を摑んだ。

「違います、四郎殿。いいですか。福を船に乗せたときの兄さんの顔を思い出して下さい。ずいぶん優しい目をしておられた。あんな優しい目をした兄さんを見たことはない。私には、仲の悪かった福と何とか仲直りをしようとしているように見受けられましたよ」

四郎の脳裏に、福を乗せて船を出す小左衛門の顔が甦ってきた。確かに清々《すがすが》しい表情をしていた。

「本当にそうでしょうか」躊躇いがちに四郎が尋ねる。

「そうに違いありません。ただ運命が、私たちと兄さんたちとを引き裂きはしましたが、それでデウスを恨むのは間違っている。我々には為《な》すべき事があります。今はそれを全うするだけでしょう」

四郎を慰める左太郎だが、今回のことで妻と息子を失い、誰よりもひどく傷ついているはずだった。しかし恨み言を言うわけでもなく、己の責務を淡々と果たそうとしていた。

そんな左太郎を見ると、四郎は一層自分が恥ずかしくなった。

自分には、左太郎の、万分の一の気概もない。こんなことで総大将が務まるわけがない。また自己嫌悪が頭をもたげてきた。

しかし、いつまでも己を蔑んだり、呪ったりするのは、自分が甘えているからだ。四郎は現実から逃れようとする己を戒めた。

「義兄様、私に総大将が務まると思われますか」

「もちろんですとも。それに先日、私も同じ不安を口にしましたが、みんな助けると言ってくれました。私はひとりではないのです。四郎殿とて同じです。私や甚兵衛殿がおります。他にも多くの者が四郎殿を助けようとしているのです。兄さんがいなくなった分、みんなでがんばりますから、安心して下さい」

四郎の目に感激の涙が光るのを見て、左太郎も安堵したようだった。

十一月十一日、それまで沈黙を守っていた富岡城代・藤兵衛が、ついに動きはじめた。上島や下島の村々に目明かしを送り、一揆に味方する者を火あぶりにしたり、庄屋衆から人質を取ったりした。

半之丞から連絡を受けた弥兵衛は、ひどく憤った。

「おのれ、城代め。本性を現しおったな」

「どうされる」伝兵衛が不安そうに問う。

「これは戦だ、きれいごとなど言っておられぬ。我らも使いを出して、味方にならねば村に火を付けると脅して回ろう」

その上で、弥兵衛は忠右衛門に新たな加勢要求を出すことにした。

越浦渡辺家。朝、いつものように四郎が聖母像の前で祈っていると、鎧《よろい》姿の甚兵衛が現れた。

「先ほど弥兵衛殿から出陣要請が来た。これより上津浦に渡るぞ」

甚兵衛は関ヶ原以降、鎧に触れたことすらなかったが、黒光りする南蛮胴を身につけて、小西行長に仕えていた頃の気概を示していた。

甚兵衛の背後には、左太郎がいた。白木綿の衣に南蛮胴具足をして、すっかり一揆指導者の姿になっていた。

「四郎殿、我らの総大将として同行してもらえますか」

これに四郎が何と応えるか。左太郎・甚兵衛ともに固唾を呑んでいた。

四郎は、先日の左太郎との話し合いで、それまでの迷いを払拭していた。人々が神の王国を作るために団結しているのに、自分一人が背を向けてはならない。これは神が与えた試練なのだ。どんな結果が待ち受けていても、これから逃れてはならない。

「はい、もちろん同行します」大きな声ではっきり告げた。

それから左太郎に手伝われて、出陣の支度に取りかかった。

江樋戸の浜には、松倉家から分捕ってきた軍船《いくさぶね》が三十隻あまり並べられていた。船団の中央に、黒漆に金の蒔絵《まきえ》が施された一際豪華な屋形船があった。松倉家藩主の船で、四郎の召船《めしふね》とされた。湊は、出陣する男たちを見送るためにやってきた女や老人で埋まっていた。

そこに左太郎は四郎を先導した。

紫の法衣姿の四郎が夕日を浴びて佇む姿は神々しく、詰めかけた人々は思わず跪き、十字を切った。四郎が人々の前でゆったり微笑んだ。数日前まで総大将など無理だと訴えていたことが想像できないほど、落ち着き払っていた。

四郎が乗船すると、繋留されていた船がいっせいに出航した。

大矢野衆を乗せた船は、松島の島嶼《とうしょ》を抜けて、老岳《おいだけ》などの深山幽谷に囲まれた上津浦に進んだ。

上津浦では、暗くなった浜で一揆勢が松明を掲げて待ち構えていた。そこに四郎が召船から降り立った。胸の十字架が金色に輝き、紫の法衣が浜風を含んで豊かに揺れる。松明の列の下、四郎が左太郎を従えて庄屋屋敷に向かうと、沿道には祈りを捧げる人々が列をなした。

庄屋屋敷では、先発した半之丞が四郎らの到着を待ちかねていた。

「敵は下津浦に先遣隊を移動させており、こちらに攻め上ってくる気配をみせております」

「いよいよだな」伝兵衛が険しい表情で呟く。

「久しぶりの戦で、腕が鳴るの」甚兵衛がにやりと笑った。

上島は、西半分が平地だが、上津浦から東は老岳や倉岳《くらたけ》という高い山々に囲まれている。いずれも険しい山道で、途中の村々は一揆側についており、城兵側には不利な状況だった。

「こちらから打って出ますか」

半之丞の問いに甚兵衛が頷いた。それから左太郎に顔を向けてきた。

「左太郎殿、行ってくれるか」

「ええ。では敵の手の内を見て参りましょう」

左太郎は少しの恐れもない風で、にこりと笑った。


十三日の早朝、島原の高来《たかく》を出航した船団が、上津浦に向かって南下した。蘆塚忠右衛門が差し向けた加勢軍だ。

十字架の御旗を立てた船が、満々と帆に風をはらんで海を渡る姿は、さながら倭寇《わこう》の全盛期を思わせるもので、熊本から偵察にやってきた細川家の間者たちを震え上がらせた。

富岡城代の藤兵衛も、本戸の郡代役宅から、目の前の海上を行く船団を見ていた。麾《き》下《か》の将兵をすでに下島の鬼池《おにいけ》や亀川《かめがわ》、さらに上島南部にも配しており、万全の態勢を取っていた。案ずることはない。怖《お》じる自分に、そう言い聞かせた。

藤兵衛は、細川ガラシャに養育された元キリシタンだ。寺沢氏にとって外様《とざま》の家臣だが、天草の管理を任されたのは、キリシタンに対する知識が深いためだ。その期待に応えて、天草の民を巧みに管理した。特に大矢野にはかなり手心を加えてやった。昨年、小左衛門が出した定免要求を入れたのもそのためだ。今回のことが、それに対する見返りかと思うと腸《はらわた》が煮える。しかし先日、小左衛門が細川家に召し捕られたと聞き、いくらか溜飲《りゅういん》を下げた。

藤兵衛は、これ以上島原からの増援が来る前に、上津浦に先制攻撃を仕掛けることにした。


だが藤兵衛の作戦は、左太郎によって崩されることになる。

深夜、左太郎は奇襲に先立ち、四郎の祝福を受けにやってきた。跪く左太郎に、

「神の御加護を」と四郎が告げ、大きく十字を切った。

祈りを終えると左太郎は、百名ばかりの奇襲隊を率いて、小島子《こしまご》の浜に向かった。浜では城兵が陣を張っている。その背後に、足音を殺して左太郎軍が忍び寄った。

十四日、東の空はまだ暗く、星明かりが海上を埋めていた。奇襲隊が草むらで身を伏せていると、阿蘇の山並みに黎明《れいめい》の光が差した。このときを待って左太郎は叫んだ。

「撃ち方、はじめ！」

これを合図に一斉射撃がはじまった。

時ならぬ銃声に、城兵が目を覚ますと、まだ明け切らぬ暁暗の中で銃口が赤い火を噴いている。銃声と一揆勢の気勢で、辺りは騒然としていた。暗闇の合間で、白装束の影が妖しく踊る。何をどうしたらいいのか戸惑っていると、一揆勢が襲いかかってきた。

「敵の奇襲ぞ、出合え、出合え」藤兵衛の嫡男・藤右衛門《とうえもん》は、大声を上げた。

しかし藤右衛門を含め城兵たちは、年も若く、戦の経験が無かった。恐慌状態に陥るまま、陣地を捨てて逃げはじめた。藤右衛門も味方を留めることができず、敗走の群れに続いた。

逃げる城兵の後を、一揆勢が追走してくる。追い立てられるまま城兵は、浜に繋留されていた船を奪い合って、本戸に逃げ戻った。

上津浦には、敵が総崩れになり引き上げたという知らせが届けられた。甚兵衛たちは、躍り上がって喜んだ。

「よし、このまま敵を一気に叩くぞ」

左太郎率いる先遣隊は、本戸の瀬戸を挟み、城兵軍と睨み合っているという。そこで甚兵衛は、後続隊を二手に分けることにした。甚兵衛率いる本隊は、左太郎たちとともに瀬戸を渡る。半之丞率いる搦め手《からて》は、南部の山から突入する。

手筈《てはず》を決めると、甚兵衛たちは急いで出陣しようとした。そこに胴丸姿の四郎が現れた。

「四郎殿、いかが致したのです」半之丞が目を丸くした。

四郎はこれまで武具を身につけたことがなかった。だが、胴丸のほか、袖無しの赤い陣中羽織まで身につけていた。

「私も、ともに本戸へ参ります」

「何をおっしゃるのだ。戦が終わり次第、迎えをよこしますから、それまで待っていて下され」

半之丞ら乙名衆が押しとどめようとした。だが四郎は応じない。

「みんなが出陣するのです。私一人残ることはできません」

「しかし、あなたは総大将だ。危険に身を晒してはなりません」半之丞が強く反対した。

「私の身に何かあれば、神の加護がなくなった証拠です。それが神が私に与えられた運命ならば、仕方がないことです」

それでも半之丞が賛成しかねていると、四郎は、供回りに選んだ三吉とともに本陣から出て行ってしまった。

「四郎殿、お待ち下され」

半之丞が呼び止めようとするのを、甚兵衛は押しとどめた。

「いいのだ、半之丞殿。四郎の好きにさせてやってくれ」

「しかし、甚兵衛殿」

「四郎が決めたことなのだ。望むままにさせてやりたい」

これまで蜂起に対する迷いを消せなかった四郎が、とうとう一揆勢と運命を共にする気になったのだ。そのことを甚兵衛は認めてやりたかった。

本陣前には、戦支度をした一揆勢が集まっていた。そこに胴丸姿の四郎が現れた。何事かと思い目を見張る人々に四郎が言い放った。

「これより敵を追って本戸に渡る。我に続かんと思う者は、ついて参れ」

感嘆のどよめきが上がった。

「サンチャゴ！」四郎が拳を振り上げる。

これにあわせて一揆勢が鬨《とき》の声を上げた。この吠声《はいせい》は天に轟き大地を震わせた。

「参るぞ」四郎が走り出した。その後に、十字架を記した陣中旗をかざした三吉が続く。

これを見た一揆勢は、

「四郎殿に後れを取るな」口々に叫びながら、本陣を飛び出して行った。

夜明け前の海上に、上島が巨大な影をなしていた。その黒い山肌に赤い炎が放列をつくっていた。海上でも、松明を掲げた船団が怒濤《どとう》のごとく本戸に向かって突き進む。一揆勢が掲げる松明で、上島の山と海は赤い灯火に包まれた。

奇襲に成功した左太郎は、そのまま先遣隊を率いて、上島と下島との間を隔てる瀬戸の前で、対岸に陣取る城兵軍と睨み合いをしていた。本戸の瀬戸は、川のように細く、流れが急だった。これを自然の防波堤として、城兵軍は一揆勢を一兵たりとも上陸させない構えをとっていた。

高く昇った陽が、本戸の町並みを照らし出す。

藤兵衛は、嫡男・藤右衛門を浜手の小松原《こまつばら》に、また町の中心を流れる町山口川《まちやまぐちがわ》の手前、船之尾《ふねのお》に前陣を配した。その後方には、唐津からの援軍・原田伊予《はらだいよ》が指揮する一隊を待機させていた。

左太郎は敵陣を睨みながら、渡船の支度をはじめていた。そこに、上津浦から一揆勢本隊が到着した。先頭に四郎の姿があった。

「いったいどうされたのです」目を見張る左太郎に、四郎がくったくなく応えた。

「私もみんなと一緒に本戸へ渡ります」

「甚兵衛殿は承知されたのですか」

「もちろんです」

左太郎は呆れ果てた。総大将が先陣を切るなど、聞いたことがない。四郎を窘めようとした。そこに一揆勢がぞくぞくと到着した。浜が十字架を描いた小旗で埋まると、対岸の城兵たちの間に動揺が生じた。出撃するなら今だ。

「乗船！」左太郎が声高に叫ぶと、一揆勢は瀬戸に並べた船に次々と乗り込んでいった。四郎も続こうとする。しかし左太郎は後方へ退くよう求めた。

「四郎殿のお気持は嬉しく思いますが、これより先の戦は我らにお任せ下さい」

「されど」

「瀬戸を渡る際に、かなり激しい銃撃戦になります。そこにあなたを巻き込むわけにはいかない」

四郎を諭す左太郎の目は、厳しかった。四郎は反論を諦めると、後方に退いた。それを見届けて左太郎も船に飛び乗った。

一揆勢の船に、対岸から城兵が一斉射撃を加える。一揆勢も、弾避《たまよ》けに身を隠しながら反撃した。撃ち殺されて瀬戸に転落する者、船の上でのたうち回る者が続出した。それでも、左太郎は攻撃の手を緩めなかった。

「進め、進め、敵陣は目の前ぞ」

左太郎の鼓舞に応え、一揆勢は怒濤の勢いで瀬戸を渡ると、上陸をはじめた。

巳の刻、本戸南部の太田口《おおたぐち》十五社宮《じゆうごしやぐう》方面から、半之丞率いる搦め手が城下に突入した。

城代側は、南部からの攻撃はない、と見なして備えをしていなかった。慌てて前陣の一部を移そうとしたが、一揆勢が上陸をはじめたせいで前陣は浮き足だち、とても兵を回す余裕はなかった。その隙に乗じて、一揆勢本隊が本戸中心部へ進撃をはじめた。

一揆勢の激しい銃撃に晒されて、城兵側がじりじり前線を下げる。左太郎は鉄砲隊を後方に下げると、槍隊を前面に押し出した。一揆勢は白い奔流のように本戸中心部に流れ込み、その波頭に城兵を呑み込んでいった。

最前線となった町山口川は、川を渡ろうとする一揆勢と、槍衾《やりぶすま》を作って迎え撃つ城兵との死闘の場となった。

本戸中心部では、至る所で城兵の叫喚《きょうかん》が聞こえ、一揆勢が赤い十字架を描いた旗を翻した。

昼過ぎ、弥兵衛率いる別働隊が、本戸城趾《じょうし》の備えが薄いことに気づいて、浜を北に迂回《うかい》して攻め寄せた。

城兵側は、船之尾の第一陣が崩れた。続いて、後方に控えていた伊予率いる第二陣も崩れた。そこに本戸城趾を取った弥兵衛軍が山の上から銃を撃ちかけた。城兵は持ち堪えられなくなり、富岡城へ敗走をはじめた。


藤兵衛は、役宅から浜崎《はまさき》に本陣を移していたが、敗走をはじめた味方の姿を見て、藤右衛門が守る浜手の小松原へ駆けつけた。

「急ぎ富岡に引き返せ」

「父上、何をおっしゃいます」藤右衛門の顔が強ばった。

「後のことは儂に任せて、富岡に戻るのだ」

敗北を悟った藤兵衛は、討死の覚悟を決めた。農民相手の戦に負けたのだ。たとえ富岡に逃げ帰っても、責任を問われることになる。それなら、ここで潔く討死しようと考えた。

父の命に藤右衛門は反駁しようとした。しかし三宅父子の周りには藤右衛門の手の者がいるばかりで、誰もが焦りの色を見せている。

「できることなら、船を見つけて海路より城に戻れ。陸路の村は一揆に荷担するやも知れぬ」

それだけ言い残すと、藤兵衛は浜崎へ引き上げていった。

藤右衛門が父の後を追おうとするが、家臣に諫《いさ》められて湊に撤収していった。

藤兵衛が浜崎の陣に戻ってみると、勝敗が決した本戸中心部は修羅場と化していた。町山口川は、城兵・一揆軍双方の屍で流れがせき止められ、川水が赤く染まっていた。死に切れない者が救いを求めて川堤に手を伸ばす。

藤兵衛は目を背けると、広瀬《ひろせ》に向かい坂瀬川《さかせがわ》に出る道を捜した。そのとき、どこからか銃弾が放たれた。

腹を打ち抜かれた馬は激しくいななき、横様に倒れた。辺りは追いすがる一揆勢が渦をなし、星白の兜《かぶと》を被る藤兵衛に向かって襲いかかってきた。藤兵衛は家臣とともに刀を抜いて応戦したが、ほどなくして斬り伏せられると、屍の一群に加えられた。

本戸合戦に圧勝すると、甚兵衛は一揆軍を率いて富岡城に進撃した。城は下島の西北端、富岡《とみおか》の山上にある。城がある岬は、巴《ともえ》状に突き出ており、一揆勢が本陣を構えた志岐《しき》とは狭い砂州で結ばれているだけで、あたかも孤島のようだった。

甚兵衛は伝兵衛とともに砂州に立って、城を観察した。

山城の要素を持つ城は、本丸・二の丸、三の丸、大手門のほか、浜口門《はまぐち》と渡戸《わたど》口《ぐち》門、城の裏面に水の手門があった。渡戸口にある船着き場は、松並木が鎌状に並ぶ曲《まがり》崎《さき》によって荒波から守られている。不思議なことに入江には、一隻の船さえなかった。

志岐の者の話によれば、藤兵衛に代わり城代を務めることになった伊予が、本戸合戦の後、多くの城兵が逐電したので、これ以上脱走者を出さないよう、船をすべて長崎半島の先の樺島《かばしま》に撤収させたという。

「まさに背水の陣だな」甚兵衛は苦笑した。

その甚兵衛の見ている前で、城の山裾を囲む町から火の手が上がった。火はみるみる町を呑み込んで、焼け野原にしてしまった。伊代が、町屋を焼き払うことで、山上から一揆勢の動きを監視しようとしたのだ。

「伊予という男は、なかなか手強《てごわ》い。唐津からの援軍が来る前に、城を落とさねばなりませんな」

伝兵衛の言葉に甚兵衛は頷いた。

観察をすませると、甚兵衛たちは本陣に戻った。そこでさっそく城攻めの準備に取りかかろうとした。ところが、その出鼻を挫《くじ》くように、戸馳の庄屋からまた小左衛門の文が届けられた。日付は本戸合戦直後、十一月十四日とされていた。

『四郎殿たちが長崎に向かったと聞きました。宇土に戻って頂けず大勢の者が迷惑しております。私たちは着物などをもらい無事暮らしております。ご安心下さい。なお半助と市兵衛が転宗しました。四郎殿たちにもキリシタンの信仰を棄てて迷惑を掛けている者たちを救うようご意見下さい。なお唐津から御地に軍勢が送られる由を聞き不安に思っております。お返事お待ちしております』

小左衛門の手による文だった。弥兵衛は最初の文を黙殺して、返事を出していなかった。今回も同様に扱おうとしたが、ひとまず甚兵衛に意見を求めることにした。

「どう思われる」

「細川家は、我らが城代の首を上げたことを知って焦っておるのだろう。だから、このような文をよこしたのだ」

細川家は、自藩のキリシタンが他国で一揆を企てたことを幕府に知られるのを恐れている。すぐに出兵したいところだが、法度の手前、それができず、苦肉の策としてこの囮文《おとりぶみ》を考案したのだろう。甚兵衛は、文の意味をそのように解釈した。

「返事は如何にしましょうか」弥兵衛の気持は揺れていた。

文には、四郎に信仰を棄ててもらいたいと記されている。あの小左衛門がどんな思いでこの文を書いたのか、それを思うと胸が痛んだ。

弥兵衛と甚兵衛が話しているところへ、二江《ふたえ》から左太郎がやってきた。二江は志岐から三里ほど東にある。そこを四郎の陣としていた。警護役として左太郎をはじめ大矢野鉄砲隊など三千人を当てた。乱戦に乗じて敵が総大将四郎の首を狙うことが考えられたので、四郎を守ることにしたのだ。

小左衛門の文を見せられると、左太郎が厳しい表情になった。

「またですか」

その場には伝兵衛もいた。沈鬱な面持ちで黙り込んでいる。そんな父の横顔を見つめながら、左太郎が言った。

「今度も、脅されて書いたものでしょうが、さすがは兄さんだ。敵がどういう状況にあるのか、ちゃんと記して参られましたな」

文には、供をして出かけた半助と市兵衛が転宗したことが記されている。おそらく、拷問に屈した二人がマルタたちの所在を白状したのだろう。

また四郎に転宗を求めてきたことから、細川家が今回の一揆を、ただの農民一揆にすり替えようとしている様子が窺えた。

キリシタンは処刑せねばならない。しかし、一揆衆全員を処刑してしまうと、年貢で生計を立てている武士は、己の首を絞めることになる。それを避けるためにも転宗させようというのだ。また、唐津から援軍が来ることを記して、早期降伏を促している。

「つまり、奴らは我々を殺さないよう必死なんですよ」

左太郎の見解を聞くと、半之丞が軽蔑を露わにした。

「ふん、ふんぞり返っておらずに、汗水垂らして働けばよいのだ」

「全くだな、それにしてもおもしろいことになったたな」

甚兵衛の言葉に、弥兵衛たちも苦笑いをした。笑いの波が過ぎた後、左太郎が問うた。

「ときに甚兵衛殿、この手紙を四郎殿に見せても構いませんか」


甚兵衛は難しい顔をした。四郎の気持が落ち着いてきたところなだけに、あえて気持を乱す真似はせぬ方がいいように思われた。

「見せぬ方がいい」伝兵衛がぼそりと洩らす。

「いいえ、父さん、四郎殿は賢い方です。お見せした方がむしろ納得されると思います」

甚兵衛は左太郎の意見に賛成した。文は四郎のもとに運ばれることになった。


二江の陣で、四郎は左太郎から渡された小左衛門の文に、恐る恐る目を通した。

「内容は、前回届けられたものとほとんど変わりがありません。返事は、弥兵衛殿が適当にすると言っておられました」

四郎は左太郎の話を、上の空で聞いていた。眼は、小左衛門の筆跡に釘付《くぎづ》けになっていた。

本戸合戦前、総大将として出陣するに際して、小左衛門への思いを断ち切ったはずだった。しかし、再び小左衛門の文を目にしたことで、禁じたはずの涙がこみ上げてきた。幸いその場には、左太郎以外、誰もいなかった。四郎は、手紙を額に押し当てて泣いた。

小左衛門を救いに行くことができないもどかしさに苦悶していると、手紙の内容が、あたかも小左衛門自身の意志のように思われてきた。

信仰を棄てて、我々を救ってもらいたい。小左衛門が望むなら、そうすべきではないのか。そんな思いがこみ上げてきた。顔を上げると、左太郎と目が合った。

左太郎は、泣くのを止めろと言うわけでもない。慰めの言葉をかけるわけでもない。いつものように四郎の気が落ち着くのを待っていた。

四郎はもう一度、文に眼を向けた。信仰を棄てよ、と書かれた文字の向こうで、悪魔が赤い舌を出して笑っているようだった。

おまえの信仰心など、その程度のものなのだ。小左衛門と引き替えに信仰を棄ててしまえ。悪魔の痛罵が聞こえる。

なんて汚い真似をするのだろうか。四郎の中から悲しみは消え、細川家のやり口に猛然と腹が立ってきた。

小左衛門はどんな目に遭って、この文を書かされたのだろうか。想像するだけで鳥肌が立つ。手紙を摑んだまま、険しい顔をしていると、左太郎が話しかけてきた。

「兄さんは、手紙をよこすことはもうない、と記してきましたね」

四郎は、手紙の末尾に目をやった。そこには、追伸として前回返事がなかったからこれ以上手紙は出さない、と記されていた。

敵に協力するのはこれまでだ、小左衛門がそう言っているのが分かった。

「つまり、これで私が小左衛門殿に会うことも、もうないというのですね」

四郎は、己に言い聞かせるように尋ねた。

左太郎は、いいえ、と返した。

「戦いに勝てばいいのです。富岡城を占領し次第、細川家と交渉をしましょう。城を明け渡す条件として、信仰の自由、そして兄さんたちの身柄引き渡しを要求するのです」

伝兵衛が郡浦から引き上げてきた直後に、同じことを言っていた。あのとき四郎は、自分を慰めるだけの話だと思ったが、今度は一条の光明を見出した気がした。

「富岡城を占領したら、その交渉ははじめられるのですか」

「ええ。ですから、味方の勝利を祈って下さい」

四郎は、連子窓《れんじまど》から西の空を睨んだ。その向こうに富岡城がある。

必ず落としてみせる。そして、小左衛門や母たちを奪還するのだ。

四郎は強く決意すると、手の中で手紙を握りつぶした。

十一月十九日、甚兵衛は、一揆勢を五手に分けて富岡城を取り囲んだ。一軍・二軍は島原からの援軍、三軍から五軍が天草勢だ。

敵の戦意を殺《そ》ぐため、藤兵衛たち五人の首を城下に晒した。その前で一揆勢は鬨をあわせた。その音は、大地を震わせ、城壁を揺さぶった。

息を呑む城兵たちの目の前で、一揆勢が大手口の攻略をはじめた。

先鋒を率いる上津浦一郎兵衛《いちろべえ》は、権現《ごんげん》山麓の足軽屋敷を焼き払うと、城の最前線・渡戸口門に達した。城側は、銃を乱射して渡戸口を守ろうとした。一揆勢は味方の屍を乗り越えて、銃を撃ち返す。

渡戸口を守る島田十郎左衛門《しまだじゆうろうざえもん》が、二の丸の伊予に伝令を飛ばしてきた。

「とても持ち堪えられません。大手門まで撤退致します」

伊予は、「承知」とだけ言い、伝令を戻した。そのとき、渡戸口を押し破った一揆勢が大手門に殺到した。

「本丸にいる鉄砲隊を大手に集めよ。大手を守るのだ」

大手が破られたら一揆勢が城内に乱入してくる。そうなれば本丸を守る意味などなくなる。

伊予の厳命を受けて、本丸鉄砲隊が大手の加勢に向かった。城内は立ちこめる火薬の臭いで、息ができないほどだった。

一揆勢は、渡戸口を突破した勢いで大手門に食らいついたが、城側も、鉄砲隊を前面に押し出して、必死の抗戦を試みた。周囲には、白装束の屍が山をなした。もう一押しすれば、大手城門は破られるように思われたが、その前に、三軍の上津浦軍が全滅する可能性が出てきた。

「敵が城壁に隠れている間は、味方に被害が出るばかりだ。ここはいったん引き返そう」

三軍は、大手門からいったん、渡戸口門へ撤退した。

一揆勢が退却をはじめると、城門から城兵が押し出してきた。それを見て、一揆勢が大手門に引き返す。しかしこれは城側の罠だった。一揆勢は城内に入るや、門内で待ち構えていた鉄砲隊から一斉射撃を浴びた。三軍は全滅した。

甚兵衛は、三軍全滅の知らせを受けて顔色を変えた。あと一息で、大手城門が破れるという知らせを受けたばかりだったので、悔しさがこみ上げてきた。しかし、太陽は西の空に大きく傾いており、味方は浮き足だっている。

「仕方ない、今日のところは兵を引こう」

甚兵衛の合図に従い、それまで激しく城門を攻め上げていた一揆勢は志岐に引き上げた。


その夜、甚兵衛ら乙名衆は、城攻めの作戦を練り直した。銃撃戦の被害が大きいことから、弾避けの竹束をたくさん用意して、二十二日、再び城に攻めかかった。

一揆勢が竹楯《たけだて》や竹束を手にしているのを見て伊代が火矢を射掛けてきた。竹束はたちまち炎に包まれた。一揆勢が弾避けを手放すと、城兵が鉄砲を撃ちかけてきた。

それでも一揆勢の力は衰えなかった。渡戸口に続いて大手門を押し破り、怒濤の勢いで二の丸に攻め上った。

伊予は二の丸を諦めると、本丸に兵を集めさせた。その上で二の丸に火を付けた。二の丸が炎上すると、一揆勢は味方が二の丸を占拠したものと勘違いして、二の丸に乱入した。

本丸は二の丸を見下ろす高台にある。二の丸が一揆勢に埋め尽くされると、伊予が本丸から狙い撃ちしてきた。たちまち二の丸は一揆勢の屍で埋まった。

この日の攻撃でも、一揆勢は大規模な被害を出しただけで、撤収せざるをえなかった。

志岐本陣に戻った甚兵衛たちは、このまま城を攻め続けたものか迷いを覚えた。

富岡城は臥龍城《がりゅうじょう》の異名をとる。その名にふさわしい堅固な作りをしており、城を守る伊予は、想像以上の知将だ。

一揆勢は、わずか二日の戦いで六百人近くの犠牲者を出し、本戸合戦で落命した者を加えると、その数は一千人近くになる。一揆勢の間では、厭戦《えんせん》気分が生じており、中には、

「四郎殿の祈りも大したことはなかと」と口にする者さえでる始末だった。

「どうするね、甚兵衛殿」伝兵衛が判断を仰いだ。

甚兵衛にも判断がつきかねる状況だった。島原からも吉報が届かない。忠右衛門も、城に固く籠もって出てこない松倉の者どもに手を焼いているようだ。

軍議のさなか、その忠右衛門から使いがやってきた。

江戸にいた島原藩主・松倉長門守勝家が、明日にも帰還するという。長門守が戻ってきたということは、島原の出来事が江戸表に伝えられたことに他ならない。

また使いは、島原の北に隣接する鍋島《なべしま》家が唐子《からこ》まで兵を進めてきたことも告げた。鍋島が動きはじめたとなれば、細川家も兵を動かすに違いない。このまま天草・島原に兵力を分散していては、とても勝ち目はない。

甚兵衛は、一揆勢を一カ所に集結させようと提案した。

「戦いを続けるには、それより他に道はあるまい」

「しかし、島原城も落ちたわけではないし、いったいどこに兵力を集めると言うのだ」

「島原の原《はる》に、天下の名城があるではないか」甚兵衛は自信を込めて言った。

島原半島の南端に、かつて有馬氏が居城とした原城《はるのしろ》があった。松倉氏も入国当時、しばらく本拠地としていたが、戦国期さながらの古い構造を嫌い、新たに島原城を作った。その後、原城は「一国一城令」にもとづき破壊されたが、本丸御殿のほか石垣を形ばかり崩しただけで、曲輪《くるわ》の建物は放置されていた。

「原城なら申し分ないの」伝兵衛も承知した。

多くの者が賛成する中、下島の庄屋衆が猛然と反対した。

「勝手なことを言ってくれるな。籠城するなら、富岡城を落としてからにしてもらいたい」

天草の蜂起は、大矢野衆が上島衆とともに推進して、下島衆は後から続いた。だが、キリスト教の国内での総本山は下島だという自尊心もあり、大矢野衆に軍議を主導されることを不快に感じていた。

それに富岡城の囲みを解いたら、城兵側が報復に出てくることは目に見えている。その際、最たる犠牲を強いられるのが、城代お膝元の下島衆となる。だから撤収には断固反対した。

「下島衆の気持は分かる。しかし、これ以上力攻めをしても城は落ちぬ。できれば兵糧攻めにしたいが、幕府の援軍が迫っている中、それも難しい。ここは原城への籠城を、ひとつ呑んではくれぬか」

弥兵衛が頭を下げると、下島衆はしぶしぶ反論を呑んだ。

こうして富岡城包囲は解かれることになり、一揆勢はいったん解散することになった。

軍議を終えて、各村の庄屋衆が本陣から引き上げていく。帰路を急ぐ下島衆の顔から、不満の色は消えていなかった。

下島衆の姿が見えなくなると、甚兵衛は、二江にいる左太郎のもとへ急使を出した。そして四郎を連れて、急いで大矢野へ引き上げるよう命じた。

富岡城が陥落することを固く信じていたので、四郎には退却は予想外のことだったようだ。

「あと少しで、城は落ちるのではないのですか」

左太郎は、島原や天草を取り巻く状況が大きく変わったことを説明したが、四郎は納得がいかないようだった。

「けれども、あと一息で富岡城は落ちるのでしょう。ならば私はここに残りたく存じます」

富岡城から引き上げてしまえば、細川家と交渉するという願いは消える。引き上げに応じない四郎に、左太郎は頭を悩ませた。

「四郎殿の気持は分かりますが、すでに味方は引き上げはじめていますし、あなただけここに残ることはできません」

「されど」四郎が重ねて反論しようとした。

時間が無いこともあり、左太郎は問答を打ち切った。そして、嫌がる四郎の腕を取ると、召船が繋留されている入江に連れて行った。


船着き場は、引き上げを急ぐ兵で騒然としていた。四郎を見ても祈りを捧げる者はおらず、我先に船に乗り込もうと必死だった。

左太郎が人混みをかき分けて、四郎を乗船させた。艫綱《ともづな》を外すと、船は沖に進みはじめた。船内で、四郎は意気消沈していた。

小左衛門を救う望みは断たれたのだ。二度と会うことはかなわない。そんなことを考えていると、突然、銃声が轟いた。

「もう敵が参ったのですか」

四郎の問いに、左太郎は黙っていた。二江と富岡の距離を考えれば、城兵が攻めてきたにしてはいささか早すぎる。

四郎は敵の正体を確かめるため、甲板に出ようとした。

「出られてはなりません」左太郎が慌てて押しとどめた。

四郎が反発し、左太郎と揉み合いになった。そのとき、

「待て、待たぬか」陸地から罵声が聞こえた。

左太郎が四郎の耳を塞ごうとしたが、間に合わなかった。

「何が神の子だ、この裏切り者め」

四郎は左太郎を振り切り、甲板に出た。入江に下島衆の姿があった。つい先ほどまで、ともに富岡城を包囲していた仲間が、船に銃口を向けている。

愕然とする四郎に、下島衆が発砲をはじめた。左太郎が四郎を屋形の中に押し込めた。

四郎は船内に戻ると、左太郎を見つめた。四郎の前に立ったまま左太郎は黙っていた。気まずい空気が流れる。その間も、銃声が絶え間なく響く。

「どうしてですか」四郎は左太郎に詰め寄った。

「引き上げを望まぬ者が、あなたの他にもいたというだけです」

左太郎が、そう答えたきりまた黙り込んだ。

# 六章　原城入城

一揆勢は、富岡城の包囲を解いて各村に帰ると協議を開いた。このまま抵抗を続けるとなると、殉教の覚悟がいる。それだけに、どの村でも議論が白熱した。その結果、一揆勢は三手に分かれた。

殉教を覚悟して原城に向かうことにした者と、信仰を棄てて村に残ることにした者。そのどちらも選べなかった者は、肥後などの他地区に脱出していった。

選択は各人に任されたので、大矢野のように島を上げて原城へ向かうことにしたところもあれば、村民が離散したところもあった。多くの者が去った天草は、まるで無人島のようになった。

大矢野衆は、食料や着替えなど持ち出せるものはすべて持って原城に向かった。船が沖合に出ると、もう二度と戻ることがないという思いから、多くの者が涙を流した。

「泣くことはない。我らは地上の楽園に向かうのだから」

弥兵衛ら乙名衆は、老人や女たちを慰めて回った。

やがて短い旅は終わり、船は、南島原の原城に到着した。

原城は、海に向かって突き出した岬の上にある。東の入江から大手門を上ると、広々とした三の丸に出る。続いて二の丸、二の丸出丸、本丸、そして松山《まつやま》丸と呼ばれる出丸が、南北十余町に連なっている。戦国期の特徴をもつこの巨城には、大手門のほか、松山丸から大江浜《おおえはま》に通じる裏門があるだけだった。

曲輪の間には、鋭く削られた空堀《からぼり》が横たわり、城の南側は屏風《びょうぶ》をつきたてたような断崖が連なる。また北側には泥質な干潟が広がり、満潮時に海水が流れ込むと、陸地と遮断される仕組みになっていた。この深田に転落したら、泥の海に沈んでいくことになる。

城は、もともと南蛮貿易のために作られたもので、三の丸には多くの蔵が設けられていた。そこに一揆勢は持ち寄った武器や食料のほか、口之津の蔵から奪ってきた五千石の米俵を収納した。飲料水は、二の丸にある蓮池《はすいけ》や、古井戸から汲《く》み上げることにした。

一揆勢は、村ごとに各曲輪を割り当てられた。そこで船を解体して得た資材を使い、城壁の補強をしたり陣中小屋を作った。

十一月二十五日から七日ほどかけて、城の修築が終わった。それまで左太郎に守られて口之津にいた四郎のもとに、入城を促す使者が来た。

「いよいよ入城ですね」左太郎が興奮した口調で告げる。

その前で頷く四郎の額から前髪がなくなっていた。

二江から大矢野に戻ると、四郎は元服した。名も時貞《ときさだ》と改めた。前髪を落とすと、少女のような顔立ちが凛々《りり》しくなり、背丈は左太郎とほとんど変わらなくなった。

そうした外見の変化に応じて、口数も減った。

四郎は二江から撤収するとき、下島衆から発砲され、痛切な精神的打撃を受けた。

これまでの四郎なら、総大将を投げ出そうとしただろう。しかし、戦いで傷を負った者や、身内を失った者もいる。それにも拘わらず、多くの者が原城に入る決意を固めた。入城を決めた者は、誰ひとり絶望していなかった。それどころか、喜びに顔を輝かせている。

四郎は、傷つきながらも信仰に生きようとする人々の姿を見て、自分がどう振る舞えばいいのか考えさせられた。

自分は戦をしているのだ。逐一傷ついていては総大将は務まらぬ。総大将の自覚をより深く持つことで、四郎の中から不平や不満は自《おの》ずと減った。


十二月三日の昼、四郎の入城が行われた。

一揆勢が、大手門に続く沿道に迎えの列を作る。その前を葦毛《あしげ》の駒に跨《また》がった四郎は、二十名近い小姓衆や女衆を従えて、ゆるゆるとした足取りで進んでいく。

小姓が差し出す南蛮日傘の下から、腰の大小の刀、白の小袖、灰色の袴、緋羅紗《ヒラシャ》のマントが覗く。小姓衆や女衆も、綾《あや》の衣に手を通し、白粉《おしろい》や鉄漿《おはぐろ》を丹念に施していた。

轡《くつわ》を取るのは、左太郎だ。彼の気概を示すように、磨き上げられた胸板が陽射しを受けてきらきら輝く。城壁の上では、大小の十字架と、十字架を描いた旗がはためいていた。

四郎の入城は、まさに天上の王国を再現したようだった。

入城を終えると、四郎は本丸内に用意された屋敷に入った。屋敷は本丸門脇にあり、瓦を葺《ふ》いた屋根や、二方を頑丈な石垣に挟まれるなど防備の面でも申し分なかった。

屋敷内には、左太郎の部屋も用意された。甚兵衛たち指導部は、屋敷に隣接する本丸櫓《やぐら》の本陣に入った。

夕刻、入城後最初のミサが行われた。本丸から打ち出される鐘を合図に、各曲輪では長たちの指導の下、「アベ・マリア」が歌われた。

歌声は周囲の丘や谷にこだまし、有馬氏時代、ここに神の王国があったことを彷彿させるように、響き渡った。

ミサの終わりに、四郎は「十字架の道行き」を語った。それはキリストの苦しみを、ひとつひとつ心に甦らす祈りだった。

キリストは神殿の門を出て、ゴルゴダに向かう坂道を十字架を背負ってよろめきながら歩く。群衆がその後を好奇心に駆られてついていく。

『エルサレムの女よ、我が身を泣くことなかれ。己《おの》と己が子等《こら》の身の上を泣け。日は将《まさ》に来たらんとす』

一揆勢は、自分たちの境遇とゴルゴダの坂道をのぼっていくキリストとの間に悲愴《ひそう》な感情の交流を覚えて、多くの者が涙を流した。

「どんなに辛くとも最後まで生き抜く、それが我々キリシタンに課せられた使命なのです。今の我々にとってこの教えを守るのは容易なことではありません。しかしハライソの門をくぐるためには、なさねばならぬ試練でもあるのです。我々キリシタンにとって最大の罪とは、神に対する絶望です。神を信じ、互いに助け合うことで、この苦難を乗り越えていきましょう」

ミサが終わっても、人々の間から興奮は去らなかった。このまま静かに信仰を守れればいいと願ったが、その願いはすぐに破られた。


城外に放たれていた物見が危急を知らせて来た。

「本日神代《こうじろ》に、幕府の上使が到着した模様でございます」

島原藩主松倉長門守勝家は江戸から帰還していたが、島原城に入ったまま、何ら動きを見せなかった。その間を利用して、一揆勢は原城を修築した。しかし上使が到着したからには、長門守も動き出すに違いない。

甚兵衛は物見に、上使に関する詳しい情報を求めた。上使は板倉内膳重昌《いたくらないぜんしげまさ》なる、一万石の大名だという。

「一万石か」甚兵衛は、気が抜けたように洩らした。

「我々も舐《な》められたものですな」半之丞も肩を竦める。

それまで甚兵衛たちは、討伐軍の総大将を細川家が担うものとみていた。ところが幕府は、わずか一万石の大名を派遣してきたのだ。

「まあ、千石取りの原田伊予に比べたら、格上と言えるな」

半之丞の皮肉に、本陣内に集った侍大将らの口から苦笑が洩れる。

「大名と申す者は、体面を気にかけるもの。一万石の大名の命令に、五十四万石の細川などがどう動くかが見物だな」

それが此度の戦の鍵になる。甚兵衛はそう睨むと、とりあえず初戦は幕府側の戦いぶりを見てみることにした。


十二月九日、幕府軍との戦を前にした原城に、突如、上津浦《こうつうら》衆が大挙してやってきた。その数二千七百。甚兵衛たちは、上津浦の者はもう来ぬものだと思っていたので、ひどく驚かされた。

「遅くなってすまなかった」上津浦惣右衛門《そうえもん》は膝を折って詫びた。

入城が遅れたのは、富岡城兵との交戦が原因だった。

伊予は、一揆勢が囲みを解くとまず下島を掃討し、上島にも軍勢を送り込んできた。激戦の末、上津浦衆は城兵を退けたが、続いて細川軍が進攻してきたので、交戦を諦めると村を捨てて原城に向かった。

上津浦衆を迎えて城内の一揆勢は、三万七千人にまで膨れあがった。各曲輪は満員状態だった。

翌十日、幕府討伐軍が城の前に姿を現した。

甚兵衛は半之丞・左太郎らを連れて、二の丸出丸に敵情視察に向かった。干潟を挟んで、松倉家をはじめ佐賀《さが》鍋島家、久留米《くるめ》有馬家、そして柳川立花《やながわたちばな》家の軍勢が勢揃いしていた。細川家は、海上に関船《せきぶね》を出しているだけで陸の軍勢は見受けられなかった。

細川家との戦に勝ち、小左衛門らの奪還交渉をすることを考えていたので、左太郎は少しばかり失望した様子だった。

視察を終えると、甚兵衛たちは本丸へ戻ろうとした。そこに三の丸から使いが来て、東の入江に長崎からの船が到着したと告げた。

甚兵衛は、上津浦衆を最後に、籠城に加わる者はおらぬと思っていただけに、長崎からどのような者が来たのかと問うた。

「女でございます」

「女?」甚兵衛は眉をひそめた。

「はい、女がひとりで参りました」伝令は興奮した口調で言った。

海上には、細川家の関船が浮かんでいる。その警戒を突破してやってきたのだ。普通の女ではあるまい。半之丞も小首を傾げる。

「いったいどんな女だ」

「なんでも、茂木衆から頼まれた荷を運んできたと申しています」

茂木衆はかねて、大矢野衆が起つならともに蜂起すると約束していた。これには何かわけがある、と甚兵衛はみた。

「ともかく、どのような者が来たのか見て参ります」そう言い残して、左太郎が大手門へ向かっていった。


大手門前には多くの人が集まっていた。左太郎が人垣をかき分けて前に進むと、桃色の小袖を着た女がひとり佇んでいた。椿油《つばきあぶら》で整えた髪を頭巾で隠して、手甲・脚絆をした姿は女行商人のようでもあったが、丹念に化粧を施した顔や、柳の腰つきには、遊里育ちの者特有の色香があった。

「あら、お久しぶりでございますこと」女は左太郎を見ると、こぼれるような笑みを浮かべた。

「サキ殿、どうしてここに」左太郎は思わずサキに駆け寄った。

左太郎は長崎に火薬を受け取りに出かけたとき、サキと会っていた。サキは太夫町《たゆうまち》の遊女で、左太郎をもてなすため、代官の末次茂房から屋敷に呼ばれていたのだ。

長崎の勝山町《かつやままち》にある代官屋敷は、ポルトガル風の造りをしており、室内には、ランプや燭台、明《みん》国から取り寄せた段通の絨毯《じゆうたん》のほか、長椅子やベッドなどが備えられていた。また茂房の傍らに侍《はべ》っていたサキも、翠玉《すいぎよく》（エメラルド）の耳飾り、だいだい色の小袖に、レースの襟飾りや兵児帯《へこおび》という、南蛮風の出で立《いでた》ちをしており、それがよく似合っていた。

「あなたがなぜ茂木衆の荷を運んで来られたのです」

左太郎が目を白黒させると、サキが悪戯《いたずら》っぽく微笑んだ。

「お代官様が原城へ向かわせる使者を命じあぐねておられたので、私がお引き受けしたのです」

「それはまたどうしてですか」

「私も信徒ですから」サキが胸に隠していた十字架を示した。

長崎の信徒は、弾圧に屈して多くの者が棄教していた。しかし踏み絵をしたり、転び証文を書いても、心の中の信仰までは失わずにいる者が多かった。

「遊女、淫売《いんばい》と蔑まれる身ではございますが、そんな私も信徒の中では一人の人間として扱って頂けますから」

「そうだったのですか」左太郎はサキに深い同情を寄せた。

「それにしても、茂木衆はなぜ代官に荷を発注したのですか。茂木衆にも我々が原城に籠城するという知らせを出していたのですが、梨の礫《つぶて》で心配していたのです」

左太郎の話を聞くと、サキが気まずそうな顔をした。

「実は左太郎様、庄屋の惣兵衛《そうべえ》殿は茂木の代官に長男を人質にとられてしまいました。それで有り金をはたいて茂房様に火薬の注文を入れられたのです。惣兵衛殿から、大矢野衆には申し訳なかったと伝えてもらいたい、と言付かりました」

「……そうだったんですか」左太郎はできるだけ淡々と応えた。だが、内心、強い衝撃を受けていた。

これまで茂木衆から何の便りもないので不安に思っていたが、それでも必ず起ち上がると信じていた。それだけに茂木衆の離脱に落胆を禁じ得なかった。厳しい顔つきで黙り込んでいると、サキが心配そうに顔を覗き込んできた。左太郎は憂いを隠すと、とにかくサキに礼を述べることにした。

「それにしてもサキ殿、このような状況の中、わざわざ荷を運んで来て下さってまことに感謝致します。しかし茂房殿もずいぶんな真似をされるものだ。女のあなたに、こんな危険な役目を任せるだなんて」

左太郎が憤慨してみせるとサキが、とんでもない、と返してきた。

「私が望んで引き受けたことですから」さばさばとした口調で語った。そんなサキを左太郎は頼もしく思った。

「ともあれ、サキ殿。長崎に戻られたら茂木衆に、我らが礼を言っていたと伝えて下さい」

「承知致しました」サキがにこやかに応えた。

「茂房殿にも、私や城の者が感謝していたとお伝え下さい」

するとサキが寂しそうに笑った。

「左太郎様は本当にお優しいのですね。お代官様ときたら、私が原城に参りたいと申し出ると、それは助かると言われ、何の躊躇いもなく承知されましたよ」

長崎代官の茂房に対する不満を洩らした。要するに、幕府の手先である茂房にとって代金さえ受け取ってしまえば、その先、品物が無事相手に届くまいと届こうと、関知する話ではないのだろう。だから無茶を承知で、酔狂な申し出をしてきた遊女に荷の運搬を託したのだ。

左太郎はサキに同情しながらも、臨戦態勢にある中、あまり長く城内に留まればサキの身に危険が及ぶことを考えて、急いで城外に出るよう勧めた。そこで入江まで送ろうとすると、突然、サキが左太郎の手を振り払った。

「左太郎さん。私、長崎に戻るのはやめますわ」

「やめるって、それでどうするつもりです」

目を丸くする左太郎に、サキが毅然として言い放った。

「このままお城に残って、左太郎さんたちとともに戦います」

周囲で話を聞いていた一揆勢は、歓声を上げた。

「いいぞ、いいぞ。さすが長崎の信者だ」

「我らの味方をするために、大天使が来たようなものだ」

歓声が渦巻く中、左太郎はひとり、サキの唐突な申し出をどう理解したものか、戸惑いを覚えていた。それでも信徒だと言うサキの申し出を拒むこともできず、籠城者の中に加えることにした。

原城を取り囲んだ幕府軍は、本陣を三の丸正面、城から十町（約千九十メートル）ほど離れた高台に設けた。そして城の西側から、鍋島家をはじめとする加勢諸家が陣を張った。各家とも城攻めの砦とする仕寄《しより》と、城内の様子を窺うために井楼《せいろう》などの構築を行った。

十八日、幕府陣地から陣立ての音が止んだ。竹束で囲まれた仕寄には人影さえ見えない。甚兵衛は伝兵衛とともに二の丸出丸前に行き、城壁の陰から敵陣地の様子を窺った。

「嵐の前の静けさかな」甚兵衛は呟いた。

「明日の朝あたりが怪しいのでは」

伝兵衛が返すと、甚兵衛はしたり顔で頷いた。

甚兵衛たちは本丸に戻ると、各曲輪の侍大将たちに、奇襲に備えるよう伝令を出した。城壁の銃眼ごとに鉄砲隊が配される。城内が物々しい雰囲気に包まれる中、四郎が屋敷内に設けられた礼拝堂に向かい、十字架の前で跪いた。

冬の夜空に「我らに栄光を」と讃える四郎の声が朗々と響く。それに合わせて、背後に並んだ小姓衆や女衆が声を上げた。

月のない暗い夜。甚兵衛たちが具足姿のまま本丸で仮眠していると、子《ね》の刻（午後十二時頃）過ぎ、幕府陣営から鬨の声が上がった。

「そうら、おいでなすった」

甚兵衛は水を得た魚のように飛び上がると、表に出た。

城壁で見張りをしていた者たちが、敵襲ぞ、とそこかしこから声を上げる。甚兵衛は二の丸出丸に向かった。眼下に迫った敵は、城壁めがけて銃を撃ちかけてくる。銃口の赤い火は見えるが、後に続く兵卒の姿が見えない。

「はあん、威嚇だな」

甚兵衛は適当に応戦するよう命じると、本丸に戻った。

一時ほどの銃撃戦の末、幕府軍の動きは止まった。城方は城壁にへばりついたまま、敵の第二波に備えた。

明け方に向かって気温が下がりはじめた。一揆勢が眠気を堪えて手足を擦り合わせていると、暁暗の中、敵が新たな動きを見せた。城の南西側、松山丸の城壁を、鍋島家の足軽たちが登りはじめた。

松山丸には、本戸の柴田六兵衛《しばたろくべえ》麾下の天草勢が詰めており、壁を登る敵兵めがけて投石をはじめた。石の直撃を受けた敵の足軽たちは、悲鳴を上げながら干潟に落下していった。

続いて、天草勢は鉄砲攻撃を加えた。松山丸一帯は鍋島家軍勢の血で染まった。それでも鍋島家の足軽たちは、出丸へと迫ってくる。

「引き上げよ！」本丸から甚兵衛の伝令が駆け込むと、それまで出丸にいた一揆勢は、いっせいに本丸に引き上げていった。

無人になった松山丸を鍋島家軍勢が占領した。松山丸は、本丸より低い場所にあり、ひどく狭かった。百人ほどの鍋島家の兵卒が曲輪に立ち尽くしていると、そこに本丸に引き上げたと見せかけた一揆勢が、逆さ落としの勢いで攻め込んできた。鍋島勢は、身動きが取れぬまま格好の標的とされた。瞬く間に、松山丸は兵卒の屍で埋まった。

「ええい、退却だ、退却」鍋島軍は松山丸を放棄した。

その頃、三の丸は立花家の攻撃を受けていた。三の丸には、南北の有馬・有家・加津佐などの島原勢が入っており、半之丞ら元松倉藩士もここにいた。

三の丸は小高い山の頂にあり、幕府側の仕寄からは一揆勢の顔すら見ることができなかった。しかも城壁の周りは干潟の泥で埋まり、場所によっては胸まで沈んだ。そのため干潮時を選んで攻撃は開始されたのだが、戦いが長引いているうちに潮が満ちはじめ、城攻めの兵たちは冷たい海水に身を浸すことになった。

そこに二町離れた頭上から大矢野鉄砲隊が銃を撃ちかける。本丸の守備をしていた大矢野鉄砲隊だが、半之丞の要請を受けて加勢に駆けつけたのだ。左太郎をはじめ百発百中の命中率を誇る狙撃手たちの手によって、干潟は泥と潮と兵士らの赤い血で埋まった。

昼過ぎ、幕府軍は引き上げていった。

「やはりこの城を選んでよかっただろう」甚兵衛は弥兵衛に得意そうに言った。

弥兵衛が苦笑いを浮かべたが、同席していた忠右衛門は渋面のままだった。

「どうされたのだ、忠右衛門殿。何かご不快な点でもおありか」

甚兵衛は心配して尋ねる。

「戦に勝ったのは嬉しい。だが、此度の戦で兵を進めてきたのは、鍋島家と立花家だけだ。彼らには何の恨みもない。殺しても飽き足らぬ松倉家の者どもは、ただの一人も向かってこなかった」

甚兵衛は虚を突かれた思いとなり、弥兵衛も唇を結んだ。

「確かに、松倉の者どもは寄せ手におりませんでしたな」

「うむ、こうなったら何が何でも、長門守を引きずり出してやろうではないか」

甚兵衛はそう言うと、三の丸にいた加津佐寿庵を呼び出した。

寿庵は、島原のコンフラリアの長たちに決起を促す文を出したことがあり、年は二十代前半、頭の回転はよく、行動力もあった。甚兵衛から話を聞くと、

「それでは、私が長門守を引きずり出してみせましょう」即座に請け合った。

寿庵が松倉家が陣を構える二の丸出丸に向かった。そして城壁に立つと、よく通る声で叫んだ。

「やい、松倉の腰抜けどもめ。これまでおまえたちは年貢を納めろと言って水牢に入れたり、責め道具を用いてきたではないか。あのときのようにこの城にも攻めてきたらどうだ。今日はどうして来なかったのだ、卑怯者め」

陣中で、これを聞いた長門守は顔を真っ赤にした。しかし、総大将板倉内膳から待機

を命じられていたので、立花家とともに鬨の声をつくっただけで、出陣できなかったのだ。

板倉内膳は、騒ぎの発端をつくった松倉家の者に最初の手柄を立てさせるわけにはいかないと判断したのだが、結果として、加勢諸家軍に犠牲を出しただけで初戦は終わった。

初戦の大敗に懲りた幕府軍は、壊れた仕寄の補修に取りかかるなど、陣地の形成に力を注いだ。特に松山丸で甚大な被害を受けた鍋島家では、二の丸前の沼沢地を埋め立てて、新たな仕寄を作りはじめた。さらに城壁に横穴をあけて、侵入路を作る策まで立てた。

幕府側が死に物狂いで陣地の再形成をする様を、甚兵衛たちは高みの見物をしていた。その一方で、半之丞ら実働部隊は次の戦に備えて、幕府側から打ち込まれた鉛の銃弾を拾い集めて弾に作り直したり、十字架にして十字架を持たぬ者に与えたりした。

最初の攻撃から十日ほどした十二月晦日《みそか》。それまで金槌《かなづち》の音を響かせていた幕府陣営が、再び沈黙した。甚兵衛たちも、各曲輪に伝令を飛ばして攻撃に備えさせた。

晦日から元旦に日付が変わったところで、幕府軍が城壁に取りついてきた。しかし松倉軍だけは激しく迫ってきたものの、鍋島や立花などは適当なところで兵を引いてしまった。

甚兵衛の予想どおり、小身の板倉内膳を総大将とした幕府軍は結束を欠いていた。

板倉内膳は、江戸を出るとき、百姓一揆などすぐに鎮圧できると考えていた。しかし一揆勢の力は予想以上のもので、初戦で惨敗した。そこに江戸から、戦が終わった後の仕置き役として松平伊豆守信綱《まつだいらいずのかみのぶつな》が西向したという連絡がきた。

幕府軍が初戦で惨敗したことを、江戸表は知らない。伊豆守が着陣する前に城を落とさねばならないと考えた板倉内膳は、元日の総攻撃を決めた。鍋島家などは、後十日ほど待ってもらいたいと要請したが、聞き入れられなかった。

こんな状態で、幕府側の攻撃ははじめられた。最初からやる気のなかった鍋島軍が撤収すると、立花軍も兵を引いてしまった。

戦闘開始からわずか二時《ふたとき》あまりで、幕府軍の敗北は濃厚となった。

夜が明けて、辺りはよく見渡せるようになった。城壁間際には、幕府兵の屍が山を築き、それが朝日に浮かび上がっている。

二の丸出丸に詰めていた加津佐衆は、松倉の将兵を思う存分血祭りに上げて清々していた。そこに、鎧兜を身につけた、侍大将と思《おぼ》しき者が松倉陣中から単身飛び出してきた。

「我に続け」勇壮な叫び声とともに軍扇片手に突き進んでくる。

一揆勢は、これを松倉長門守だと考えた。

「おまえこそ待ちかねていた者ぞ」

寿庵は出丸にいた鉄砲隊に銃を構えさせた。

鎧武者を止めようとして若武者が仕寄から飛び出した。

「お待ち下さい、父上」若武者が叫び声を上げる。

そのとき、弾丸が炸裂《さくれつ》する音が響き渡った。若武者の悲鳴。

やがて立ちこめた硝煙が晴れると、軍扇を握りしめたまま鎧武者が城壁の裾で仰向《あおむ》けに倒れていた。頰当てが外れ、初日の出に面相がくっきり浮かんでいる。半狂乱でとりすがる若武者をよそに、加津佐衆は、不知火の海で鍛えた目で、鎧武者の顔を眺めた。

「なんだ、長門守ではなかったのか」

がっかりしたように洩らすと、亡骸となった鎧武者にもはや関心を払おうとしなかった。


原城内は初戦に続く勝利で沸き返った。しかも敵の総大将である板倉内膳を討ち取ったことが分かると、天国の門をくぐったような騒ぎとなった。

「これで我らの願いも叶うやも知れぬ」甚兵衛たちは期待に胸を膨らませた。

一方、幕府側は意気消沈して、陣地を立て直す気配もみせなかった。ところがわずか数日で、情勢は逆転した。

一月四日、江戸から新たな上使として伊豆守が着陣した。

松平信綱は、その名が示すとおり徳川一門に連なる譜代大名で、将軍家光を補佐する「六人衆」と呼ばれる側近の一人だった。

「今度こそ、将軍の名代と呼ぶにふさわしい上使だの」

甚兵衛たちは、幕府本陣に翻る松平家の紋章を見つめて新たな闘志を燃やした。

その翌日、一揆指導部をさらに興奮させる敵将が現れた。幕府本陣の東手に、九曜紋《くようもん》の旗印をはためかせ、一万騎に及ぶ大部隊が着陣したのだ。九曜紋は、肥後細川家の家紋である。これまで海上警備に徹してきた細川家が、いよいよ攻城戦に参加してきた。

「本当に、細川家が城攻めに加わったのですか」

四郎は興奮した口調で、知らせをもたらした左太郎に問うた。

「ええ。先ほど、三の丸に行って陣中旗を見て参りましたから、間違いありません」

そこまで聞くと、四郎は立ち上がった。そして呆気にとられる左太郎を後目《しりめ》に、表に駆けていった。

「どちらに参られるのです」

「三の丸まで」それだけ言うと、表に飛び出していった。

「四郎殿、ひとりでは危険です。お待ち下さい」

左太郎の声が後から追いかけてきたが、四郎は耳に入らぬという体で、大手門脇の厩に向かうと馬の背に飛び乗った。たてがみに指を絡めて脇腹を蹴り上げる。馬は嬉しそうにいないて、三の丸に通じる尾根道を駆けだした。その後を、左太郎が走って追う。

四郎は三の丸に到着すると、驚く守備兵に、細川家の陣中旗を見に来たと告げた。そこに少し遅れて、左太郎が到着した。四郎は守備兵たちに守られて、三の丸の最北端まで向かった。

十字架の旗の陰に立ち、まず幕府本陣を見やった。三ツ扇を印した松平家の陣中旗が立つ。その右下の低地に、大小九つの日月星をかたどった九曜紋の旗がはためいていた。

(ようやく出てきたか)

四郎は感無量の思いで旗を眺めた。

これで一度諦めた、小左衛門の解放交渉を模索できる。

四郎が細川家の紋章を食い入るように眺めていると、左太郎が肩に手を添えてきた。

「これで納得されましたか」

四郎は、間近に迫る左太郎の顔を仰ぎ見た。

「義兄様、次の戦に勝てば細川家と人質解放の交渉ができますか」

「もちろんですとも」左太郎が頷くと、四郎は瞳を輝かせた。

二度三度と、正面に翻る陣中旗を見据えた。そうして九曜紋を目に焼き付けると、三の丸を後にした。


信綱は、着陣早々、板倉内膳討死の報に接した。

「なんたることだ」

自分が到着する頃には、戦は終わっているだろうと見込んでいただけに、本陣に安置されていた内膳の亡骸を前にして絶句した。

「どうしてこのようなことになったのだ」

声を荒らげる信綱に対して、陣内は沈として、応える者はいなかった。仕方なく伊豆守に続いて着陣した細川家家老・長岡佐渡守興長《ながおかさどのかみおきなが》が応じた。

「伊豆守様の到着前に、城を落とそうと急かれたのでしょうな」

信綱は、ここではじめて初戦の惨敗を知った。幕府軍は、立て続けに敗れた上、総大将まで討ち取られてしまい、陣を立て直す気力もなくしていた。

やむなく信綱は新たな総大将になることにした。戦後の仕置き役として現地入りしたが、まさか戦の指揮を執ることになるとは、夢にも思っていなかった。信綱には戦の経験がない。それでも総大将になった以上、勝たねばならなかった。

最初に、幕府軍の陣立てを点検した。それからなぜこのような事態になったのか、江戸から連れてきた忍びを使って調べたりした。

幕府軍が陣地の再形成をはじめると、一揆側が妨害しようとして銃撃をしてきた。これに幕府側も応戦する。

銃撃戦がはじまると、標的にされることを嫌って工人たちは作業現場から離れようとした。しかし、工事監督は、工人たちをせき立てて作業を進めようとした。

「早く戻れ」

「堪忍して下さい」工人たちが、両手を合わせる。

ちょうどこの場に、陣中見回りをしていた信綱が通りかかった。

銃撃は止んだ。それでも工人は現場に戻ろうとしない。

どうしたものか。信綱が工人らのもとに向かおうとしたとき、城内から大声が響いた。

「有馬将軍四郎様は御頭痛の気にあられる。役にも立たぬ鉄砲の音をうるさがっておられる。やめてもらいたい」

信綱が頭上を見上げると、陽射しの中で、黒い影となって踊っている男の姿があった。寿庵だと名乗った。工事監督と工人のやりとりをおもしろく思い、挑発してきたのだ。

信綱は近習の奥村権之丞《おくむらごんのじょう》を手招きすると、寿庵と問答させることにした。主命を受けて権之丞が城壁直下まで進んだ。そして声高に叫んだ。

「その方らに尋ねる。この度上様に対して不満があって乱を起こしたのか。それとも領主に対する不満からか。そのいずれであるか」

「我らは、上様とか松倉の殿とかを相手に戦を起こしたのではない。我らの仲間はデウスの教えを信じるという理由だけで拷問の末殺された。だから殺された数だけお手前らを殺してやろうと思っただけのことよ」

寿庵の声に続いて、そうだ、そうだと言う叫び声が城壁のあちこちから響いた。その声を信綱は顔をしかめて聞いていた。

幕府の陣地設営は、着実に進められた。また細川家に続いて、人吉《ひとよし》の相良《さがら》家や飫肥《おび》の伊東《いとう》家など、九州の大名が加勢にやってきた。新手が到着する度に、幕府陣営には新たな陣中旗が並べられた。それが日没後、赤い灯火の群に代わる。その数は日増しに増えて、十万近くにまで達した。

甚兵衛は二の丸出丸から、夕闇の中、鬼火のように揺らぐ灯火を眺めていた。城側も、次の戦いに備えて海岸から石を運び込んだり、矢など城の近辺に放置された敵の道具を拾い集めたりした。果たして、それだけで対処できるのか。

甚兵衛をはじめ一揆勢は、殉教を覚悟して城に入ったが、二度にわたる勝利で、生に対する欲が出ていた。何とか次の戦いに勝って、幕府との講和に持ち込みたい。甚兵衛のみならず多くの者がそう考えはじめていた。元旦の戦い後、後詰《ごづめ》を要請するため、長崎のポルトガル商館に三吉を使いに出していた。三吉は、闇夜を利用して、城を抜け出した。

そんな折り、一月十日、幕府側から降伏勧告を記した矢文が届けられた。

『城内には無理にキリシタンにさせられた者もいると聞く。ただちに城外に出すように。もし大人しく城を引き渡せば朦々《もうもう》たる世話の儀を行う用意がある』

「このようなものを信じるわけにはいくまい」

甚兵衛は、にべもなく言い捨てた。何しろ細川家から小左衛門を使った囮文が送られてきたこともあり、降伏すれば罪を赦《ゆる》すという文言を、素直に受け取ることはできなかった。

「しかし兵糧のこともある。女たちだけでも、城の外に出してはどうだろうか」

忠右衛門が意見した。

同席していた四郎も、忠右衛門の考えに賛成だった。城内には大量の食料が運び込まれていたが、予想をはるかに越える者が籠城したので、半年は持つだろうと思われた食料はすでに半減していた。このままでは、後一ヶ月もすれば食料は底を突く。

蜂起前、小左衛門は、全国のキリシタンに蜂起を促す使いを出すつもりだ、と言っていた。しかしどこかで信徒が蜂起したという知らせはない。

援軍の当てもなく、日に日に城内の食料事情が悪くなる中、幕府陣地では、どこから来た商人が餅や団子を声高に売り歩いていた。

「せめて島原城を落としておれば、今頃講和に持ち込めたのだが」

忠右衛門の愚痴を耳にするや、甚兵衛は肩で笑った。

「今さらそのようなことを言ったところで、どうにもならぬわ。後はポルトガル商館からの連絡に望みをつなぐだけだな」

長崎に向かった三吉が、何とか目的を果たして城に戻ってきた。三吉の話によれば、長崎の町はすっかり様変わりしていたという。

町の中には、平戸松浦《まつら》家の番兵が配置されており、幕府による物資の統制や、監視が厳しくなっていた。また、甚兵衛の弟・喜三郎《きさぶろう》の一家も長崎代官によって捕縛されていた。一揆勢が幕府と本格的な戦闘をはじめた以上、長崎代官も一揆の味方はできない。

三吉は、目明かしに見つからぬよう、ポルトガル商館に入り込んだ。商館長は喜んで迎えてくれた。だが急いでマカオに連絡を入れても、返事が来るのは三月になるという。

南蛮船は、季節風を利用して東シナ海を渡る。そのため北風に乗ってマカオに向かった使いが日本に戻ってくるのは、西風が吹く春を待たねばならなかった。

ただ首尾良く使者が戻ってきても、吉報をもたらすとは限らない。

かつて秀吉が禁教令を出したとき、ルイス・フロイスら過激な宣教師は全国のキリシタン大名を蜂起させようとしたことがあった。だが、多くの宣教師たちは神の愛を伝えるために来日したのであり、武力に訴えれば、本来の目的から外れるとして蜂起を見送った。そうした過去の事実を鑑みても、マカオのイエズス会が加勢を派遣してくる見込みは薄かった。

「仮にマカオから加勢が来るとしても、三月まで兵糧は持たぬな」

弥兵衛が青い顔で洩らす。

「茂木に使いを出して、食料を調達できぬか掛け合ってはどうだ」

半之丞の意見に、甚兵衛は左太郎とともに難色を示した。

速い潮の流れを利用して、闇夜に小船を出すことはできるが、米俵を満載した船で、細川水軍の囲みを破るのは不可能だった。

日増しに増える敵軍をみて、一揆勢の中から脱出していく者も出はじめていた。城に入った者が全員キリシタンというわけではなかった。島原・天草のみならず九州全域の農民は地縁関係を大切にしてきた。

キリシタンと同じ村に住むという連帯意識から入城した者に信仰心はなく、勝ちが見込めなくなった時点で、城から出て行った。

指導部が重苦しい空気に包まれる。甚兵衛はぽつりと洩らした。

「後は、時が来るのを待つほかあるまい」

「それはどのような意味ですか」左太郎が首を傾げる。

「朝鮮に渡ったとき、摂津守様はしきりと時が参るのを待っておられた。我らもそれにならうべきだろう」

甚兵衛の言葉に、弥兵衛が膝を打った。

「ああ、そうであった。あのときも、まさにそうでありましたな」

長老衆は得心したが、左太郎や半之丞などの若手には見当がつかないようだった。怪訝な顔をする若者の前で、甚兵衛は「時」の意味を説明した。

「すべてのことは時の権力者次第で変わるものだ。朝鮮出兵は太閤の一存ではじめられたが、太閤の死をもって即座に撤収が決まった。将軍家光は、昨年から病床にあるという。家光公が他界すれば、我らを取り巻く状況も変わるはずだ」

かつて小左衛門も、将軍が病床にあることを理由に、コンフラリアの長たちに蜂起を促した。しかし、家光が死ぬのを待つという長老たちの考えはあまりにも現実味に乏しく、半之丞らをうんざりさせた。

「ともかく、幕府からの手紙に何と返事をするか、それをまず決めようではありませんか」

半之丞が矢文をかざした。

甚兵衛は皆で返答の草案を練ろうと言った。しかし意見は分かれて、草案はまとまらなかった。仕方なくその日は散会して、明日の朝、意見を持ち寄ることにした。

しかし一晩たっても、意見は異なったままだった。まとめ役に立った惣右衛門が、とてもひとつにできない、と悲鳴を上げた。

意見はおおむね三手に分かれた。

甚兵衛を中心とした信仰至上主義者たちは、最後の一人まで戦うべきだと主張した。

忠右衛門ら島原勢穏健派は、松倉長門守の圧政を幕府が正すと約束すれば、投降もやむなしとした。

半之丞ら若手は、足手まといとなる女子供を城外に出して抗戦し、有利な講和条件を引き出すことを主張した。

惣右衛門が、これらの意見を何とか摺《す》り合《あ》わせようとした。

昼下がり、その作業をしているところに伝令が駆け込んできた。南方海上に、オランダ船が姿を見せたと言う。

たった一隻だったが、オランダ船の出現は一揆勢に戸惑いと不安を抱かせた。ポルトガルなどの南蛮人と不仲なオランダ人が、何のために姿を見せたのか。指導部の間に嫌な予感が流れた。

翌日、その予感は本物になった。


一月十二日、オランダ船による砲撃が開始された。陸地からも幕府軍の大筒が火を噴く。

陸海両面から砲撃に晒されて、城内は恐慌状態となった。轟音とともに着弾すると、防塁や城壁が大きな音をたてて崩落し、陣中小屋は倒壊した。

四郎は、屋敷から出るな、という甚兵衛の命令を無視して、負傷者の手当に奔走した。砲撃の直撃を受けた二の丸では、陣屋の周囲に人々が集まり、がれきを取り除いていた。四郎もそれに手を貸す。中からうめき声が聞こえると、辺りにいた者が総出で天井や梁を取り除いた。ひとりだけ助け出すことができたが、残りの者は救助の途中で息絶えた。

「ちくしょう、オランダ人め。同じキリスト教徒である我々を裏切るだなんて」

悔し涙を流していると、また砲弾が撃ち込まれた。頭上を鉄の塊が通り抜ける。四郎は意に介さず、負傷者の手当をはじめた。そこに左太郎が駆け付けた。

「勝手に屋敷を出られてはなりません」

「怪我《けが》をされた方を放っておけません」四郎は反駁した。

「あなたは総大将なのですよ」左太郎は強く窘《たしな》めると、四郎を本丸に連れ戻した。

負傷者の血で、四郎の衣は汚れていた。左太郎の勧めに従い、更衣を済ませると、四郎は礼拝堂に向かった。

落命した者のために祈りを捧げる。表では、砲弾の音がしていた。四郎の胸に怒りがこみ上げた。幕府も憎かったが、それ以上に、幕府に与《くみ》したオランダ人が許せなかった。傍らには左太郎がいた。四郎が屋敷から抜け出さぬよう、見張っているのだ。

「義兄様、なぜカピタンは、同じキリスト教徒である我々を砲撃するのですか」

「我々が、オランダの商売敵であるポルトガルと密接なつながりをもっているからでしょう」

オランダは、ポルトガルと密接な間柄にあるスペインから独立したばかりだ。それにオランダ人は布教より商売に熱心なのだ。それゆえだという左太郎の説明を聞くと、四郎はやるせなくなった。しかし抗議する術はなく、黙って堪えるしかなかった。

攻撃二日目。耐えきれなくなった惣右衛門が、幕府に抗議を記した矢文を入れた。

『日本国中にりっぱな武士がたくさんいるというのに、オランダ人に加勢を求めるとはどういうことだ』

皮肉な文面に腹を立てたのか、幕府側から返信はなかった。

翌日、惣右衛門が幕府の囲みぎりぎりのところまで足を運び、昨日出した手紙の返事が欲しい、と大声で叫んだ。やがて次のように記された矢文が返された。

『此度の籠城は天下への恨みによるものか。それとも長門守に対する恨みなのか。長門守への恨みであるならば、即刻、城を明け渡して村に帰り耕作に励むように。そうすれば米二千石を与え、今年の年貢は免除して今後も定免三つ成（年三割）にしよう』

伊豆守が、将軍家への謀叛《むほん》ではなく、領主に対する不満が原因なら処罰はしないと繰り返してきた。

伊豆守の手紙を囲んで甚兵衛らが意見を交わした。

「まことに我らを許すと言うのか」忠右衛門が文を睨む。

「こんな罠にはまってはならぬ」半之丞が忠右衛門の甘さを詰《なじ》った。

四郎は黙って甚兵衛たちの話し合いを聞いていたが、内心、父たちが伊豆守の提案を入れることを望んでいた。

伊豆守は蜂起の原因が長門守の苛政《かせい》であることを見抜いている。しかし文面には信仰についての記述がない。甚兵衛がその点を指摘し、結果、次のような返事をした。

『上様にも長門守にも何の恨みもない。とにもかくにも信仰を許して頂きたい』

幕府側でも一揆側の要求を検討しているのか、攻撃が止まった。しかし返事は来なかった。禁教は家康《いえやす》が定めたものだ。家康が作った制度を守るのが幕臣の使命であり、それを破ることは老中であっても許されなかった。

十八日、砲撃が再開された。甚兵衛らがすぐに矢文で抗議した。

『此度の蜂起は宗門のためであり、そもそも松倉藩の軍勢が襲いかかってきたのを防ごうとしただけで、こちらから仕掛けたものではない。降伏すれば年貢は許すというが、信仰が許されなければ応じられない。我らは今の苦しみを天上の快楽と思っている。また我らの総大将益田四郎殿は、生まれながらの才知を備えた天の使いで、凡慮の及ぶところではなく、我らはこの天の使いの御下知に従い一歩も退かぬ』

やはり幕府側から返事は来なかった。このまま砲撃が続くのか。固唾を呑む四郎たちの前に、熊本から三隻の関船が現れた。船団は、城の沖合を横切り、幕府の船着き場に入港した。
その日、幕府が新たな降伏条件を提示してきた。それは「人替え」の申し入れだった。

# 七章　知恵伊豆の目論《もくろ》み

話は、小左衛門が捕縛された時点に遡る。

郡浦で捕縛された後、小左衛門は、宇土奉行所で吟味を受けて、ひとり熊本に送られることになった。

小左衛門を乗せた唐丸駕籠《とうまるかご》は、早朝、人目を避けるように宇土を出た。割竹で編まれた駕籠は筵で覆われているため、外から中の様子を窺うことはできない。その中で、小左衛門は体を縛られた上、自殺防止用の竹管を噛まされていた。

最初はまばらだった人影も川尻を過ぎると数を増して、重罪人を乗せた駕籠に好奇の眼差しを注いできた。

「謀叛ば起こしたキリシタンたい」罵声を吐く者や、石を投げる者。

それを警護役の番士が声を上げて制する。

小左衛門は、六尺棒ではじかれる人々の様子を覗き穴から眺めていた。しかし彼の関心は、駕籠に唾する群衆よりも、背後の風景にあった。

しばらく雨が降らなかった城下は、土煙で黄色に霞《かす》んでいた。その中を、馬を連れた商人たちや、米俵を満載した荷車が行き過ぎる。痩せ浪人たちの姿も多く見受けられた。いずれも戦の臭いを嗅ぎつけて集まってきた者ばかりだ。

こうした有様を見れば、島原の騒動後、細川家がわずか数日で臨戦態勢を構築したことが窺える。それなのに、のこのこ宇土に足を踏み入れたのだ。これでは捕まらぬわけがない。

戦を仕掛けた張本人が戦がはじまる前に虜になるなど、これほど間抜けな話もあるまい。

小左衛門は、悔しさと情けなさに歯嚙みした。だが逃げることも、死ぬことも許されぬ状態におかれ、ただ駕籠に揺られるまま熊本への道をたどるしかなかった。

やがて覗き穴の向こうに、深い森に抱かれた黒いふたつの天守閣が姿を現した。銀杏《ぎんなん》城《じょう》の異名をとる熊本城だ。城は加藤清正《かとうきよまさ》が本拠地として築城したもので、広さは三万坪、周囲は二里に及ぶ。豊臣秀頼《ひでより》を迎えての籠城を想定したとされる城内には、大小の天守閣のほか、曲輪ごとに櫓が林立し、井戸が百二十カ所に設けられていた。また坪井《つぼい》川《がわ》にそって百三十間（約二四二メートル）にもおよぶ長塀や、武者返しと呼ばれる上に行くほど反っていく石垣があった。

駕籠は、坪井川を渡り奉行丸内の本籠《ほんかご》に入った。本籠は、国家転覆を企てた政治犯を収容する場所だ。吟味役の服部左次兵衛《はっとりさじべえ》は、月代をきれいにそり上げた上で髪を結い裃《かみしも》を身につけて、小左衛門の到着を待ち構えていた。

小左衛門は、駕籠のまま吟味部屋に運び込まれた。尻はしょりをした獄士の手で駕籠から降ろされると、吟味が開始された。

出自氏名の確認後、宇土に渡ってきた目的を問われた。

「その方、島原一揆の総大将天草四郎なる者の母を宇土に迎えに来たことに相違ないな」

小左衛門も、市兵衛たちが宇土奉行の拷問に屈したことは承知しているので、下手な言い逃れはせず、できるだけ丁寧に応答した。

「たまたま知り合いの者から、益田甚兵衛殿のお屋敷の様子を見て参るよう、言付かっただけでございます」

「誰がそのように申したのだ」

「小西家の浪人衆が千束島《せんぞくじま》におられ、その方たちからです」

「では、郡浦に庄屋を訪ねたのは何故か」

「三角の番士の方から、郡浦へ回れと言い渡されたので事情を聞こうとした次第です」

「なるほどな。それで郡浦の庄屋を訪ねた後、どこに参るつもりだったのだ」

「大矢野に戻るつもりでおりました」

「四郎のもとにか」

「いえ、滅相もない。手前は四郎殿をよく存じておりません」

小左衛門の顔は、宇土奉行所で受けた拷問で腫れ上がっていた。左次兵衛も、宇土奉行から小左衛門のしぶとさを聞き及んでいるのか、人を食った態度を見ても格別驚きはしなかった。

「その方、益田甚兵衛より直接、屋敷の様子を見て参るよう申しつかったのであろう。嘘《うそ》を申すとその方の為《ため》にならぬぞ」

「嘘ではございません」小左衛門は、大仰な身振りで訴えた。

それから己の猿芝居にうんざりして、足許の小石を睨んでいると、左次兵衛の苛立った声がした。

「正直に白状する気はないと申すのだな」

左次兵衛の脅しに、小左衛門は怯えた様子を示した。

「服部様、私は何もかも正直に申し上げております」

「嘘を申すな、四郎と甚兵衛はどこにおる」

「存じません」

小左衛門が知らぬ存ぜぬを通そうとすると、左次兵衛がついに堪忍袋の緒を切った。命を受けた獄士は、壁から梯子《はしご》をはずすと小左衛門の体をくくりつけた。そして土間に投げ出すと、顔面に桶《おけ》から水を降り注いだ。

丸一日水責めに遭った末、小左衛門は獄に移された。獄は地下に置かれ、周囲は石壁が剝き出しになっており、かび臭くて陰気だった。

投げ入れられた獄の中で、小左衛門は水を吐き出した。一日水を喰らったせいで全身がけだるく、濡れそぼった体に、五体を締めつけるような寒さが襲う。獄の片隅でうずくまっていると、獄士が菰《こも》を投げ与えてきた。家老衆から、殺してはならぬ、という厳命を受けた左次兵衛の指示によるものだろう。

小左衛門は這うようにして菰を拾うと、身に巻きつけた。その中で丸くなって目を閉じた。

こんなことで死んでたまるか、と思う反面、このまま虫けらのように殺されるのかと思うと、悔しさのあまり歯ぎしりをした。

何とか脱出できないか、考えを巡らせたが、目に浮かぶのは反り返った石垣や、天を突くように聳《そび》える天守閣ばかりで、脱出方法など思い浮かばなかった。

夜が明けると再び吟味を受けた。やはり口を割らぬので、今度は天井の梁から吊るされた。全体重が両腕と肩にかかり、その重みに耐えかねて失神寸前になると、地べたに引き落とされる。それでも口を割らなかったので、日が暮れるとまた獄に戻された。


左次兵衛は、吟味の間で考え込んでいた。土間には、小左衛門が垂れ流した小便と、嘔吐物の悪臭が立ちこめている。それが窓から吹き込む夜風に乗り、鼻孔を突く。

「このままでは四郎父子の所在を吐かせるのは不可能であろうな」同役の町市　丞《まちいちのじょう》が嘆息した。

「明日は石を抱かせます」左次兵衛が悔しそうに言う。

「そんなことをしたところで、奴の足が砕けるぐらいのものだ。他にも捕縛した者がおる。それを利用した方がよい」

翌朝、小左衛門は三度目の吟味を受けることになった。度重なる拷問で、もはやひとりで立って歩くこともできないほど衰弱してしまい、獄士に両脇を支えられて左次兵衛の前に引き出された。

小左衛門は平伏しながら、今日どんな責めが行われようとも、それでたぶん終わりだ、とぽつりと思った。死を覚悟した小左衛門に向かって、左次兵衛が口を開いた。

「大矢野の大庄屋渡辺小左衛門。おまえが宇土に来たのは、小西家浪人益田甚兵衛の家族を連れに参るためであるな」

「いいえ、魚を運んで参っただけです」

項垂《うなだ》れたまま小左衛門は、呟くように返した。

「のう、小左衛門。おまえがどれだけ空とぼけてもな、すでに江部にいた益田甚兵衛の妻や娘たちは、当方で虜にしておるのだ」

それまでボロ布のようにうずくまっていた小左衛門は顔を上げた。

四郎の母マルタたちは、小左衛門が熊本に送られた当日、市兵衛たちの自白により家人ともども捕縛されていたのだ。親戚・縁者を入れると捕縛者は七十名にも及んだ。

「おまえの抵抗は、無駄だったというわけだ」

皮肉を返され、小左衛門の瞳に嚇《かっ》とした色が浮かんだ。

二日に及ぶ拷問でも、小左衛門の反骨精神は少しも衰えなかった。それをまざまざとみせつけられて、左次兵衛も息を呑む。しかし横にいた市丞が、肩を揺すって笑った。

「ほかにも、郡浦でおまえに宿を貸した東九郎兵衛を捕縛した」

小左衛門の顔が、屈辱に歪《ゆが》んだ。

どんな拷問にあったか知らぬが、東九郎兵衛のことまで白状することはないだろう。市兵衛たちを怒鳴りつけたい衝動に駆られた。しかしいくら腹を立てたところで、どうにもできなかった。諦めるまま再び顔を伏せると、獄士が六尺棒で顔を上げさせた。

小左衛門は不遜な面構えで、左次兵衛に臨んだ。

「ひとつ、お尋ね致します」

それまで半死半生にあったとは思えないほど、明瞭な声だった。

「うむ、何事か」左次兵衛が真摯な態度で耳を傾ける。

「東九郎兵衛殿は、親切心から宿を貸して下されたに過ぎません。それなのに、なぜ捕縛されたのですか」

小左衛門の訴えに、市丞が得々として答えた。

「それはあの者が、おまえと同じキリシタンであったからだ」

小左衛門が思わず視線を逸らせると、市丞が詰め寄ってきた。

「渡辺小左衛門、その方、キリシタンであることに相違ないな」

小左衛門は、九郎兵衛を救うため、この場だけキリスト教徒であることを否定しようかと思った。郡浦で庄屋の倅にコンタスを見咎《みとが》められているが、奉行所の役人風情に正確なところが分かるはずがない。

小左衛門は意を決すると、申し開きをしようとした。そのとき四郎の声がこだました。

「人前にて我を言い表す者は、我もまた天にいます我が父の前にて言い表さん。されど人の前にて我を否む者は我もまた、天にいます我が父の前にて否《いな》まん」

小左衛門はひどく腹立たしい思いに駆られた。どうしてこんなときに限って、日頃思い出しもしないイエスの教えが甦ってきたのか。

神の王国建設をめざしながら、小左衛門はさして信心深い信徒ではなかった。それどころか、信仰を利用して天下を取ろうと目論んでいたのだ。そんな彼の中でイエスの教えが甦った。しかも絶体絶命の危機を前にして。小左衛門はイエスを憎む代わりに四郎を憎んだ。

誰のために、こんなところに来るはめになったと思うのだ。すべてはおまえのためなのだぞ。それなのに、おまえはイエスの教えを楯にして、俺にここで殉教しろと言うのか。

小左衛門は、四郎に向かってあらん限りの罵声を浴びせた。けれども四郎は穏やかに微笑むばかりで、応えようとしなかった。

小左衛門は四郎の姿をかき消すと、もう一度自分はキリスト教徒ではないと口にしようとした。すると今度は内なる声が聞こえた。

おまえは、先日栖本郡代のところに、転び証文を返せと交渉に出かけているのだぞ。今さらとぼけたところで、キリスト教徒であることがばれるのは時間の問題だ。すべての逃げ道は封じられた。もはや小左衛門にはキリスト教徒だと認める以外ない。

これまでだな、四郎。小左衛門は覚悟を決めると、市丞と正面から対峙した。

「いかにも私はキリストを信じる者でございます」

淀《よど》みのない声が吟味部屋に響く。

その落ち着き払った姿に、市丞の方が驚かされた。

「キリシタンは死罪にあたる大罪であるが、その方、それを承知しておるのか」

「キリストを信じることが罪だと思っておりません」

「では、その方はキリシタンであり、天草四郎と懇意な間柄であることに相違ないな」

キリシタンであることならいざ知らず、四郎との関係まで答える義理はなく、小左衛門は否定も、肯定もしなかった。

「その方は危険を承知で、宇土まで四郎の母を迎えに来たのだ。密接な関係にないとは言わさぬぞ」

小左衛門が沈黙を続けると、左次兵衛が重ねて質した。

「四郎と懇意なおまえが、四郎の居場所を知らぬはずなかろう」

興奮から肩で息をする左次兵衛の前で、小左衛門は岩のように黙っていた。このままでは小左衛門は口を割らぬとみた左次兵衛が、土間の片隅にいた獄士に合図を送った。

小左衛門はごくりと唾を呑んだ。これまで何度も同じ光景を見ている。今日はどんな拷問にかけられるのか。

小左衛門が獄士の動きを目で追っていると、獄士は責め道具に手を伸ばさず、なぜか表に通じる板戸を開けた。表から光が射し込む。その中、手枷をして腰ひもをつけられた年輩の女が連れてこられた。小左衛門は思わず、声を上げそうになった。四郎の母マルタだった。マルタは悲しそうな目をして、土間に座す小左衛門を見つめた。

小左衛門が奥歯を噛みしめていると、マルタの後ろに、もう一人女が続いてきた。福だった。マルタと異なり、正面に座す左次兵衛らを毅然とした風姿で見据えていた。三角に向かったきり消息を絶った福だが、皮肉にも、母たちのもとに無事たどり着いていたことがこれで知れた。もし自分が捕らえられねば、マルタともども無事暮らしていただろう、そう思うと小左衛門は自分の失態が悔やまれてならなかった。

「この者たちに見覚えがあろう」市丞が尋ねる。

「しかとは存じませぬ」

「何、知らぬと申すか」市丞は嘲笑《あざわら》った。

市丞の笑い声が、吟味部屋の石畳や天井の梁に響き渡ると、素足で立ち尽くすマルタたちの体を震わせた。

「渡辺小左衛門、もう一度尋ねる。天草四郎はどこにおる」市丞が厳しく迫る。

小左衛門は答えなかった。マルタや福も、項垂れたまま口を開こうとしない。

吟味部屋は、早朝からの冷え込みで凍《い》てついた空気に覆われており、土間に立ち尽くす女二人の足は寒さと不安で蠟色になっていた。市丞が酷薄な眼差しで、福のつま先を見つめた。

「今日はずいぶんと冷え込むな。今、温めてやろう」

市丞が、睨み付けてくる福に皮肉を込めて告げた。左次兵衛が武者窓へ顔を背ける。

（こいつら、女相手に何をするつもりだ）

小左衛門は固唾を呑んだ。獄士が福の前に進む。そして襟に手を掛けて、着物を腰まで引き下ろした。それから昨日、小左衛門を吊り下げた梁に手枷ごと吊るした。

「どうか娘の代わりに、私をお責め下さい」マルタが半狂乱で獄士に取りすがった。

獄士が、マルタを突き飛ばす。マルタは悲鳴を上げて、石畳の上に倒れ込んだ。

「マルタ殿」小左衛門はマルタを助けに向かおうとした。

それを獄士が阻む。マルタは自力で立ち上がろうとした。そんなマルタの前で、獄士は福の胸に淫猥《いんわい》な目つきを向け、棍棒の先で乳房をつついて笑った。

辱めを受けたにも拘わらず、福は、獄士を睨み返した。獄士は、福の気丈さに一瞬圧倒されたが、

「気の強い女だな。だが、泣きをみる前に、弟の居場所を吐いた方がおまえのためだぞ」

そう憎々しげに告げると、笞杖《しもとづえ》を手にした。

小左衛門は、獄士の手の中にある笞杖に目を凝らした。それは昨日彼を打ちのめした笞杖とは異なり、表面に釘が打ち込んであった。

あんなもので打たれたら、骨まで砕かれてしまう。止めようとする小左衛門の前で、獄士は笞杖を福の背に振り上げた。福の絶叫が部屋全体を震わせた。獄士の顔に血飛沫が飛び散る。

福が痛みに体を痙攣させているのに、獄士は何の躊躇いもみせず、笞杖をもう一度振り上げた。マルタが悲鳴を上げる。


「やめろ！」

マルタの声をかき消すほどの、大声が響いた。

獄士が手を止めた。足許に、小左衛門が身を投げ出していた。

「聞かれたことには何でも答える。だからもうやめてくれ」

梁に吊られたまま福は、小左衛門の姿を愕然として見つめた。

大矢野にあって誰にも頭を下げたことがない、あれほど傲慢な男が土下座をしている。

服部左次兵衛が、福を梁から下ろすよう指示をした。福は小左衛門によって救われた。

だが、なぜか腹立たしさを覚えていた。その悔しさは言葉にならず、頬を伝う涙になった。

拷問に屈した小左衛門は、左次兵衛の指示に従い文を作成した。これが最初に届けられた囮文だった。立案したのは、細川家家老・長岡監物是季《けんもつこれすえ》だった。

四郎父子が文に踊らされることはなく、本戸合戦で富岡城代の首を上げると、監物は第二の囮文を作らせた。

やはり効果はなく、戦いは原城合戦に発展した。

この間、小左衛門は、細川家の求めに応じて、四郎父子の一揆へのかかわりや、一揆に参加した村落の数、島原・天草における信者の数など一揆側の情報を提供した。

その見返りとして、細川家は小左衛門に新しい衣や、温かい食事を与えた。小左衛門は、黙って細川家の恩恵に浴した。

原城に籠もった後、四郎たちがどうなったのか知る術もなかったが、年明け早々、元信者だという牢番が、一揆勢が幕府との戦に勝利したと、教えてくれた。しかも幕府の総大将である板倉内膳重昌の首まで上げたと言うのだ。小左衛門は、小躍りして喜んだ。牢番に礼を言うと、それから、牢獄の柱に密かに刻んだ十字に向かって感謝の祈りを捧げた。

（ありがとうございます。主よ、これで思い残すことなく、あなたの御許《みもと》へ参れます）

今は甘い顔をしていても、利用価値がなくなれば細川家は容赦なく自分を断罪するだろう。脱獄も考えたが、食事のときも厠《かわや》に立つときも見張りが付けられている。仮に逃亡できたとしても、その後、福たちがどうなるか考えると決断は鈍った。第一自分は裏切り者なのだ。今さら四郎たちに合わせる顔はない。小左衛門は自分の運命に見切りをつけた。

一月も半ばとなった。細川家は相変わらず、ただ飯を食わせてくれた。獄の中で、小左衛門が丸くなった己の腹を眺めていると、突如、「出ませい」と言う獄士の声が響いた。いつにない厳《いか》めしい口調に、小左衛門が警戒心を抱きながら外に出ると、獄士が両手を出すように命じた。言うとおりにすると、首と足にも枷が嵌《は》められた。

「これはどういうことだ」

獄士は応えず、小左衛門を唐丸駕籠に押し込んだ。

駕籠は城を出ると、街道を南下した。やがて正面に島原湾と雲仙が現れた。ほどなくして駕籠は川尻の湊に到着した。

船着き場には関船が碇泊《ていはく》しており、その前に瀬戸小兵衛とマルタ、福、それに四郎の妹まんや、福の息子小兵衛の姿があった。五人はいずれも手や足に枷を嵌められていた。

小左衛門は最悪の事態を想像するや、警護役に詰め寄った。

「処刑するにも裁きがあり、罪状を告げるという手順があろう。貴様たちはその手順も踏まずに、幼子まで処刑する気か」

「そうではない」

「ではなんだ」

「その方らの身を島原へ移すことになったのだ」

福は小左衛門たちとともに船に乗せられると、船梁《ふなはり》に体を固定された。前列に小左衛門と小兵衛、その後ろにマルタと並んで福が座し、その両脇に息子の小兵衛と妹のまんが添わされた。警護役には、馬廻衆《うままわりしゅう》のほか鉄砲隊が配された。一揆勢に奪回されることを恐れての措置だった。

船は川尻を出ると、雲仙の麓に突き進んだ。正月明けの海上を冷たい風が吹き抜ける。小左衛門たちに蓑が与えられた。それでも容赦ない北風に、福はマルタとともに身を震わせた。

船が深江沖に差しかかると、小左衛門が独り言のように洩らした。

「すまなかったな、こんなことになって」

福ははじめ、小左衛門が誰に向かって話しかけているのか分からなかった。しかしすぐに自分に話しかけていることを悟った。

「義兄様のせいではございません」警護兵に気づかれぬよう小声で返した。

「みんな、私のせいです」突然、小兵衛が声を上げた。

顔は涙でくちゃくちゃだった。

「あのとき、私なんか見捨てて逃げて下さればよかったものを」

小兵衛は、郡浦の庄屋屋敷で、両手を挙げて戻ってきた小左衛門の姿を思い出しては自責の念に駆られているようだった。

「俺ひとりで逃げられるか」小左衛門が言い捨てた。

「義兄様」小兵衛の瞳から、喜びと辛さ半々の涙が零《こぼ》れた。

「おまえを置き去りにして大矢野に戻ってみろ。何と言われると思う。自分可愛さに義弟を見捨てて逃げた卑怯者。そんな風に言われるくらいなら、あの場で殺された方がましだ」

福は、小左衛門から自尊心のありたけを見せられた気がした。

こんな身勝手な男のどこがよくて四郎は慕うのか、福は長い間不思議に思ってきた。けれども小左衛門には、四郎や左太郎にはない、強烈な自尊心があった。その力で大矢野衆の楯になってきたのだ。

福はこれまで、四郎に神の加護があったから布教してこられたと思ってきた。だが現実には、郡代と互角に渡り合える小左衛門がいたから布教ができたのだ。そうした小左衛門の強さに四郎が惹かれたとしても、不思議でない。福もそのことを認めざるをえなかった。

福が小左衛門を見直していると、なかなか涙を止めようとしない小兵衛を小左衛門が慰めはじめた。

「それに、俺なんかがいなくても、四郎たちは立派に戦をしているじゃないか」

小兵衛が何事かを返そうとした。そのとき話声を聞きつけた鉄砲衆が、

「勝手に話をするな」と言い、銃口を向けてきた。

小左衛門が口を閉ざし、福は横に座る母の様子に関心を移した。

町奉行所を出てからマルタは黙り込んでおり、唇も真っ青だった。福は母の横に座すまんに、もっと母に身を寄せるよう言った。まんは言われたとおりにした。

「母様、もうすぐ四郎兄様たちのところに参るのでしょう」

「ええ、そうですよ」マルタが優しく答える。

「四郎たちは忙しくて、すぐに会えないかも知れないけど、我慢できるわね」

姉の言葉に、まんは大きく頷いた。福たちの会話を、小左衛門が背中越しに聞いていた。

福は再び小左衛門に関心を戻した。小左衛門は、何も小兵衛だけを助けたのではない。顔を見るのも我慢ならぬほど、嫌い抜いてきた自分を助けてくれたのだ。福は思い切って口を開いた。

「義兄様、私は義兄様に礼を言うのを忘れていました」

「礼とは何のことだ」小左衛門が、空を見上げながら尋ねた。

「私を拷問から助けてくれました。そのお礼です」

ありがとうございましたと言い、福は深々と頭を下げた。

小左衛門は、頭上で陽射しに輝く雲を見つめながら返した。

「おまえのためにしたことじゃない」

福は、それはどういう意味なのか、と問い質そうとした。だが小左衛門は黙り込んでしまい、二度と口を開く気配を見せなかった。

福は、小左衛門の背を見つめながら考えた。おそらく四郎のためだと言いたかったのだろう。福は小左衛門の中に、自分が想像していた以上に深い、四郎への思いを見た気がした。

たとえ、それが身の破滅を招いたとしても後悔はない。後ろを向けたままの小左衛門の背は、そう語っているようだった。

城攻めの大筒の音が轟く中、小左衛門たちを乗せた船は島原に到着した。小左衛門たちは、それからすぐに細川陣中に設けられた獄舎に収監された。

二日後、小左衛門は、小兵衛とともに細川本陣に連れ出された。

本陣とされた百姓屋敷の濡れ縁に、ひとりの武将が座していた。歳は四十歳ぐらい。中高な背に、赤い陣中羽織を着て、ゆったりと庭先を見つめている。丸い聡明な顔立ち、意志の強そうな瞳、横様な鼻の下にある唇は一文字に結ばれている。

小左衛門が相手の顔を眺めていると、「頭が高い」と声が飛んだ。

慌てて平伏すると、権之丞による口上が聞こえた。

「こちらにおわすお方は、松平伊豆守様であらせられる」

松平伊豆守信綱といえば、「六人衆」と呼ばれる将軍家側近の一人だ。さすがに小左衛門も身震いを覚えた。

濡れ縁には、数名の武将がいた。信綱の右手に細川家嫡男・細川光利《みつとし》。左手に信綱の副将・戸田左門氏鉄《とださもんうじかね》。座敷の隅には権之丞と、三十がらみの隻眼《せきがん》の武士がひとり。

中央に座す信綱が、光利に耳打ちした。

「あのような姿では落ち着いて話もできぬ。枷を外してやってもらいたい」

小左衛門は伏せた顔で、信綱の甘さに目を丸くした。思わず苦笑すると、

「それはなりませんぞ」左門が厳しい声を上げた。

美濃大垣《みのおおがき》藩主・左門は、家康に従ってきた古強者《ふるつわもの》で、戦の経験は豊富だった。

「何のために細川家が枷をはめて参ったと思われるのです。敵の陣地は、目の前にあるのですぞ。油断をすれば、両名とも駆けて行きましょう。枷を外すことはまかりなりませぬ」

左門の諫めに、細川家の家老長岡佐渡守興長が同調すると、光利は枷を外すのを止めた。小左衛門は鼻で笑った。そのとき、濡れ縁に座す信綱と目が合った。

信綱の頬に朱が差す。しかし腹立しさを堪えた上で、声をかけた。

「顔を上げよ」

小左衛門がゆっくりと顔を上げる。ずいぶん鋭い眼差しをした男だと、信綱は思った。

小柄だが、筋骨隆々とした体つきをしており、三千人の一揆衆を束ねたと言うにふさわ

しい風格が感じられた。

「その方が、大矢野の大庄屋渡辺小左衛門か」

「さようでございます」小左衛門が穏やかに応じる。

「一揆勢の総大将四郎の母を迎えに行ったところを捕縛されたと聞くが、間違いないか」

「間違いございません」

「実は今日、その方らを呼んだのは頼みたいことがあったからだ」


小左衛門は、島原に移送されたのは、一揆勢の気勢を殺ぐため、城の前で処刑されるためだと考えていた。だが、信綱は、城に使いに行ってもらいたいと言う。小左衛門は信綱の、底知れぬ人の良さに笑いを堪えきれなかった。

「承知しました。お望みでしたら、城に火を付けて参りましょう」

信綱が息を呑み、光利も目を丸くした。左門や佐渡守も色を失ったが、隻眼の武士だけが肩で笑っていた。

小左衛門の度重なる嘲りに、信綱の頬にまた朱が差す。だが挑発には乗らず、落ち着いて返してきた。

「見てのとおり、大筒による攻撃をしておる。火など付けてもらわずとも、やがて城は落ちよう」

信綱の言葉が終わらぬうちに、また大筒の音が轟いた。どこかに命中したのか、遠方からものが砕ける音がした。

小左衛門の顔が険しくなる。それを見て信綱が気を取り直して話を進めた。

「しかし儂がその方に使いを頼むのは、城におる者を一人でも多く救いたいと思っておるからなのだ」

無益な殺生は望まぬとする信綱の態度は真摯なもので、甘言で釣ろうとしているようには思われなかった。それでも、小左衛門は信綱を疑った。何しろ相手は幕府重鎮。百姓など虫けら程度にしか考えていない手合いだ。

「ならば我々の信仰を認めて下さい。そうすれば事足ります」


小左衛門の要求は、城側の降伏条件と寸分の違いもなかった。

一揆勢は、松倉家の厳しい年貢の取り立てに不満があったのではないのか。信綱の驚きは困惑に変わった。

もっとも、こうした驚きに襲われるのは、今回だけではなかった。島原に着陣してから、毎日が驚きの連続だった。その最たるものが板倉内膳の討死だ。

板倉内膳は一揆勢の力を侮り、城を力で押した。そこに加勢諸家の不協調が禍《わざわい》した。

信綱も現地に来るまで、島原の乱をたかが百姓一揆、と見なしていた。乱が天草に拡大したとき、老中酒井忠勝《さかいただかつ》は西国大名を国許に返す処置をとったが、それさえも大げさすぎると考えた。だが、一揆勢の力は想像以上で、力で押しても味方に被害が出るばかりだった。そこで兵糧攻めを行うことにした。

副将・戸田左門は攻城を望んでいた。左門は板倉内膳の身内で、しかも内膳に、信綱が到着する前に城を落とすよう文を出していた。そのため一揆勢に対する憎しみは人一倍強く、信綱にオランダに協力を要請させたのだ。

しかし、信綱はできるかぎり穏便な開城を望んでいた。城に籠もる農民の数は約三万。その多くは女子供・老人だ。これを皆殺しにしても島原に荒廃した農地が残るだけだ。

だが、信綱の降伏勧告に、一揆勢は信仰の自由を求めて譲らない。信綱には、キリシタンにとって信仰を守ることにどういう意味があるのか、分からなかった。だから返信を見たとき、より有利な条件を引き出そうとする駆け引きにしか思われなかった。それに、一揆勢の四郎に対する敬愛も理解しがたかった。

最初、一揆勢の総大将がわずか十六歳の少年だと聞いたとき、一揆勢の作り話に過ぎないと考えた。しかし、城の者だけが四郎を敬愛しているのではなかった。城からの落《おち》人《うど》でさえ、四郎のことを悪し様《あざま》に言わなかった。

「四郎様は天からの御使いであり、神に選ばれたお方なのです」

四郎は総大将として存在している。しかも絶対的な敬意を集めているのだ。信綱は、このことを重視せざるをえなかった。

それに、神の子と言われるほどの者なのだ。こちらが無益な殺生を望んでいないことを知れば、降伏に応じるだろう。そこまでの期待を抱いていた。だが、返事をよこすのは惣右衛門ら乙名衆で、四郎は影さえ見せない。

四郎とどうやったら直接交渉できるのか。信綱が頭を悩ませていたところ、柳生十《やぎゅうじゅう》兵衛《べえ》から細川家が捕縛した人質を使うよう献策された。部屋の隅に控えている隻眼の武士が十兵衛だ。

十兵衛は、信綱直属の家臣ではない。小姓時代、信綱が面倒を見たことが縁で、関わりをもっていた。現在、十兵衛は大坂城代麾下で徒目付《かちめつけ》をしている。大坂城代には西国大名の動きを見張る役目がある。その関係で、昨年の夏から島原入りをしていた。

信綱は、現地の事情に精通している十兵衛の進言を入れて、小左衛門を城に送り、四郎に降伏勧告を伝えようと考えた。

小左衛門は一揆の指導者でありながら、宇土までマルタを迎えに出かけている。危険を顧みず自ら迎えに行ったのは、四郎と強い絆《きずな》で結ばれているからに違いない。

この男が働きかければ、四郎は降伏に同意する。信綱は、大きな期待をもって小左衛門との話し合いに臨んだ。しかし、その小左衛門も信仰の自由を求めて譲ろうとしない。

信綱が考え込んでしまうと、左門が癇癪《かんしゃく》を爆発させた。

「何が、我々の信仰を認めて下さい、だ。愚か者め。立場をわきまえて物申せ」

信綱は左門を制すると、改めて小左衛門に問うた。

「信仰の容認がその方らの求めか」

「さようにございます」

「禁教は権現様が定めた幕府の法度ゆえ、それは許されぬ。だが、年貢に関しては定免する用意がある」

「ありがたい仰せではございますが、それだけでは城に籠もる者たちが承服しますまい」

信綱は口を尖らせた。少し考えてから、権之丞に朱塗りの挟み箱を持ってこさせた。中には城からの矢文が収められていた。小左衛門に、それらに目を通すよう求めた。

小左衛門は、枷をした手に文を取った。どの文にも、一揆勢の切々たる思いが綴《つづ》られていた。そして最後の文に目が釘付けになった。

『我らはこの天の使いの御下知に従い一歩も退かぬ』

城の者たちが四郎を旗頭に、固く団結している姿が忍ばれた。瞼に、四郎が人々の前に立つ姿が浮かぶ。小左衛門の態度に、わずかな揺らぎが生じた。信綱はそれを見逃さなかった。

「その方も、仲間を救いたいと思うであろう」

「もちろんでございます」小左衛門が真剣な眼差しを向けた。

信綱も、やっと小左衛門が耳を傾けてくれたという確信を抱いた。

「のう、小左衛門。先ほども申したように、儂は一人でも多くの者を救いたいと思っておる。そのためにも、一日も早く開城して欲しいのだ。だから力を貸してもらいたい」

小左衛門は応えなかった。代わりに、脇に控えていた小兵衛が声を上げた。

「城に行って何をすればいいのでしょうか」

信綱は応えようとしたが、その前に小左衛門が口を開いた。

「信仰を許すと言って頂けねば、協力はできません」

頑迷な態度を崩さぬ小左衛門に、信綱は厳しく返した。

「その方も、なぜキリシタンが許されなくなったのかは存じておろう。それを承知で、信仰を認めよと言うのか」

幕府は発足当初、布教活動を放任していた。禁教令に踏み切ったのは、スペイン・ポルトガルの領土的野心が判明したからだ。それがスペイン・ポルトガルに取って代わろうとするオランダの外交戦術だとしても、幕府にとって脅威であることに変わりない。

信綱の諭しに小左衛門は抗議した。純粋な気持でイエスの教えを伝える宣教師たちと、その背後にいる国家の野心とは別なのだと。

「おまえの申し分も分かる。しかし禁教は、幕府の基本方針である。それにどんなにすばらしい教えであろうと、背後に我が国を脅かす勢力がある以上、認めることはできない」

「ならば、争いのない神の国をめざそうとする我らが間違っており、凶作で食うものがない百姓たちを責め殺すことは、正しいと言われるのですか」

小左衛門が松倉家の苛政をあげつらうと、信綱も顔をしかめた。

「法度の遵守は絶対である。ただ松倉家の税の取り立てが、度を超えたものだとは聞き及んでいる。それに関しては配慮する用意があると、先ほどから申しておる」

「では、松倉家を処罰するとおっしゃるのですね」

「大名家の処罰に関する沙汰を百姓風情に申すつもりはない。それに松倉に対する仕置きと、その方らに対する仕置きは別のものだ」

信綱が癇癪を起こした。小左衛門は不思議と腹が立たなかった。それまで信綱のことを怪しんでいたが、信綱は本当に城に籠もる一揆勢を助けようとしている。その目的がどこにあるにしろ、命を救おうとしていることは確かだ。では、自分はどうすればいいのか。小左衛門は考え込んだ。


信綱は、小左衛門の態度の変化をみて期待に胸を躍らせた。

「小左衛門、もう一度、言おう。城に行き、総大将四郎に降伏するよう働きかけてもらいたい。これ以上、無益な血を流さぬためにも降伏して欲しいのだ。信頼厚いそなたから諭されれば、四郎も同意する。さすれば、他の者も従うに違いあるまい」

信綱は、熱のこもった説得を行った。だが、

「四郎殿にそのようなことをお願いするつもりはありません」

にべもなく拒絶した小左衛門の瞳に怒りが浮かび、信綱を慌てさせた。

「おまえも、仲間の命を救いたいのだろう。おまえが信じる神とて、命を粗末にせよとは申さぬはずだ」

「イエスを信じぬあなたと、主について語ろうとは思いません」

信綱は、開いた口が塞がらなかった。言葉を変えて説得を試みたが、小左衛門は岩のように黙り込んでしまった。

信綱も、これ以上説得しても無駄だと思った。もう少し利口な男だと思ったが。

「よかろう。そうまでして死にたいと申すのなら、死ぬがいい」

小左衛門は、諦めたように笑っただけだった。顔には、そんな覚悟はとうの昔にできている、と書いてあった。

信綱の中で、悔しさがこみ上げてきた。無念であった。どうして俺が投げた命綱を受け取ろうとせぬのだ。腹が立ったが、今のままでは小左衛門の気持を変えることは不可能だった。

信綱は、小左衛門たちを獄舎に戻した。無人になった庭先を眺めていると、左門が刺《とげ》々《とげ》しい口調で諫めてきた。

「伊豆殿。あなたは、ずいぶん小左衛門という男を買っておいでのようですが、あのような者を決して城にやってはなりませんぞ。虎に翼を与えて野に放つようなものでござる」

信綱は肩越しに、左門を一瞥《いちべつ》した。年寄りというのは仰々しい例えを好むものだ。辟《へき》易《えき》としながらも、

「ご忠告ありがとうございます。肝に銘じておきます」形ばかり礼を述べた。

本陣には、大目付の井上政重《いのうえまさしげ》が派遣されていた。政重は元キリシタンで、幕府の禁教政策に辣腕を奮ってきた。吟味前、信綱は小左衛門説得に協力を求めたが、それは儂の役目ではない、と拒否されていた。

信綱は報告もかねて、政重のもとに向かった。吟味の経過を報告してから、改めて協力を求めた。だが、政重の返事はそっけなかった。

「誰が説いても、小左衛門という男を翻意させることはできぬであろう」

「しかし井上様ならきっと」信綱は諦め切れずに、詰め寄った。

「儂は信徒の指導者というものが、いかに強情か知っている。おそらく小左衛門も、我々の手先になるくらいなら死を選ぶだろう」

政重は顔を庭先に向けてしまった。しかし信綱も諦めない。

「奴ならきっと四郎を説得できるはずです。四郎が降伏に同意すれば、三万もの民を殺さずにすみます」

「キリシタンどもが死を望むのだから、仕方あるまい」政重は淡々と返した。

「戦国の世でもあるまいに、三万もの民を殺せましょうか」

二十三年前に起きた大坂の陣を最後に、戦はなくなった。

この太平の世に、三万人も殺せば、指揮を執る信綱は非情な殺戮者《さつりくしや》として誹《そし》られることになるだろう。そんなことは御免だった。

泣き言を並べる信綱に、政重が厳しく言い放つ。

「戦国の世であろうが、太平の世であろうが、戦は戦だ。抗《あらが》う者を成敗するのは当たり前のこと。それが嫌なら総大将を降りられよ」

協力を仰ぐのは不可能か。政重から突き放されると、信綱は無念の思いで、政重のもとを後にした。


原城内に、小兵衛を使者として送りたいという信綱の矢文が送られてくると、本丸指導部の間に波紋が広がった。文には、小兵衛ら捕虜と交換に、城内にいる一揆勢を外に出して欲しいと記されていた。

「これは我らの結束を崩そうという敵の罠だ」半之丞は言い放った。

城は十二万の幕府兵によって包囲され、蟻《あり》の這い出る隙間もない。しかも砲撃を受けて脱走者が相次ぎ、指導部の統制も揺らぎはじめた。半之丞はそうした現状に苛立っていた。

強く反対する半之丞に対して、甚兵衛や伝兵衛など身内を虜にされている者は、受け入れ拒否を口にできずにいた。

四郎は「人替え」を歓迎していたので、半之丞の意見に硬い表情を覗かせていた。煮え切らぬ態度の指導部に、半之丞は業を煮やした。

「これは悪魔の誘惑だ。使者が何を言ってきても、耳を傾けないでおられる自信があるのなら会うがいい」

そう言い捨てると、席を立ってしまった。


半之丞が去った後、ある種の安堵が指導部の間に漂った。最初に伝兵衛が口を開いた。

「ともかく小兵衛に会って敵方の情報を聞いてみようではないか」

「本当に会ったりして大丈夫だろうか」甚兵衛が不安そうに洩らす。

半之丞の意見がもっともなだけに、やはり使者の受け入れには躊躇いがあった。

「確かに、これは敵の罠かも知れない。しかし、神が下された機会だとも思うのだ。小左衛門殿が捕まった経緯や、偽りの手紙を書いてきた理由など聞いてやる必要があろう」

忠右衛門の意見に、松山丸を守る柴田六兵衛が同調した。

「よい折りだ。四郎殿に会わせて告解させてやってはどうだ」

反対する者はいなかった。四郎も喜びを禁じ得なかった。しかし左太郎だけは、四郎の顔を複雑な思いで見つめていた。

左太郎も妻や息子を敵の人質にされている。できることなら福たちを城に入れたかった。しかし半之丞が言うとおり、今回のことは敵がこちらの結束を乱す作戦に違いない。

それに甚兵衛たちは、小兵衛を使者として受け入れても、人替えには同意しないだろう。そのとき、四郎の気持が乱れることが分かり切っていたので、左太郎は小兵衛を前向きに受け入れることができなかった。

# 八章　母マルタ

二月一日、信綱は瀬戸小兵衛を城内に送り出した。このときマルタと福、小左衛門は、鍋島家の仕寄口に連れて行かれた。仕寄は二の丸出丸直下にあり、城内から小左衛門たちの姿が眺められた。

柳生十兵衛は小兵衛の警護役として同行した。交渉に立ち会うことで、城内の様子を探ることにしたのだ。見送り役として奥村権之丞が大手門口まで同行した。

「うまくいくといいですな」信綱とともに見送りに出た鍋島元茂《もとしげ》が呟いた。

元茂は藩主勝茂の長子で、昨年から出陣していた。

「二の丸出丸に、四郎の関係者が必ず姿をみせるはずだ」

信綱が自信のほどを覗かせた。それから一揆勢の動きを見るため、元茂とともに鍋島陣中へ向かった。

小兵衛は、登城口前までたどり着くと開門を求めた。城門が開くと、小兵衛がするりと中に姿を消した。それに十兵衛が続こうとしたが、一揆勢は難色を示した。押し問答の末、何とか城内に入ることができた。

甚兵衛たちは本丸で待機していた。三の丸から、小兵衛が来たという知らせを受けると、小兵衛の父・理右衛門、妻美沙を同行して登城口に急いだ。

理右衛門は、死んだものと諦めていた息子の姿を認めると、

「無事であったか」息子を抱き寄せて涙にくれた。

小兵衛が父との抱擁を済ませると、傍らに控えていた美沙に両手を差し出した。抱き合うふたりは、しばらく涙で言葉が出なかった。周囲には一揆勢が集まり、家族の再会を見守った。

その中にサキの姿もあった。

結局、サキは城内に留まった。サキがともに籠城したいと言い出したとき、左太郎が城外に出ることを勧めたが、最終的には信徒だというサキの願いを拒むこともできず、留まることを許したのだ。

サキは少し離れたところから、小兵衛を眺めていた。ところが登城口前に十兵衛の姿を認めると、慌てて人垣の中に身を隠した。

十兵衛も思わぬところで長崎代官の手先を認めて、目を見張っていた。だが、かすかに笑みを浮かべただけで、格別行動をとらなかった。

小兵衛は再会を済ませると、家族から少し距離を取った。そして、周囲に集まってきた一揆勢全員に聞こえるように告げた。

「みんな、俺のことは生きていると思わないで欲しい。亡霊だと思って扱ってもらいたい」

「何を言うんだ。おまえは生きているではないか」理右衛門が反駁する。

「そう見えるだけだ。生きた姿をしているが、実はもう死んでいる。そう思ってくれ」

小兵衛が懐に忍ばせてきた文を甚兵衛に差し出した。

「これは？」

「伊豆守様が、義兄さんに書かせたものです」


甚兵衛は、またしても揺さぶりを掛けようとする幕府のやり口に怒りを覚えた。

文は、伝兵衛ら四人の指導者に宛てられていた。


『キリシタンなどのために武士が生命を落とすなど無益であるから、籠城軍を干殺しにすべきだという幕府からの達しだ。キリシタンは生まれたばかりの赤児《あかご》でもみな殺しにする方針だという。しかし城中には強引にキリシタンにされてしまった者もあると聞いているので、そのような者まで処罰はしないとのことである。信者以外の者や棄教してもいいと考える者を城から出すならば、自分をはじめ四郎の母や姉妹を城中へ送り、そこで望みどおり信仰のために生命を棄てさせてやると、伊豆守様からじきじきに申し渡された。もし罠ではないかという心配があるならば、休戦の上、四郎の名を借りる者と対面をさせてもよいとのことである。城中大将は四郎と申す者らしいが、年頃を聞けば十六だと言う。そのような年齢の者がとても一揆を組織したとは思われない。もし本当にそんなことがあったとして、四郎だと言って出てきた者があっても赦免しようとのことだ』

「松平伊豆守と申す男は、まことに愚か者だ。我らが何のために蜂起したのか、全く分かっていない」

憤りを隠しきれない甚兵衛の前で、小兵衛が懐からもう一通の文を取り出した。四郎に宛てて記されたマルタの文だった。

『松平伊豆守様は、私たちをそちらへ送って下さるということですから、どうぞそのように取りはからって下さい。もし偽りだと思うならば、返事次第でどの口にでもつれていって対面をさせて下さるとの由です。たとえこれから先、どんなことになろうとも、ぜひ一緒になりたいと思っておりますので、どうか御分別の上、人替えを同意して下さい。お返事を待っております。なお四郎はそちらの大将になっていると承りました。そういう地位にいては容易に会うこともできないでしょうが、どこかの矢狭間《やはざま》でも結構です。姿を見せて下さるならば、対面することができるでしょう。ぜひ小兵衛に返事を渡して下さい』

マルタの文は、小左衛門が記した囮文と変わるものではなかった。

まさに悪魔の誘惑を目の前にして、甚兵衛は心を鬼にすると文を破ろうとした。その直前、小兵衛が洩らした。

「甚兵衛殿、マルタ殿が二の丸出丸前に連れて来られております」

今まさに文を破ろうとした、甚兵衛の手が止まった。

「マルタが、二の丸出丸前におるのか」

「はい、福さんや義兄さんも一緒のはずです」

一揆勢の間に、ざわめきが生じた。甚兵衛とて、妻たちに一目だけでも会いたいと思う。しかし会えば、籠城の決意は鈍る。

「会うつもりはない」そう言い捨てると、手紙を引き裂いた。

手紙はちりぢりになって風に舞い、いずこへともなく飛び去った。

「これが我らの返事だ。すまぬ。おまえたちには何もしてやれぬ」

甚兵衛は頭を下げる。これに伝兵衛らが続く。最後まで顔を上げていた理右衛門が涙ながらに頭を下げると、美沙はその場で泣き崩れた。小兵衛が小さく頷いた。

「いいんだ。そんなことは最初から分かっていた」

美沙が夫の胸に飛び込んだ。小兵衛は優しく妻を抱きしめた。

「すまない。でも最初に言っただろう、俺はもう死んでいると。でも死んだ後に、こうしておまえの顔を見られただけで、俺は幸せだと思っている」

小兵衛の言葉に、一揆勢で涙をこぼさぬ者はなかった。

「おまえたちはひどい扱いを受けているのではないか」

蘆塚忠右衛門の問いかけに、小兵衛が首を横に振った。

「義兄さんは、ずいぶんな目に遭われました。けれども義兄さんが細川に協力して文を書いたのは、福殿を助けるためだったのです」


思わず左太郎は、小兵衛に詰め寄った。

「あの文は、兄さんが福を庇って書いたものだったのか」

小兵衛が頷く。乙名衆も、ようやく小左衛門が囮文を記したわけを知った。

「馬鹿者め、馬鹿者めが」伝兵衛が膝を突いて呻《うめ》く。

左太郎は唇を噛みしめた。あれほど不仲だった福を庇って小左衛門が文を書いたと思うと、嬉しい反面、どうにもやるせなかった。その小左衛門と福が二の丸出丸前にいるという。

左太郎は、今にも二の丸出丸まで駆け出してしまいそうになった。己を必死に制していると、理右衛門が息子に告げた。

「本丸に四郎殿がおられる。告解していくがいい」

左太郎は我に戻った。本丸まで自分が案内せねばならない。高ぶった気持を鎮め、小兵衛を連れて行こうとした。そのとき甚兵衛が左太郎を手招いた。

　何事だろうかと思い、足を進めると甚兵衛から耳打ちされた。

「左太郎殿。分かっていると思うが、四郎には、小左衛門が二の丸出丸前まで来ていることは伏せておいてもらいたい」

　左太郎でさえ、福に会いたいという気持を堪えきれないのだ。四郎は小左衛門に会うことを渇望してきた。知れば、ただではおられまい。左太郎は頷くと小兵衛のもとに戻った。


　小兵衛は、左太郎に連れられて本丸に向かおうとしていた。そして出迎えの人垣の外れまで来たところで、花に出会《でくわ》した。小柄な花とその息子・小平は、父・弥兵衛の背に隠れるようにして立っていた。

「あの」花が義弟の前に立ったまま、口ごもった。

「義姉様」小兵衛が嬉しそうな表情をみせる。

「あの人は、小左衛門殿は、どうされておりますか」

　他人行儀な口調の中に、花の遠慮と悲しみが見えた。小兵衛が捕虜にされた原因は、夫の無謀な行いにある。それだけに、様子を尋ねてよいものか躊躇われたのだろう。

「元気にしておりますよ。義姉様に会えたら、心配するな、元気でいろ、と伝えるようおっしゃいました」

それは、小兵衛が咄嗟についた優しい嘘だった。小左衛門は、四郎や一揆衆のことで頭がいっぱいで、花のことを慮《おもんぱか》ったりする余裕はなかった。だが、小左衛門が城内に来ることがない以上、嘘が知れることもない。

小兵衛が薄幸な義姉に精一杯の労りを示すと、花は、喜びに目を輝かせた。

「小兵衛殿。お父《とつあま》っ様に、私や小平もみんなと一緒に最後までがんばります、とお伝え下さい」

それから本丸へ立ち去ろうとする小兵衛に何度も頭を下げた。

小兵衛は、花に深い憐れみを覚えた。それを振り切るように、左太郎とともに本丸に通じる尾根道を歩きはじめた。

晴れた日で、尾根道を吹き抜ける風も暖かみを帯びていた。眼下には幕府陣営が箱庭のように並んでいる。

「兄さんはどぎゃんしておられると」左太郎が尋ねる。

「熊本でひどか目に遭っちょっとに、島原に連れて来られても伊豆守にたてがおうて。ほんに大したもんばい」

いつしかふたりは、三の丸から二の丸にさしかかっていた。出丸前の仕寄には小左衛門らがいる。そう思うなり、小兵衛は、ふと洩らした。

「それにしても、花さんも義兄さんに会いたかろうにな」

左太郎から返事は返されなかった。どうしたのだろうか、と思い小兵衛が顔を覗くと、左太郎は強ばった顔で正面を睨んでいた。

仕寄には、小左衛門だけではなく福もいる。小兵衛はそのことをすっかり忘れていた。慌てて何か言い繕ろおうとすると、左太郎が厳しい顔を向けてきた。

「小兵衛殿、冷たいことを言うようだが、今の話、四郎殿にはしてくれるな」

左太郎から釘をさされると、小兵衛は小さく頷いた。


四郎はひとり屋敷で、小兵衛の到着を待ち侘《わ》びていた。できることなら、みんなと一緒に登城口まで出かけたかったのだが、敵の狙撃を警戒して、甚兵衛が許さなかった。城内では火気が厳禁されていた。しかし礼拝堂だけは蠟燭の使用が許されており、薄暗い室内に温かい光を放っていた。

四郎が祭壇の前で跪いていると、玄関先から小姓の口上が聞こえた。やがて左太郎に伴われて、小兵衛が姿を見せた。

四郎はできるだけ冷静に対応しようと思っていたが、小兵衛の顔を見るなり涙が浮かんできた。

「小兵衛殿、ご無事でしたか」

四郎の顔を小兵衛も眩しそうに見つめる。それから目にいっぱい涙をためた。

「四郎殿。はじめ伊豆守は、義兄さんを使者にしようとしましたが、義兄さんが応じなかったので、私が来ることになりました」

小兵衛が小左衛門のことに触れると、四郎は心臓が口から飛び出すような興奮を覚えた。

「小左衛門殿はどうしておられますか。元気ですか」

「とても元気でいらっしゃいますよ」

それから小兵衛が、自分たちは細川家陣中に捕縛されていると教えてくれた。

「義兄さんは四郎殿に会ったら、マルタ様たちを大矢野に連れて行くことができずにすまなかった、許して欲しい、と伝えてくれとおっしゃいました」

四郎は目を見張った。あの小左衛門が許して欲しいと言ったという。それを伝言として、小兵衛に託さねばならなかった小左衛門の気持を思うと、切なさに胸が痛くなった。どれほど悔しかっただろう。己が立案した蜂起を目の前にしながら、敵の虜となるだなど。すべては自分のせいだ。四郎の瞳から涙が溢れた。小兵衛は、四郎の気持が落ち着くのを待っていた。やがて四郎は涙を拭うと、小兵衛の手を取った。

「小兵衛殿、そもそも私がしてはならない願い事をしたために、小左衛門殿や小兵衛殿にも迷惑を掛けることになったのです。謝るのは私の方です」

「いいえ、すべては私のせいです。私が逃げ損なったばかりに」

小兵衛から郡浦での出来事を聞くと、四郎の胸にはさまざまな思いがこみ上げてきた。それらを心の中で噛みしめた後、

「いかにも小左衛門殿らしいことですね」そう洩らした。

小左衛門は、大矢野三千人を率いる代わりに、たった一人の義弟のために自らの身を犠牲にした。地獄の業火で焼かれてもおかしくないほど罪深いくせに、そういうときだけイエスの真似をするのですか。

四郎は心の中で、小左衛門を罵れるだけ罵った。けれども、小左衛門という男はそういう男なのだ。いかにも彼らしい振る舞いが憎らしくてならず、四郎はまた涙を流した。

「どうぞ私を許して下さい」小兵衛が身を投げ出した。

「誰も悪くはありません。すべて主が望まれたことなのですから」

四郎の慰めを受けて、小兵衛が四郎に取りすがって泣いた。四郎は重ねて慰めた。

「あなたをこのまま、ここにおいて差し上げることができないことを不甲斐なく思います。できることなら、私があなたの身代わりになりたいのですが」

それまで礼拝堂の隅で、ふたりの話を聞いていた左太郎が顔色を変えた。総大将の身で何を言われるのです、そう意見しようとしたのだろうが、その前に小兵衛が強く諫めた。

「四郎殿、いったい何を言い出されるのです。それこそまさに敵の思うつぼ。どうぞ私たちのことを思うのなら、そのようなことをおっしゃるのはやめにして頂きたい」

「すみません。つい自分の気持に溺れてしまいました」

四郎は己の軽率さを恥じた。左太郎も安堵したようだ。

三人とも言葉を呑んだ。四郎はこのままでいられたらいいと思ったが、時は無情に流れていった。

「四郎殿、小兵衛の告解を」左太郎が促す。

小兵衛が無言で跪くと、左太郎が席を外した。四郎は大きく息を呑む。ほの暗い蠟燭の光が、四郎と小兵衛の影を十字架の上につくり出していた。

風の音ひとつしない静寂の中、小兵衛が告白をはじめた。

城に来る道中、何とか城の中に逃げ込みたいと望んだこと。そのためなら、敵中に残してきた者たちがどうなってもいいとさえ思ったことを打ち明けた。

「どうぞ、私の罪をお許し下さい」

「あなたを許します。父と子と精霊の御名において」

四郎はアーメンと結んだ。小兵衛が十字架に向かって十字を切った。


告解を終えて小兵衛が、敵陣へ戻ることになった。手には伊豆守宛ての返書と、手土産の袋を携えていた。一揆勢は大手門上の城壁に並び、小兵衛の姿が幕府陣営の中に見えなくなるまで見送った。

左太郎は見送りを済ませると、四郎屋敷に戻った。小兵衛には、二の丸出丸前に小左衛門たちがいることを伏せるよう頼んだが、いずれ四郎の耳にも伝わることだ。人伝《ひとづて》に知るくらいなら自分の口から告げた方がいい、そう考えた。

四郎は礼拝堂にいた。祭壇の前に跪き、祈りを捧げているように思われたが、近づくと両手を合わせたまま泣いていた。左太郎は四郎を抱きしめた。絶望に喘《あえ》ぐ四郎に、小左衛門のことを話したものか躊躇われたが、迷いを捨てると打ち明けた。

左太郎を仰ぎ見た四郎の顔は、驚きを通り越して、怒りのあまり青黒くなった。

「どうして教えて下さらなかったのです」

「知れば、会いにいきたいと言われたでしょう」左太郎は申し訳なさそうに返す。

「それがいけないことですか」四郎が激しく反発する。

「兄さんたちを出丸前に連れて来たのは、あなたをおびき出そうという敵の謀《はかりごと》なのですよ」

小兵衛が城の中にいた間、二の丸出丸前から、マルタや福たちがここにいると言う、敵の呼びかけが何度もされた。

もし四郎がそれに応じたら、間違いなく標的にされたろう。

左太郎の説明は四郎も理解してくれた。しかし感情任せに左太郎を押しのけると、二の丸出丸に駆け出そうとした。慌てて左太郎は四郎の背に飛びついた。

「今さら行ったところで、兄さんたちはもうおりませんよ」

「離して下さい」

その場で揉み合いがはじまった。四郎が半狂乱になって叫ぶ。

「私さえ敵陣に向かえば、この戦いは終わる。違いますか」

「四郎殿」左太郎は居たたまれない思いになった。

それでも四郎が叫び続けた。

「どこからも援軍は来ない。食料ももうすぐ底をつく。それなのにどうして戦い続けるのです。女子供まで巻き添えにして、まだ戦うと言う父上たちは狂っている。何が神のためです。それほどまでに自分たちの面目が大事ですか。そんなもののために多くの人々を道連れにしようという、あなた方こそ呪われるがいい」

四郎の頬に、左太郎の手が飛びかけた。それを必死で堪えると、折れるほど強く抱きしめた。四郎が左太郎の胸を拳で叩いた。

「お願いです。どうか、私を幕府陣営に行かせて下さい。この首を敵に渡して、何もかも終わりにしたいのです」

待ち望んだ交渉は失敗し、二度と小左衛門に会うことはかなわなくなった。四郎が左太郎の足許に崩れ落ちた。

泣き続ける四郎を、左太郎は改めて胸に抱いた。四郎の絶望は城内全員の失意に通じる。それだけに、何としても元の気概を取り戻してもらいたかった。

「四郎殿、ここに入城した最初のミサで、あなたがみんなに伝えた言葉を思い出して下さい。どんなに辛くとも最後まで生き抜く、それが我々キリスト教徒に課せられた、使命ではありませんか。それなのに、人々を導くあなたが神の教えを否定するのですか」

左太郎の言葉に、四郎は両頰を打たれた思いとなった。

「あのときあなたは、我々キリスト教徒にとって最大の罪とは、神に対する絶望だ、とおっしゃったではありませんか」

四郎も忘れたわけではなかった。忘れるわけがない。一揆勢を鼓舞するために選んだ言葉だ。けれどもそれを口にした四郎自身が、いつのまにか神に絶望していた。

入口には小姓衆が集まり、心配そうに中を覗き込んでいた。

「どうかされたのでしょうか」

「何でもない。四郎殿は少しお疲れなだけだ」左太郎が立ち退くよう求めた。

小姓たちが姿を消すと、四郎もいくらか冷静さを取り戻した。

「私では、兄さんの代わりになれないかも知れない。でも四郎殿、私は私の力をもって、全力であなたを守り抜くつもりです」

左太郎が重ねて励ました。四郎はふと、千本木で小左衛門に励まされたときのことを思い出した。

あのとき小左衛門が、自分を励まし支えてくれた。その小左衛門を失い再び絶望に落ちると、今度は左太郎が支えてくれた。それに左太郎の方こそ、よほど二の丸出丸前まで行きたかったはずだ。四郎はそれを忘れて、幼子のように当たり散らしたことを恥ずかしく思った。

「私はもう大丈夫ですから」そう言うと左太郎から離れた。

「本当に大丈夫ですか」

「大丈夫です。もう二度と敵陣に行くと言いませんから」

きっぱり断言する四郎の顔は、人々の嘆きを一身に受け入れる、神の子の顔に戻っていた。

四郎が祭壇の前に行き、祈りはじめると、左太郎は黙って出口に向かった。胸は、やりきれなさで一杯だった。

背は自分と並ぶほどでも、四郎はまだ十代の少年なのだ。その少年に、自分をはじめとする乙名衆はどれほど無理な要求をしているのか。敵将・松平伊豆守でさえ、四郎の年齢を考慮して、四郎の役割を乙名衆の傀儡《かいらい》だと見なしている。それに引き替え自分たちは、四郎にあくまでも「神の子」としての役割を押しつけているのだ。

責められるべきは、我々乙名衆ではなかろうか。そう考えているうちに、左太郎は、本当に伊豆守の申し出を拒絶して良かったのか、という思いに襲われた。

指導部が投降することで、この戦を終わりにした方がよかったのではないか。そんな後悔が胸をつく。だが、今さら何を言ったところで徹底抗戦を告げてしまったのだ。

左太郎は礼拝堂の入口を閉ざすと、行き先が見えなくなった戦を思い、嘆息した。

小兵衛が城内に入っている間、小左衛門はマルタや福たちとともに、二の丸出丸前にある鍋島家の仕寄で待たされた。

マルタと福は、四郎との再会に備えて、髪に櫛を入れ薄化粧を施していたが、小左衛門は逃亡の恐れがあるため、枷をしていた。

仕寄の奥では鉄砲隊が待機していた。小左衛門が鉄砲隊の動きを目で追っていると、信綱が鍋島元茂と連れだって現れた。小左衛門は信綱たちを睨んだ。

城の者を助けたいと言う割には、汚い真似をするものだ。

小左衛門の無言の抗議に気づいた信綱が、元茂に尋ねた。

「矢留《やどめ》の約束をしてあるはずだが」

「それはそうですが、万一の場合に備えたまででございます」

元茂の釈明に信綱は鷹揚《おうよう》に頷き、これといって抗議もしなかった。

一時あまりが過ぎた。ときどき頭上に番兵が現れるが、四郎はもとより甚兵衛などの指導部は、いっさい姿を見せなかった。

信綱が苛立ちはじめると、元茂は家中の者に命じ、四郎の母や姉がここにいる、と叫ばせた。それでも誰も姿を見せなかった。

小左衛門は、仕寄中央に座したまま目を閉じていた。そこに信綱が歩み寄った。

「四郎殿は、おまえを見殺しにするつもりらしいな」

小左衛門は目を開け、二の丸出丸を見上げた。頭上には、春の到来を感じさせる陽射しが輝いているだけで、人影はなかった。小左衛門は気にした風もなく、再び目を閉じた。鍋島家家老・多久美作守《たくみまさかのかみ》がもどかしそうに訴えた。

「こ奴は我らを侮っておるのです。火刑に処してはいかがですか」

鍋島藩士たちも苛立っている。そこに大手門前にいた権之丞から、小兵衛が城内から戻ってきたという知らせが届けられた。

信綱はもう一度、頭上に目を向けた。やはり誰もいない。信綱の胸に苦々しさが満ちた。マルタや福は、足許に視線を落とした。

突如、高笑いが響いた。小左衛門が背を仰《の》け反《ぞ》らせて笑っていた。

「何がおかしい」

多久美作守が詰め寄ると、小左衛門が信綱に向かって言い放った。

「この勝負、我らの勝ちですな。伊豆守様」

信綱の顔が屈辱に赤く染まる。美作守が小左衛門を殴打した。しかし小左衛門は鼻を鳴らすと、鼻血混じりの唾を美作守の足許に吐き捨てた。

「ふん、いくら腹を立てたところで、おまえたちが負けたことに変わりないわ」

美作守が、もう一度小左衛門を殴ろうとした。

「よさぬか」元茂が、見苦しい振る舞いを嫌って腕を押さえた。

福はマルタと仕寄の片隅に身を寄せて、事の成り行きに身を震わせた。

小左衛門は、枷をされた上に敵兵に取り囲まれているというのに、美作守と互角に渡り合っていた。互角どころか、完全に優位に立っていた。

あのような気概がどこから出てくるのか。呆れる一方で、福は小左衛門が虜となったことを心底惜しんだ。

もし一揆勢の指揮を執っていたら、今頃幕府側を打ち倒していたかも知れない。そんな気がするほど小左衛門が頼もしく思われた。

しかし、鍋島家中の者たちは家老を虚仮《こけ》にされて、火炙《ひあぶり》だ、のこびきにせよ、と叫び声を上げている。元茂は、藩士らの気を鎮めるためにも、急いで小左衛門を陣外に出すことにした。

「伊豆様、ともかく小兵衛の話を聞きに参りませぬか」

信綱も小左衛門の態度を腹立たしく思ったが、小兵衛がどのような返事を携えてきたのか気になったようで、小左衛門を引っ立てると幕府本陣に戻っていった。

本陣の中庭で、小兵衛が出かけて行ったときと同じ姿で座していた。足許には麻袋がひとつ置かれている。信綱は怪訝そうに袋を眺めながら、

「で、四郎は何と言って参った」城方の返事を尋ねた。

小兵衛が唇を尖らせたまま、懐から文を差し出した。

「一揆勢からでございます」

信綱はひったくるようにして受け取ると、その場で目を通した。

『城中の者はすべて天主に対して生命を捧げる覚悟をきめている。指摘されるように、他宗の者を無理にキリスト教徒にしていることは絶対にない。また捕虜になった者がどうなろうと構ったことではない』

差出人は、例によって上津浦惣右衛門だった。

「これが城側の返答なのだな」信綱の声は、怒りに震えた。

親子の情に訴えれば、四郎をおびき出せると考えた信綱の目論見は、みごとに外れた。それだけに憤りと悔しさは言葉で表せるものではなかった。

「手紙の差出人は惣右衛門となっておるが、その方は四郎に会わなかったのか」

問いつめられると、小兵衛が恐ろしそうに首を竦めた。

「文は、お父上の甚兵衛殿に渡しました」

「甚兵衛は、何と申したのだ」

「会わぬとおっしゃって、文を破り捨てられました」

信綱は信じられぬ思いだった。だが、その場にいった戸田左門は、はじめからこうなるだろうと見越していたらしく、白けた顔で陣幕の外に目を向けていた。小兵衛に同行した十兵衛も、所在なげにしている。信綱は、小兵衛の襟を摑んだ。

「儂は、息子らとともに死にたいという四郎の母の願いを入れて、二の丸出丸前まで連れて行ってやった。それなのに、おまえたちは我らの要求をただのひとつも聞き入れぬのか。総大将四郎と申す者は、自分が信じる神のために、それほど多くの者を犠牲にしたいのか」

「違います」小兵衛は、懸命に否定した。

「どこが違う。四郎は母の願いを踏みにじる、冷血漢ではないか」

「四郎殿はそんな方ではありません。どれほど優しくあられるか」

そう言いながら小兵衛は、城から携帯してきた麻袋を信綱に差し出した。中を開けると、柿や、蜜柑《みかん》のほか饅頭《まんじゆう》などが出てきた。

「城内に食料はまだ豊富にあると申すつもりか」左門が嘲る。

信綱は袋を小兵衛の足許へ投げ返した。その拍子に蜜柑がひとつ転がり出て、小左衛門の足許に向かった。小左衛門が蜜柑を手に取り、呟いた。

「おまえのあの弟は、死んでいるのに生き返った。いなくなっていたのが、見つかったのだ。祝宴を開いて楽しみ喜ぶのは、当たり前ではないか」

ルカによる福音の一節だ。放蕩《ほうとう》息子の帰還に、腹を立てる兄を窘める父の言葉だ。

小兵衛が小左衛門の慰めを聞くと、激しく泣き崩れた。しかし信綱らにそんなことが分かるわけもなく、キリシタンの秘密のやりとりを聞かされたようで、不快さで胸がはち切れそうになった。

「伊豆殿、ただちにこ奴らを処刑致しましょう」

左門の進言に、小左衛門が、やるならやってみろ、とばかりに睨み据えた。両者の間に立った信綱は、困ったように嘆息を洩らした。小左衛門をちらりと見やると、好きにされよ、と目ばかりで言ってきた。

　やはり小左衛門を城に送るべきだったのだ。信綱は後悔した。だが交渉は失敗したのだ。後悔などより善後策を講じる方が先だった。

「この者を処分することは、いつでもできます。今日はひとまず、獄に戻します」

　左門の反対を抑えると、小左衛門たちを獄舎へ戻した。


　日が落ち、細川陣中に冷たい北風が吹きすぎる。小左衛門は獄舎に入ると、さっそく小兵衛に城内の様子を尋ねた。

「みんな、変わりなかったですよ」

　小兵衛は、一揆勢が蜂起したときと同じ白装束に十字架をして、キリスト教徒としての誇りを示していたことや、敵に捕縛されたことを詰る者は一人もおらず、みんな温かく迎えてくれたことなどを話した。話は多岐にわたったが、最後に花のことに触れた。小平を連れて、人垣に隠れるように姿を見せたと言うと、

「あいつが籠城していたのか」小左衛門は呟いた。

　蜂起は嫌だと言って家を飛び出していったきり、花の姿を見ていなかった。宇土に向かう前、家に戻ったと聞いていたが、原城に入ったとは思いもしなかった。

「義姉さんから、みんなと一緒に最後までがんばると伝えて欲しいと言付かりました」

「花がそんなことを言ったのか」

「義兄さんのことを大層案じておられましたよ」

小左衛門は小兵衛から視線を逸らせると、花のことを考えた。

小左衛門にとって花は、大庄屋弥兵衛の娘という以外、意味を持たぬ存在だった。彼の関心は、いかにして蜂起を成功させるかだけに注がれてきたので、花からどう思われようと関知しなかった。当然、花と心が通うはずもない。

だが花は、小左衛門の妻として最後までがんばると言ったという。

俺は本当にろくでもない亭主だな。小左衛門は自嘲した。

「それで、四郎殿はどうされていた」

小左衛門は、城内のことに話を戻した。

それまで小兵衛は多くのことを語ったが、四郎のことに触れようとしなかった。小左衛門に詰め寄られると、

「お元気でおられました」目を伏せ、高ぶる気持を抑えていた。

「そうか」

小左衛門は、二の丸出丸前まで引きずり出されたとき、あるいは四郎が顔を覗かせるのではないかと期待した。だがその馬鹿げた思いは、甚兵衛の英断で実現せずにすんだ。

先ほど信綱の前では虚勢を張ってみせたが、四郎に会いたかったという気持を拭えなかった。

栖本に向かった朝、花が出奔してしまったこともあり、四郎とろくに話もせずに出かけた。まさかあのまま二度と会えなくなるとは夢にも思わなかった。

小左衛門が四郎を懐かしんでいると、小兵衛が続けた。

「いつのまにか元服されて、見違えるほど立派になっておられました。それにまた背が伸びて、今にも左太郎さんと並びそうでした」

「また背が伸びたと言うのか」小左衛門は呆気にとられた。

籠城して食料が乏しい中、何を食ったらそれほど背が伸びるのか。

目を丸くするなり、背を伸ばしたくて伸ばしているわけではないと、ふくれ面をする四郎が浮かんできた。思わず苦笑すると、小兵衛が、左太郎が四郎の補佐をしていると話した。

「左太郎なら、何も心配いらないな」

兄からみても、左太郎は有能で頼り甲斐のある男だった。自分の代わりとして何も不足はない。安堵する一方で、左太郎に何もかも取られてしまったような気がして、一抹の寂しさを覚えた。

左太郎がおれば、俺は不要というわけか。

小左衛門は、つまらぬ嫉妬に己の気持を弄ばれるのを嫌い、格子の外に眼を向けた。正面に原城が窺えた。奇襲を警戒して灯火を消した城は、まるで無人のようだった。あの中に四郎や左太郎がいる。走っていけば数刻とかからぬ距離にありながら、小左衛門にとって、永遠にたどり着けない場所だった。

「なあ、小兵衛。俺がこうして敵方の虜になったのは、神のご慈悲かも知れぬな」

小左衛門が独り言のように洩らした。

「義兄さん、何のことです」

「以前から俺は、俺よりでかくなった四郎に見下ろされるのだけは御免だと思っていた。幸い、敵に捕縛されたせいで、そんな目に遭うこともなくなったというわけだ」

小左衛門の苦い冗談に、小兵衛が辛さを堪えるように頷いた。

# 九章　大江浜の交渉

その頃、原城では、有馬五郎左衛門《ごろうざえもん》を新たな使者として、もう一度交渉の機会を持ちたいという、幕府からの矢文について話し合いがもたれていた。

「我々の要求を入れるつもりだろうか」蘆塚忠右衛門が首を傾げる。

「まさか。それならそうと、記してくるだろう」

指導部は、信綱の考えをはかりかねた。こちらの要求を入れぬなら、何度話し合ったところで結果は同じだ。文に宛名を記された忠右衛門も、話すことは何もないと言う。それでも幕府側が話し合いの姿勢をみせている以上、交渉そのものを否定することはない。甚兵衛は忠右衛門に、交渉に応じるよう説いた。

「それにしても、幕府はなぜ、蘆塚殿とともに山田右衛門作《やまだえもさく》殿を名指してきたのでしょうか」

左太郎が文に記された右衛門作の名を不思議そうに眺めた。

忠右衛門の説明によれば、右衛門作とは有馬氏二代に仕えた間柄で、有馬氏が日向《ひゅうが》に転封になった後、右衛門作は、松倉家に絵師として抱えられたという。現在、四郎屋敷に飾られている陣中旗は、彼の手によるものだった。

ともかく右衛門作から、直接話を聞くことにした。

ほどなくして右衛門作が、本陣に姿を見せた。六十二歳になるせいもあり眉や髭《ひげ》は白くなり、体からは肉が削げ落ちていた。しかし目つきには、壮年の鋭さが残っていた。

着座するなり、元朋輩《ほうばい》の半之丞から五郎左衛門との間柄を問われると、

「知らぬ仲ではござらぬ」と落ち着いた声で応えた。

「右衛門作、儂はこのところ体調が優れぬ。交渉をその方に一任したいが、引き受けてもらえるかな」

忠右衛門には、病身を押してまで無益な交渉に出かけたくないという気持があった。

右衛門作は嫌な顔もせず、「承知」と恬淡《てんたん》として頷いた。

指導部は幕府と二度目の交渉に臨む前、次のような内容を含む「四郎法度書」を布告した。

一、聖戦に参加できたことを有り難く思うこと。
一、命は短いものであり、城内の者はあの世までの友人であるから助け合うこと。
一、油断なく見張りに専念すること。
一、薪《まき》を取るとか、水を汲むとか言って勝手に城外に出ないこと。

これら善行に努めたなら、きっと神のご慈悲があるに違いありません。

最初の交渉で幕府は、人替えを提案してきた。そのことが分かれば一揆勢の中には、城から出る機会を潰されたと指導部を恨む者も出るだろうし、脱走者がさらに増えるかも知れない。そこで四郎の名で法度を出すことで、甚兵衛らは一揆が内側から崩れるのを防ごうとしたのである。

二月三日申《さる》の刻（午後四時頃）、幕府との交渉場所とされた大江の浜は風もなく、西に傾き掛けた陽射しが原城を赤々と照らしていた。

一揆勢の指導部らは松山丸に、信綱ら幕府首脳は浜近くの小高い丘に陣取り、交渉の行方を見守った。浜の正面に位置する黒田家陣地では、城側の奇襲に備えて仕寄口に鉄砲隊百人と槍兵百人を待機させた。

五郎左衛門は、樺色《かばいろ》の着物に裁着袴、黒茶の羽織に、大小を差していた。供の者が長さ九尺もある白布に、「有馬五郎左衛門」と筆太に書いた旗をかついだ。

出立前、信綱は五郎左衛門に、もし交渉相手が右衛門作なら左に扇を使い、忠右衛門ならば右に使うよう指示をした。

やがて西日に照らされた城門から、五名の者が出てきた。先頭に立つ男が、黒い着物に黒茶の羽織・麻袴、そして刀を差していた。

固唾を呑む信綱の前で、五郎左衛門が扇を左に使った。

あの男か。信綱は食い入るように、右衛門作の顔を眺めた。その前で、右衛門作と五郎左衛門は挨拶を交わした。

五郎左衛門が腰の大小をとり、供の者に渡して後に下がらせた。右衛門作も刀を供の者に渡す。それから双方の供の者が、敵味方一緒のところに控えた。

五郎左衛門が降伏勧告を手渡す。右衛門作がそれを懐に納めた。

続いて五郎左衛門が、伊豆守からの覚書を読んで聞かせた。内容は、小兵衛に届けさせた文と変わりがなかった。右衛門作の返答も変わりない。

それがすむと右衛門作が、五郎左衛門に何事かを語りかけた。最後に「それではこれにて」と告げると、来たときと同じ足取りで、城内へ引き上げていった。

交渉が無事終了すると、幕府・城双方の将兵らの間からいっせいに安堵の溜息《ためいき》が洩れた。


大江浜での交渉が終わった後、細川家陣屋裏手に鶏舎小屋を改良し、新たな獄舎が作られた。夜、小左衛門はひとり、そこに移された。

不審に思った小左衛門は、夜が更けても体を横にしなかった。何があるのか待ち構えていると、正面の暗闇に提灯の丸い光が浮かんだ。やがて光の中に、頭巾で顔を隠した侍の姿が見えた。隙間から覗く眼には見覚えがある。

「起きていたか」信綱の声がした。

「伊豆様でございますな」

小左衛門の問いに、信綱は小さく頷いた。それから、供をしてきた権之丞に少し離れた場所に退くよう命じた。

「このようなところにわざわざお運びとは、いったいどのようなご用件でしょうか」

信綱とふたりきりになっても、小左衛門は警戒を解かなかった。

「うむ、おまえと二人だけで話がしたくてな。昼間陣屋に呼ぶと、何かと面倒なことが多いので、こうして参った」


二度目の交渉が決裂すると、左門や美作守が城攻めを急ぐよう、うるさく吠えた。彼らの干渉を避けるため、信綱は仮設の獄舎を作り、小左衛門と内密に交渉を計ろうとしたのだ。

「城に行ってくれぬか」格子の前で片膝を突くと、小左衛門を正面に見据えた。

「それで四郎に、女子供たちを外に出すよう説得して欲しいのだ」

信綱の求めは、小左衛門が一度払拭した欲望をくすぐるものだった。しかし己を律すると静かに返した。

「その件に関しては、すでに小兵衛が城の者に伝えております」

「それは分かっている」信綱は渋い顔を見せる。

「私が行ったところで結果は同じです」

「いや、そなたなら必ず四郎を説得できるはずだ」

確固たる口調で迫ると、小左衛門がわずかに視線を逸らせた。

何を言っても人を食ったような態度を取る小左衛門だが、話が四郎のことに及ぶと、にわかに動揺をみせる。この男にとって四郎は大切な存在なのだ。かけがえがないと言ってもいいだろう。四郎にとっても同じ意味を持つはずだ。小左衛門の説得なら四郎も必ず応じる。小左衛門も、それが分かっているから、城に行けと言われる度に動揺するのだ。

「四郎も、おまえたちが総大将に推したくらいだから、ただの小僧ではあるまい。人々を惹きつけるだけの、器量の持ち主なのだろう。そのことからしても、女子供が戦の犠牲になるのを、黙って見ていられるような人間ではないはずだ」

信綱は小左衛門を説得するにあたって、十兵衛の献策を入れた。

信仰に敬意を払い、四郎を褒め讃えること。そうすれば、小左衛門の頑なな気持を解きほぐすことができるはずだと言う。

信綱の説得に、小左衛門は返事をしなかった。だが冷笑もせぬところから、不快にも感じていないようだった。

「儂は、戦そのものを避けたいと思っておる。それは四郎も同じではないか。その四郎が城から出よ、と言えば、百姓たちは大人しく従うだろう。小左衛門、儂に手を貸してくれないか」

小左衛門は顔を背けていたが、話に耳をそばだてていた。

さすがは幕府の要の老中だけのことはある。四郎に会ったわけでもないのに、四郎の性格を的確に摑んでいる。

小左衛門の瞼には、三の丸登城口に向かう小兵衛の姿が浮かんでいた。その姿は、いつのまにか小左衛門自身に変わっていた。

大手門登城口を上り、甚兵衛らに会う。幕府側の使者としてやってきた自分を、甚兵衛たちはどんな顔で迎えるだろうか。その表情が複雑なものであろうと、喜びに満ちたものであろうと、彼らがよこす返事は変わらない。最後の一人まで戦う。それが、援軍のあてもないまま籠城をはじめた甚兵衛らの信念であり、それを覆すことは小左衛門にもできない。

では、四郎はどうだろうか。もともと四郎は蜂起に反対していた。降伏に応じるに違いない。女子供たちを救えると言って、瞳を輝かせる四郎の姿が目に浮かぶようだった。目を開くと、正面に小左衛門の返事に期待を寄せる信綱の顔があった。小左衛門の耳に、そなたなら必ず四郎を説得できるはずだ、という信綱の言葉が甦る。

よくそこまで自分と四郎との関係を正確に摑めたものだ。小左衛門は信綱の洞察力に、腹立たしさすら覚えた。

四郎ら一揆指導者たちに責任を取らせて、城にいる者たちを救う。それが信綱が描く鎮圧の筋書きだろう。これなら幕府も面目を施せる。それに乗るのか否か。小左衛門は自問自答した。

城側に勝ち目はない。小左衛門とて、助けられる者は助けたかった。しかしそのためには四郎に神を裏切らせねばならない。そう思うなり、小左衛門の中で怒りが炸裂した。

「あなたは何も分かっておられない」小左衛門はきっぱりと言った。

「なんだと」信綱が思いも寄らぬ拒絶を受けて、動揺した。

その信綱の顔を見据えながら、小左衛門は続けた。

「四郎殿は、神の使いなのだ。我々を救うため天から使わされた方だ。我々が求めているのは、魂の救済であって年貢の定免ではない。あなた方が我々の信仰を認めないのであれば、みんな悦《よろこ》んでハライソ（天国）の門をくぐるでしょう」

信綱は、小左衛門を獄から引きずり出して、殴り据えたい衝動に駆られた。ただ小左衛門とて、こちらの意図が分からないのではない。承知の上で同意しないのだ。それが信綱にはもどかしかった。

「儂が、おまえにひどく酷な頼みをしていることは分かっている。一揆を指導してきたおまえに、仲間を裏切れと言っているのだからな。だがその方に嫌な役割を押しつける以上、儂もできる限りのことはするつもりだ。儂にはおまえたちの信仰は分からぬし、それについてとやかく言うつもりはない。ただ儂には儂の立場がある。その範囲でできることと、できぬことがある。年貢のことはいくらでも何とかしよう。しかし信仰だけは許すことができぬのだ。それは分かってもらいたい。そなたが儂に手を貸してくれるなら、三万の命が助かるのだ。頼む。城に行ってくれないか」

　信綱は、その場に両膝をついた。小左衛門が息を呑んだ。将軍家名代が、庄屋風情に頭を下げているのだ。


　小左衛門の口から今にも、承知、という言葉が飛び出しそうになった。それを必死に堪えた。顔が強ばり、膝に置いた手も、衣の裾を固く摑んだまま小刻みに震えている。だが、誰に懇願されても、四郎を裏切り者にすることだけはできなかった。たとえ三万の人間を犠牲にしてもだ。裏切り者は自分ひとりでいい。四郎にそんな真似をさせるくらいなら、火刑にされる方がましだ。

　頑なに協力を拒む小左衛門だったが、信綱も諦めなかった。地べたに膝をついたまま、食い入るように小左衛門を見据えていた。祈るような面持ちで返事を待っていた。

　息もつけないような根比べの末、先に音を上げたのは小左衛門の方だった。

「伊豆守様、あなたはずいぶん賢い方だ」

　悔しそうな横顔が、提灯の明かりに浮かんでいることだろう。

「お察しのとおり、四郎殿は私の言葉なら耳を傾けるかも知れない。しかし一揆を指揮しているのは、四郎殿の父上・甚兵衛殿だ。甚兵衛殿がおる限り、降伏はありえません」

四郎をキリスト教徒として育てたのは甚兵衛であり、その甚兵衛が許さぬことを四郎がするわけがない。小左衛門の説明に、信綱は重苦しい気持になった。

「しかし、だからこそおまえに説得してもらいたいのだ」

「四郎殿を説得する前に、甚兵衛殿を説得せねばなりません。甚兵衛殿は、かの高山右近《たかやまうこん》殿の薫陶を受けて信徒となった方だ。信仰に対する姿勢は、私などと根本的に異なっている。その方がいったん決めたことです。易々《やすやす》考えを変えるとは思われません」

城内にいる甚兵衛をはじめとする信仰至上主義者たちは、高山右近の遺臣だった。豊臣秀吉によって高山氏が大名の身分を剝奪されると、家臣の多くは小西氏のもとに移された。その後、右近はマニラに追放されたが、今以て信徒から崇敬の念を払われていた。

「太閤や権現様の脅しにも屈しなかった右近殿こそ、まことの信徒だと言えましょう。そういう方を敬う甚兵衛殿です。己の信念を曲げることはありえません」

甚兵衛は三万の者を道連れにしてでも、己の信じる道を行く。四郎もそれに従うだろう。

小左衛門の説明に、信綱は万策尽きた思いになった。

肩を落とす信綱を見て、小左衛門も、信綱の誠意に多少なりとも応えたいという気持になった。

「伊豆守様、どうしてもと考えられるのなら、此度の使いには甚兵衛殿の末娘を向かわせてはいかがですか。娘の頼みなら甚兵衛殿もあるいは心を動かすかも知れません」

信綱は小左衛門を見やった。小左衛門も信綱を見つめ返す。信綱と小左衛門の気持が通じ合った瞬間だった。

「分かった。では、そなたの勧めに従うことにしよう。しかし小左衛門、どうしてそのようなことを儂に勧めるのだ」

信綱の質問に、小左衛門はわずかに微笑んだ。

「私はこれまで、大名などという者はろくな者がおらぬ、と思っておりました。しかしあなたは少し違うようだ。あなたが島原を知行しておられたら、我らも一揆を起こさなかったかも知れませんな」

小左衛門の賛辞に、信綱が苦笑いをした。

「おまえの献策、無駄にせぬように致そう」それからおもむろに膝を上げた。

着物の泥を払うと、離れて控えていた権之丞をつれて本陣に戻っていった。

二月七日、信綱の命令により、小兵衛はまんを連れて城に向かった。最初は命を拒んだが、これが小左衛門の献策だと知ると、素直に従った。

小兵衛に手を引かれ、まんが登城口の分厚い門扉をくぐった。出迎えの人々が並ぶ中、父・甚兵衛の姿を見つけると一直線に駆けていった。甚兵衛も娘を抱き留め、顔を涙で濡らした。

「よく来た、よく来た、母様たちは元気か」

「元気です。一日も早く父様や四郎兄様と暮らせるよう、毎日お祈りをしております」

甚兵衛が、そうか、と言い愛《いと》しげに頷いた。小兵衛は娘との再会を喜ぶ甚兵衛に、持参した二つの文を差し出した。一通は、先の、幕府の要求に対する返答を求めるもの。もう一通は、マルタの文に対する返答を求めるものだった。

甚兵衛が、返事はない、と告げた。小兵衛は黙って頷いた。集まってきた一揆勢は、小兵衛に食事を与えようとした。

「儂は敵の陣中で存分に喰らっておるから、心配しなくてもいい」

小兵衛は、陣中の兵糧を心配して辞退した。

「何を言うんだ、メシぐらい食べていけ」

一揆勢は、炊き出したばかりの雑炊を椀《わん》になみなみと盛って差し出した。小兵衛は黙って椀を受け取った。

小兵衛も、一揆勢も、淡々と雑炊を口に運んだ。

交渉もこれで終わるのか。前回同様、十兵衛が警護役に立っていた。城門にもたれたまま、雑炊をすする一揆勢の姿を遠望した。そうして退屈しのぎを装いながら、一揆勢の中にサキの姿を捜した。

前回で用心したのか、サキは姿を見せなかった。

これでは右衛門作との連絡を託せぬな。十兵衛は舌打ちした。

大江浜で幕府との交渉役に指名された右衛門作が、幕府側に内通を申し出ていた。それが真意であるか見極めるためにも、サキと連絡をとりたかったのだが。

十兵衛が嘆息したとき、二の丸方面からざわめきが聞こえてきた。何事かと思い顔を向けると、人々が道を開ける中、登城口に近づいてくる武将の姿が目に入った。

一目で釘付けになるような秀麗な顔立ち。腰に大小を差して、黒袴、鼠色の小袖、南蛮風の緋のマントを羽織り、レースのひだ襟の上には金の十字架が光っている。長身の背に栗色の髪をなびかせて歩く姿は南蛮人のようで、十兵衛は息を呑んだ。

もしかしてこれが「四郎」なのか。

四郎は、十兵衛に見られているとも知らずに、まんに近づいた。

「兄様」まんの声が明るく響く。

まんは十兵衛の目の前で、四郎に飛びついた。四郎もまんを愛おしそうに抱きしめる。

四郎は、甚兵衛から屋敷を出ぬよう言われていたが、小兵衛がまんを伴って来たと知ると、左太郎に頼み込んで登城口まで連れてきてもらったのだろう。

四郎の出現に、それまで小兵衛を囲んで雑炊を食べていた一揆勢は、椀を下におくと跪いた。四郎はまんを腕に抱いたまま、悠然と立っている。その姿は、まさに天から使わされたと言うにふさわしいものだった。

これなら、総大将と仰がれるだけのことはある。十兵衛が「四郎」の姿に感嘆していると、四郎がまんと話をはじめた。

「少し見ない間に、大きくなったね」

まんが嬉しそうに頰をほころばせた。

「兄様はお城の総大将でいらっしゃるの」

「そうだよ」四郎が少し辛そうに応えた。

「ここに来る前にね、伊豆守様が、戦はしたくない、だから兄様と話がしたい、どうか本陣まで連れてきてくれと、おっしゃったの」

四郎の表情が強ばった。一揆勢も、こんな幼い娘まで用いて策を弄する伊豆守の卑劣さに腹を立てた。

「四郎殿、お辛いでしょうが、もうこのくらいで」半之丞が囁く。

四郎は、できることなら松平伊豆守の許に赴きたいと思った。そのとき左太郎と目があった。左太郎が、四郎の気持を見透かして厳しい視線を注いでいた。四郎は己を殺して告げた。

「まん、残念だがそれはできない。だから、おまえから伊豆守様に伝えてもらえないか。もしデウスの教えを信じることをお認め下されば、いつでもお会いしましょうと」

まんが残念そうに唇を尖らせた。

「伊豆守様はデウスの教えを信じておられないの。それではハライソへ参れないのに」

「そうなんだ。だからハライソに行くためにもおまえから許して下さいと、よくよくお願いしておくれ」

まんが、分かったわ、と大人びた口調で承知した。

四郎は悲しみを堪えると、指にしていた金の指輪を渡した。それは、長崎で教えを受けた宣教師から別れの品として贈られたもので、四郎にとって大切な品だった。

まんが嬉しそうに指輪を手にした。それから四郎は幼い頃から歌ってきた唄を口にした。

参ろうや、参ろうや、ハライソの寺に参ろうや
ハライソの寺とは申すけど、遠い寺とは申すけど

歌い終わると、四郎はまんをもう一度抱きしめた。まんも、涙を浮かべる四郎の頭を両手に抱いた。まんの甘い体臭が、四郎の鼻孔一杯に広がる。

「じゃあ、兄様、私行くわ。母様が心配だから」

「母様はどうかしたのかい」

「あまり食事をお召し上がりにならないの」

母はあまり体が丈夫でない。長い捕囚生活で体調を崩したのだろう。四郎はまんに、

待っておいでと言うと、左太郎に頼んで食料庫から、むくろじの実をひとつ持ってきてもらった。

「これをお召し上がり下さい、と母様に伝えておくれ」

まんは、はい、と頷いた。

それまで仲間と食事をしていた小兵衛が、まんの手を取った。

「馳走になりました」

「あなたに神の加護がありますように」四郎は十字を切る。

小兵衛が丁重に頭を下げた。それから、まんの手を引き登城口へ向かおうとすると、左太郎が文を差し出してきた。

「兄さんに渡してもらいたい」

小兵衛が、中を見ても構わないか、と尋ねた。左太郎が承知したので、開封した。

『城山の梢《こずえ》は春の嵐かな　ハライソかけて走る村雲
恥ずかしく候へども、涙を水にして心を墨にすりほり申し候は、サンマリヤ様……みなもろもろのペアト様の御ちからをもって一筆申し上げ候。必ず必ずハライソにては合い申すべくと存じ候。ともかくすべてのことはデウスの計らい次第に候』

左太郎の遺書だった。小兵衛が文を懐にしまった。それからまんの手を引き、登城口の向こうに姿を消した。

四郎は、制止しようとする左太郎を振り切って城壁に上った。眼下に、小兵衛に手を引かれて、幕府陣中へ戻るまんの後ろ姿が見えた。

（まん、どうか許してくれ）四郎の眼から涙がほとばしった。

その眼にまんの後ろ姿を焼き付けることで、妹との今生の別れにした。


甚兵衛は、まんたちを送り出した後、本丸に引き上げた。二の丸から本丸に至る沿道には、陣中小屋が並んでいる。中から、甚兵衛たちを恨めしそうに眺める者が見受けられた。

二月に入ると、それまで日に三度だった食事は二度に減って、雑炊の具も芋や豆の代わりに、海藻が用いられるようになった。城内に持ち込んだ馬も食用にされた。それでも食料不足を解決するに至らず、土中に埋めておいた俵物を掘り起こして、配給した。栄養不足と寒さから、命を落とす者も少なくなかった。

本丸に到着すると、甚兵衛に随行してきた半之丞が口を開いた。

「いっそ戦をこちらから仕掛けてはいかがですか」

「異論はない。だが、忠右衛門殿が承知するかな」

忠右衛門は、女子供の救済を主張してきた。だからこれ以上幕府を刺激しないためにも、戦闘を回避したいという意向を持っている。忠右衛門の同意を得なければ、島原勢を動かすことは難しい。

「後十日もすれば、豆さえもなくなります。敵から兵糧を奪ってくるほか、ありますまい」

甚兵衛は返答を濁した。左太郎が口を挟んできた。

「甚兵衛殿。奇襲もいいでしょうが、もう一度、長崎に使いを出してみては如何でしょうか」

一月半ばから幕府の包囲態勢はさらに強固になり、城外に出るだけでも命がけだった。それを承知で左太郎が、三吉を使いにやろうと提案した。

「せめてマカオからの使いが戻るまで、持ち堪えねばなりません。それには、やはり兵糧が必要ですから」

甚兵衛は、半之丞・左太郎ふたりの意見をよく考えてみるとして、結論を先送りにした。


左太郎は話を終えると、四郎屋敷へ戻ることにした。本丸を出て屋敷に通じる道に足を踏み入れる。周囲には警護兵がいるはずだが、人影がなかった。食事が日に二度になってから、警護兵も屋内で体を休めていることが多くなったせいだろう。

左太郎は咎める気持にもなれず、屋敷の玄関に入ろうとした。そのときどこからか

「左太郎様」と名を呼ばれた。辺りを見渡すと、玄関脇に植えられた蘇鉄《そてつ》の陰から、サキが顔を覗かせていた。

単身、城に乗り込んできたサキだが、各曲輪は満員状態で、受け入れ先がなかったため、本陣の女衆に加えられていた。

「サキ殿、そんなところでどうされたのですか」

左太郎が歩み寄ると、サキは話があると言って、左太郎を松山丸に至る尾根道に連れて行った。道は急勾配な上、両側は崖で、周辺に陣屋はなく警護兵もいなかった。静まり返った夜の海に、関船の灯りが浮かんでいる。冷たい海風がサキの髪をわずかに乱した。

「何です、話とは」

左太郎は、暗がりの中、女と二人だけということもあり少し構えた。

「長崎に向かわれるというのは、本当ですか」

「どうしてそんなことを知っているんです」

左太郎は、先ほど甚兵衛たちとしたばかりの内密の話をサキから切り出されて、驚きを隠せなかった。

「立ち聞きするつもりはなかったんですけど、甚兵衛様の陣屋の前を通りかかったら、長崎へ行くという言葉が聞こえたので」

サキが申し訳なさそうに謝罪した。

「聞かれてしまったのなら、隠し立てもできませんね」

左太郎は特に咎め立てしなかった。サキが思い切って尋ねてきた。

「もしかして、お代官様にお願い事をしに参られるのですか」

「いいえ。ポルトガル人に掛け合うつもりです」左太郎は実直に打ち明ける。

「それで、金子はおありなんですか」

痛いところを突かれて、左太郎は押し黙った。籠城に際して、渡辺一族はすべての財を投じており、もはや一分銀一枚すらなかった。

「あなたがそんなことを心配しなくてもいいのですよ」

左太郎は、精一杯の見栄《みえ》を張った。

「差し支えなければ、私が茂木衆に口添えしてみましょうか」

「え?」

「茂木まで参り、お願いしてみます」

サキの提案に、左太郎は少しばかり考えてから返した。

「サキ殿がそう望まれるのなら、城を出られても構いませんよ」

左太郎の言葉にサキが目を見張った。

「それはどういう意味ですか」

「三吉にはよく言っておきますから」

サキが眉を顰《ひそ》めた。

「長崎には、左太郎様が参られるのではないのですか」

「私が参ればいいのですが、四郎様の警護もある。三吉は信頼できる者です。だから何の心配も要りませんよ」

左太郎はサキに配慮したつもりだったが、サキは不服そうな顔をした。

「やはり、よそ者は城内においておけぬと思われているのですね」

「そうではありません」左太郎は慌てて言い繕おうとした。

「いいのです。私は厄介者のようですから」

本陣の女衆とされたサキだが、本陣は花などをはじめとする庄屋衆の子女で占められており、よそよそしい扱いを受けた。サキは表面上、気にしたところはみせなかったが、不快な気持を募らせているようだった。

「すみません、私の言葉が足りなかったようですね」

左太郎が謝罪すると、サキが間近に迫ってきた。

「もし左太郎様が直にお願い申し上げれば、お代官様は力を貸して下さると思いますよ」

左太郎は、サキの思いも掛けぬ打診に目を丸くした。

「あの末次平蔵が、我らに力添えをすると言うのですか」

「お代官様は、あなたのことをたいそう買われておられました。そのあなたの願いなら、きっとかなえて下さるはずです」

サキが必死になって訴えるので、左太郎もしばし考え込んだ。

末次平蔵茂房は商魂の塊のような男で、確かに計算高い。けれども幕府の役人として、一揆勃発と同時に、甚兵衛の弟・喜三郎を捕縛している。そんな男が、今さら一揆勢に手を貸すわけがない。

だが、今の膠着《こうちゃく》状態を打ち破るためなら、何でもせねばならなかった。とあらば、無駄を承知でも茂房に会うべきなのか。

左太郎が考え込んでいると、サキが悲しそうに尋ねた。

「私をお疑いですか」

左太郎の鼻孔を甘い香りがかすめた。それと同時に、妻の福に感じたことのない、肉体的なうずきに襲われ、左太郎は頬を赤らめた。顔を背けると、「左太郎様」耳許でサキの声がした。

しっとりとした声音に引かれて顔を戻すと、サキと眼があった。

「同じ信徒なのに、みんな私を遊女だと言って邪魔者扱いする。甚兵衛殿さえお疑いです。でもあなたは違う。あなたこそ、まことの信徒です。他の人は、そのふりをしているだけだわ」

「サキ殿、それは違う」左太郎はサキを諭そうとした。

「あなたは本当にお優しい。あなたのためなら何でも致します」

サキの、夜露に濡れた花弁のような唇に、左太郎は魅了された。サキの手が左太郎の項を捕らえる。舌を絡めながらサキが左太郎を導くように、着物の裾から手を差し込んだ。左太郎は飛び上がってサキの手を振りほどいた。

「いけない、サキ殿」

「どうしてです、左太郎様。あなたも私のことを愛おしいと思っておられるのでしょう」

サキが悔しそうに迫る。

「確かに私もあなたが好きだ。でも私には妻がいる」

左太郎は背を向けた。サキがひどく憤慨した。

「福様のことを気にされますか」

「あれは今、敵陣中で人質になっている。どんなに辛い思いをしているのか知れない。それなのに私は」

左太郎は罪の意識から顔を歪めた。

「すまない、サキ殿。私は私を、人として許せない」

御免、と言い捨て左太郎は、呆気にとられるサキの前から足早に立ち去った。


左太郎が去った後の尾根道を、夜風が吹きすぎる。

サキはむすっとして、乱れた髪や衣を直した。それからいかにも憎々しげに舌を鳴らして、左太郎が立ち去った方角を睨んだ。

後もう一息だと思われたのだが、逃したのだから仕方がない。諦めると、ねぐらがある本丸内の陣屋に向かおうとした。坂道を上ろうとすると、

「惜しいことをしたな」

いつのまにか警護兵らしい男が後に続いていた。暗がりの中、男の顔ははっきりしない。サキは用心深く相手を眺めた。頭上から月の光が降り注ぐ。そこに浮かんだ男の顔を見て、サキはふんと鼻を鳴らした。

「何の用？」不機嫌そうに十兵衛を見据えた。

十兵衛は島原入りする前、長崎代官のもとで、現地の情報を仕入れた。そのときサキと面識をもったのだ。

「覗き見するつもりはなかったのだが、ちょうどおまえさんを捜そうとしていたところだったので、手間がはぶけた」


十兵衛は、最後の交渉が決裂した時点で、サキと何とか連絡を取ろうとした。そこで、城内でもっとも低い場所にある大江口裏手の海岸を夜陰に紛れて上ってみた。首尾良く城内に入り込めたものの、三万の一揆勢の中からひとりの女を捜すのは至難の業だ。どうしたものか考えていた矢先、サキの方から現れてくれたのだ。

「それならもう用事は済んだでしょ」サキが十兵衛に背を向けた。

「そう怒るな。おまえが釣ろうとした魚は大きすぎただけだ」

「余計なお世話よ」

「そうつんつんしないで、俺の話を聞け」

十兵衛は長くその場にいられないこともあり、逃れようとするサキを捕まえた。

「三の丸の侍大将に右衛門作という男がいる。そいつと協力してもらいたい」

右衛門作の名を聞くとサキが、ああ、と合点した。

「先日、大江浜で交渉役に立った男ね。それにしてもどうして？」

「こちらに通じている」

サキが厳しい眼をして、十兵衛から離れた。

「あなた、何か勘違いしていない」

「勘違いだと？」

「私が、どうしてあんたに手を貸さなければならないのよ」

十兵衛は、一瞬、狐《きつね》につままれたような顔をした。てっきりサキが茂房の指示で、城内にもぐりこんだと思っていたのだ。

「私は自分の意志でここにいるだけよ。馬鹿なんじゃないの」

十兵衛は力任せにサキを捉えた。こちらの秘密を打ち明けた以上、始末しなければならない。懐の短剣に手を伸ばす。しかし剣を抜くより先に、サキが十兵衛の手を優しく押さえた。

「あら、怖い。何をしようっていう気」

サキが柔らかい体を十兵衛に押しつける。先手を取られて十兵衛は思わず少年のように頬を染めた。サキが笑った。十兵衛も女に翻弄されている自分がおかしくなり、苦笑した。

「さすがにひとりで、一揆勢の中に潜り込むだけのことはあるな」

十兵衛はサキの腰を抱き寄せた。サキが眼ばかりで笑った。その落ち着き払った態度。下手な男忍びなど足許にも及ばぬ貫禄《かんろく》だった。

「俺と手を組む気はないか」十兵衛は、改めて協力を求めた。

サキは曖昧に笑っただけだった。十兵衛はサキがどうして城に潜り込んだのか、まだその意図を測りかねていた。しかし先ほど左太郎を誘惑したところからすれば、少なくとも城を枕に討死する気はなさそうだった。

「幕府の総攻撃も近い。そのときどうするつもりだ」

城に送り込んだ小兵衛がまたしても手ぶらで戻ってくると、戸田左門ら攻城派は、これ以上の交渉は時間の無駄である、すぐに総攻撃をするようにと、信綱に詰め寄った。井上政重も同調し、信綱は決断を迫られた。だが、右衛門作の返事を待ってからだとして、即時の総攻撃を見送っていた。

「どうもしないわ。四郎様と最後をともにするだけよ」

「嘘をつけ」十兵衛は、サキのしらじらしい態度を詰った。

だがサキは、十兵衛が信じようと信じまいと、興味がないらしく、

「さすが徒目付ね、人を信じないのだから」そう返すと十兵衛のもとから離れていった。

「とにかく右衛門作に会ってくれ」

十兵衛は、歩み去ろうとするサキの背に呼びかけた。
「考えておくわ」
十兵衛は後を追おうとしたが、サキの姿はすぐに暗闇の中に吸い込まれてしまった。

二月十八日の晩、半之丞が二の丸出丸で徹底抗戦を誓う祭りを催した。

あら有がたや、
伴天連様のおかげで、
寄衆の頸《くび》を、
やれずんときりしたん。

太鼓を打ち鳴らす男たちの周りで、女たちが舞い踊る。臨時の炊き出しもされ、城内から多くの見物人がやってきた。そこにサキも姿をみせた。本丸に通じる尾根道口に立ち、騒ぎを眺めるふりをしながら、右衛門作の姿を探した。右衛門作は、三の丸に通じる尾根道口に立っていた。
サキは人波に紛れて、用心深く近づいた。三間ほどの距離に来たとき、右衛門作が人垣から離れていった。三の丸に向かう右衛門作の後に、サキが影のように続く。右衛門作は振り向くことなく、満天の星が輝く尾根道を進んでいった。

右衛門作の陣屋は三の丸の西、島原衆の陣屋群の中にあった。

粗末な板で覆われただけの掘っ建て小屋の入口に立つと、右衛門作がはじめて振り返った。サキは、隣接する陣屋の陰から常夜灯の光に影を浮かべている。

右衛門作が陣屋に入ると、サキは周りに人がいないのを確認してから続いた。火気の使用が禁止されている陣屋内は真っ暗で、右衛門作の姿は闇に隠れていた。

「よく来たな」闇の奥から声がした。

眼をこらすと、小屋の奥で白く光る瞳がふたつ並んでいた。

「まあ、座れ」

サキは黙って入口間近の土間に腰を下ろした。

「柳生から、あなたのことを聞いたわ」

「そうか」右衛門作が小さく笑った。それから、

「近々、城の若衆が奇襲を掛ける」こともなげに言った。

「奇襲？」

「今夜の騒ぎはその景気づけだ」

表から若衆の騒ぎが響く。

「そのとき、儂は四郎殿を連れて敵に降りようと思っている」

「そんなことができるの」サキは息を呑んだ。

「そこでおまえさんに頼みがある」

真っ暗闇の中、互いの表情は分からない。ただ視線ばかりが相手を捕らえようとして蠢《うごめ》いていた。

「何をしろっていうの」

「南の浜まで四郎殿を誘い出してもらいたい」

サキは返事を濁したが、右衛門作が先を続けた。

「奇襲には、左太郎殿が鉄砲隊を連れて向かう手筈になっている。そうなれば四郎殿の警護が手薄になる。おまえさんは礼拝堂に行き、蠟燭を倒せ。屋敷に火がついたら、騒ぎに紛れて四郎殿を連れ出すのだ。後のことは儂がする」

南海岸に、関船が一隻だけ繫留されていた。一揆勢が籠城したときほぼすべての船を解体したので、それが最後の一隻だと思わせるためのものだ。しかし海岸の洞窟に小船が隠されていた。落城の際、それで四郎を逃す計画だった。右衛門作は、それを逆手に取ることにした。

海上は昼夜を問わず、細川水軍が固めている。四郎には長崎に向かうと偽って船に乗せて、船ごと細川家に引き渡す。

右衛門作の計画を聞き終えるとサキは、軽蔑の目を向けた。

「そんな面倒なことをせず、ひとりで城を出て行けば」

「俺はこの戦を、もう終わりにしたいのだ」

サキは、疲れの滲む右衛門作の声にじっと耳を澄ませた。

「俺も還暦を過ぎた。余生は好きな絵を描き、のんびり過ごしたいと思った。ところがこの騒ぎだ。百姓たちには気の毒なことだと思い、手を貸したが、もう限界だ。四郎殿の首を敵に渡せば、この果てしない戦を終わりにできる」

サキは、右衛門作の言い分を静かに聞いていた。

「俺を勝手だと思うか」

サキは、いいえ、とだけ応えた。

「他の者にしたところで俺と大差ない。大矢野衆のように信仰一筋という者は少ない。島原衆など、松倉の殿のなされように意地になっているだけだ。それなのに本丸の者どもは、城の者全員を道連れにしようとしている」

右衛門作の声に怒りが滲む。サキは足許の石をひとつ蹴り飛ばした。

「返事は、今でなければならないの」

「できれば、そうしてもらいたい」

サキは少し考えた後、「引き受けたわ」と応えた。

右衛門作が黙って頷いた。それを潮にサキは陣屋を後にした。

サキと話をすませると右衛門作は、三の丸の城壁に向かった。正面には幕府陣営の赤い灯火が浮かんでいる。夜気はまだ冷たいが、頭上では昴《すばる》が青白い光を放っていた。あと少しすれば桜が咲く。城壁のそばに見張り番の若者がいた。早春の寒さから身を守るようにして体を丸めている。

「変わりないか」

若者が鼻水を手の甲で拭い、「はい」と力無く答えた。

戦となれば、敵陣に突撃するのはこれらの若者たちだ。しかし、戦どころか、もはや体を動かすことすらけだるそうだった。

右衛門作は、若者の肩を叩くと大手門の脇へ向かった。周囲に人影がないのを確認して、懐から文を取り出した。小さな悲鳴のような軋《きし》みをたてて弓がしなる。節くれ立った指が弦を放つと、矢は快音とともに闇の奥に消えた。

大きな仕事を成しえた達成感から、右衛門作はひとつ肩で息をした。それから、何事もなかったような顔をして、己の陣屋に戻っていった。


二月二十一日、奇襲当日を迎えた。右衛門作は、一日中、幕府の返答を待ったが、回答は示されなかった。これまで文を出せばすぐに返事が来たが、今回は三日近くもたつのに梨の礫だった。

この間、城内では蘆塚忠右衛門が死亡していた。本丸櫓で弥兵衛と囲碁をしていたところ、幕府側が打ち込んだ砲弾の直撃を受けたのだ。近くで四郎が観戦していたので、城中には「四郎様に対するデウスの加護がなくなった証拠だ」という悲観論が流れた。

四郎を連れて敵に降りる条件は揃った。だが、計画を実行に移そうにも、幕府からの返事が無い。

日没後、本陣から召集がかけられた。右衛門作は落胆した。しかし返事が来ぬ以上、どうしようもない。サキにも計画延期を告げねばならず、ひとまず本丸に向かうことにした。

本陣の広間には、各曲輪の戦奉行たちがすでに顔を揃えていた。その中に、三の丸大将・堂崎次家《どうざきつぐいえ》の姿もあった。次家は険しい顔付きをしていた。

「遅くなり申した」

右衛門作は一言詫びてから、所定の場所に腰を下ろした。

広間は奇妙な沈黙に支配されていた。いつもなら騒がしく意見が交わされているのだが、今日は誰も口を開こうとしなかった。

何かあったのだろうか。右衛門作は怪訝に思った。

次家が右衛門作の前に一通の文を差し出した。一読し、右衛門作は胸に氷塊を押しつけられたような気がした。

『十八日の矢文が遅く見つかったので、手筈が狂った。

重ねて日限を定めてまた矢文で知らせよ』

差出人は有馬左衛門《さえもんのすけなおずみ》 佐直純、宛先は山田右衛門作となっていた。

「これはどのような意味なのか」堂崎次家が鋭く問う。

「某《それがし》にもまるで分かりませぬ」

右衛門作の脇から、冷たい汗がこぼれる。

「分からぬとは、不思議だのう」甚兵衛が嘲った。

周囲の者は眉一つ動かさず、右衛門作を見つめている。

「左衛門佐殿は貴様の旧主。その旧主とどんな手筈を整えたのだ」

「甚兵衛殿、何を申されます。これは我らの分断を目論むための謀でござる」

幕府とこれまで何度も矢文の交換をしたが、番兵に敵方からの文は発見し次第、自分に届けるよう指示していたので、一度たりとも露見したことはなかった。それなのに四郎捕縛という大計画を記した文だけが、なぜ自分以外の者に渡ったのか。

右衛門作の胸に、まさか、という思いがよぎった。

（あのメス犬め、儂を裏切りおったな）

右衛門作は、すぐに女衆の陣屋に向かい、サキを八つ裂きにしようと思った。その彼の前に、弥兵衛が立ちはだかった。

「幕府側がその方を名指ししてきたのは、このような裏があったからなのだな」

「それは誤解でござる」

ここで敵との内通を認めれば、身の破滅だ。右衛門作は必死に否定したが、彼の主張を聞き入れる者はいなかった。

半之丞が警備の若衆を呼ぶ。抵抗も虚しく、右衛門作はその場で縄打たれ、表に引きずり出された。

# 十章　波間

山田右衛門作の裏切りを知った人々が、本陣前に集まった。

「家族ともども打ち首ばい」激しい罵声が飛ぶ。

サキは群衆の間に身を潜め、連行される右衛門作の姿を眺めていた。縄目を受けた右衛門作は、力無く歩みを進めていた。

サキの前にいた男が石を投げた。項垂れていた右衛門作が男を睨んだ。そのとき男の背後にいたサキに気づいた。サキは慌てて人垣に身を隠した。とっさに右衛門作が、サキを追い掛けようとした。それを若衆が腰ひもを引いて制する。礫と罵声が飛ぶ中、右衛門作は、二の丸の獄舎につながれた。


右衛門作の処分を終えた後、本陣で改めて軍議がもたれた。

「敵も我々の奇襲を知ったでしょう。どうされます」

半之丞が、その夜の奇襲を実行するか否かの判断を求めた。

甚兵衛は右衛門作宛ての幕府の文に、もう一度目を通した。文面から、敵が奇襲の日時まで摑んでいる様子は窺われなかった。

「日を遅らせれば、右衛門作のことを幕府に悟られよう。予定どおり仕掛けた方がいい」

奇襲は計画どおりなされることになった。真夜中を待って、半之丞率いる先陣が大江口から押し出る。その後に、左太郎率いる別働隊が続く。そして奇襲の騒ぎに紛れて、三吉が長崎に向かうことになった。


軍議を終えると、左太郎は四郎屋敷に戻った。自分の部屋で具足をつけていると、四郎がやってきた。

「どうか、お気を付けて」

奇襲に失敗すれば、命はない。小左衛門に続いて左太郎まで失うのかと思い、四郎が不安に押しつぶされそうになっていた。

外見は左太郎と変わらなくなったが、精神的にはまだまだひ弱だ。そんな四郎の姿に、左太郎は妙な安堵を覚えた。

「大丈夫。すぐに戻って参りますから」

左太郎は明るく応える。四郎は小左衛門のことを思い出しているようだった。

「無理だけはされないで下さい」四郎は唇を嚙みしめた。

「そう案じられなくても大丈夫ですよ」

いくら慰めても、四郎の瞳が不安そうに揺らぐ。このとき左太郎は、胸に秘めている計画を打ち明けようかと思った。

鍋島家を襲撃し次第、その先にある細川家に向かう。そして、小左衛門たちを奪還するつもりだった。だが、小左衛門たちの奪還は、兵糧確保という奇襲本来の目的から外れるし、鍋島家の陣地を越えて細川家の陣地に向かうには、敵陣を西から東に抜けねばならず、かなりの危険を伴う。

奪還計画はあくまでも左太郎個人の考えで、甚兵衛たちは知らない。出立前、せめて四郎だけには打ち明けようかと思った。だが失敗すれば、要らぬ落胆を与えるだけだ。

左太郎は計画を胸に秘めたまま、四郎の前で跪いた。

「計画の成功をお祈り下さい」

「あなたに神の加護がありますように」

四郎の祝福を受けると、左太郎は勢いよく立ち上がった。そして奇襲隊が集う松山丸へ向かっていった。


わき出した雲のせいで月の光がとぼしい、暗い夜になった。子の刻、半之丞に率いられた奇襲先手・四千騎は、大江口正面の黒田陣営に攻め込んだ。仕寄を破ると、内部に林立する井楼を崩して回った。

この間、左太郎率いる千人部隊が、鍋島家陣中周辺に進み、民家に放火した。飛び出してきた鍋島兵を鉄砲隊が狙撃する。鍋島兵は大混乱に陥った。

「敵の奇襲でございます」

本陣内で就寝していた信綱のもとに、伝令が駆け込んできた。

「しまった、やられたか」

信綱は、右衛門作のもとに文が無事届いたか不安に思っていた。そこに奇襲を食らい、臍《ほぞ》をかむ思いだった。しかし予《あらかじ》め細川家には右衛門作の計画を連絡しておいたから、細川家も四郎捕縛に備えて海上警備を強化している。それでも一応、伝令を向かわせることにした。

そこに鍋島藩の伝令が駆け込んできた。

「大変でございます。一揆軍が細川陣中に迫っております」

「何！」信綱は顔色を変えた。

敵の目的は、小左衛門ら捕虜の奪還だ。

「すぐに細川陣中に参るぞ」そう叫ぶと信綱は本陣を出ようとした。

「なりません、敵がどこから仕掛けてくるのか分かりません」

奥村権之丞が押し止《とど》めようとした。辺りは真っ暗で、激しい銃声が響いている。本陣の周りは立花家や長崎奉行の手勢が固めているが、乱戦に巻き込まれたら、どうなるか分からない。

信綱は権之丞を振り切ると、細川陣中へ急行しようとした。だが、それより先に一揆勢による細川陣地への攻撃が開始された。

奇襲がはじまったとき、細川家では兵の大半が海上に出ており、陸上の守りは手薄になっていた。

「急いで人質を他所《よそ》に移しましょう」

家老長岡佐渡守が、藩主忠利に進言した。

「下手に動かせば脱走の機会を与えかねない。それより見張りを厳重にした方が良い」

藩主と家老との間で意見が分かれる中、すぐ近くで銃声がした。それに続いて、番兵が駆け込んできた。

「敵襲にございます」

左太郎率いる別働隊は鍋島陣地の奇襲に成功すると、そのまま幕府本陣の後背地の谷を抜けて、細川陣地の裏面を突いた。細川家では兵を正面からの襲撃に備えさせていたので、完全に不意打ちを食らった。

「急いで鉄砲隊を背後に回せ」

佐渡守が下知する間にも、鉄砲の赤い火が肉薄してきた。忠利は、ただちに捕虜を幕府本陣へ移すよう命じた。

獄舎内にいた小左衛門たちの耳にも、銃声が聞こえた。はじめは遠くから聞こえていた音が獄舎近くまで迫ってくると、

「義兄さん、左太郎さんが来たのかも知れませんな」瀬戸小兵衛が興奮した口調で言った。

「ああ」小左衛門も期待に瞳を輝かせた。

細川家陣地の真正面が三の丸。そこに登城口がある。走れば一刻とかからない。

(左太郎、頼む。何とかここまで来てくれ)

小左衛門が固唾を呑んでいると、獄番がやってきて外に出るよう命じた。

「これよりおまえたちを安全な場所に移す」

抗う小左衛門たちを庭先に連れ出すと、枷をはめようとした。

庭には、福たちの姿もあった。番兵は女たちにも枷をはめようとした。暗がりでのこと。銃声が間近に迫ることもあり、作業ははかどらない。銃声に怯えて子供たちが母に取りすがろうとした。

「ええい、動くな、動くなと言うのに」苛立った獄番が福の子・小兵衛を怒鳴りつけた。

小兵衛は火がついたように泣き叫んだ。その声が番兵の神経を逆撫でする。番兵は小兵衛に拳を振り上げた。

「やめて!」福が小兵衛を庇おうとした。

そのとき激しい銃声が庭木の向こうから轟いた。

「兄さん！」左太郎の声がした。

「左太郎、俺はここだ！」小左衛門も大声で返す。

番兵が小左衛門の口を封じようとした。小左衛門は手枷をしていたが、足枷はまだだったので、番兵を蹴り飛ばした。これを見た他の番兵が小左衛門を取り押さえようとした。そのとき福が番兵に体当たりをした。

「義兄様、逃げて！」

小左衛門は呆気にとられて福を見やった。福が手に枷をしたまま番兵に食らいついていた。

「逃げて、逃げて、義兄様、お城はすぐそこよ！」福が絶叫する。

瀬戸小兵衛も福に加勢した。

「義兄さん、早く！」

「すまぬ」小左衛門は短く詫びると、正面の庭木の中に駆け込んだ。

真っ暗闇の中で、激しい銃撃戦が展開されていた。奇襲隊と細川家双方の鉄砲が赤い火を噴く。どちらが敵でどちらが味方なのか、判断がつかない。背後から追っ手が迫ってきた。小左衛門は左太郎のもとへ行くのを諦めると、三の丸登城口めざして走り出した。

「捕虜が逃げたぞ！」番兵の鋭い声が響く。

それと同時に数人の番兵が小左衛門の後を追いはじめた。

小左衛門は手枷をものともせずに走った。行く手に陣地入口を守る番兵が飛び込んできた。まだ何が起きたのか分かっていない様子で、小左衛門を見ても棒立ちになっている。そこに追っ手が背後から銃撃を浴びせた。

とっさにうずくまった番兵の背を、小左衛門は軽々と飛び越えた。まさに背に翼があるかのようだった。素足で大地を駆ける姿は、草原を疾走する虎だ。

「逃がすな、追え！　追え！」追っ手も血眼を剝く。

小左衛門は細川陣地を出ると、東の入江に進んだ。しかし入江には、騒ぎに気づいた細川家水軍が引き上げてきていた。その灯火が東海上を明るく染める。

小左衛門は、登城口前に広がる塩田に飛び込んだ。干潟の泥に膝までつかりながら、登城口をめざした。背後から番兵が猟犬のように追いかけてくる。だが深みに足を取られてなかなか前進できずにいた。小左衛門は塩田を渡り切ると、登城口に飛びついた。

門扉は固く閉ざされていた。

「開門、開門！」小左衛門は大声を上げた。

その声に、登城口を守る番兵が気づいた。三の丸を守るのは島原勢だ。彼らは小左衛門を知らない。互いに顔を見合わせた。

「どぎゃんする」若い番兵が年嵩《としかさ》の相方に尋ねた。

「どぎゃんと言われてもな」

本丸指導部からは、敵方が仕掛けてくるかも知れないので、決して門を開けるな、と厳命を受けていた。しかし、どうやら一揆勢の者が逃れてきたようである。

若い番兵が門を開けようとした。相方がそれを止める。

「なし」

「開けてはならぬ、と言われとっと」

島原勢から、右衛門作という内通者を出したばかりだ。その上また指導部の指令を無視すれば、島原勢は信用を失う。

「そっでん、味方の者が開けてくれと言うじゃか」

若い男が、相方の制止を振り切ろうとした。

「こぎゃん暗がりに、敵か味方か分かるかい」

表で待つ小左衛門の前で、扉は閉ざされたままだった。

せっかくここまで逃れてきたというのに、このままでは追っ手に追いつかれてしまう。振り向くと、塩田の縁まで追っ手が迫っていた。その姿が、幕府本陣から届く暗い灯火に浮かんでいる。

「開けてくれ！」小左衛門は城門を乱打した。

この声を聞きつけた若い番兵が、相方を振り切り入口まで降りた。小左衛門の前で、閂《かんぬき》が外され扉がきしむ音がした。

そのとき背後から、追っ手が小左衛門の背に飛びついた。小左衛門が振り切ろうとする。激しく争う物音は門扉内にも響いた。戸を開けかけた男の手が止まった。この間に、細川家の兵が数人で小左衛門に襲いかかった。

首と手を結んだ枷の鎖をとられて、小左衛門はその場に引き倒された。小左衛門の上に、三人の男が馬乗りになる。小左衛門がいくらもがいても、体はびくともしなかった。

小左衛門の前に、槍を構えた男がやってきた。佐渡守の側近・佐原吉右衛門《さはらきちえもん》である。

吉右衛門が小左衛門に穂先を突きつけた。

「立て！」

兵たちが小左衛門を引き立てた。泥まみれになった小左衛門を、兵たちの憎悪に満ちた眼が取り囲む。

「手間暇かけさせおって」吉右衛門が槍尻で、小左衛門の頬を殴った。

小左衛門の体は大きく後方に仰け反って倒れた。

「このようなところでぐずぐずしていては危険だ」

吉右衛門は城兵が押し出てくるのを恐れて、すぐさま細川陣中に引き返した。


左太郎は細川家本陣の目前まで迫ったが、敵の激しい抵抗に遭い、どうしても突入することができなかった。何しろ敵には豊富な弾薬がある。

「左太郎さん、もうこれまでたい。引き上げっと」

副将の五郎作が訴えた。

左太郎は悔しい気持で、庭木の先を睨んだ。小左衛門が逃げ出したことを知らぬまま、

「兄さん！」絶叫を上げる。

「あなた！」

思わぬ返事に左太郎は棒立ちになった。

それまで庭に身を伏せていた福だが、左太郎の声を聞きつけると、取り押さえようとする番兵を振り切り声を上げたのだ。

「福！　福！」

敵陣に突進しようとする左太郎を五郎作が押しとどめた。

「頼むけん、左太郎さん、引き上げてくっで」

一揆勢の弾丸はほぼ尽きていた。弾丸がない状態でこの場に踏みとどまれば皆殺しになってしまう。左太郎がどんなにあがいても細川本陣に向かうことはかなわなかった。それでも引き上げを口にできなかった。

「引き上げっと！」五郎作が叫んだ。

これに応じて一揆勢は松山丸に向かって引きはじめた。

五郎作が、まだその場に残ろうとする左太郎を強引に従えて、引き上げた。

一揆奇襲隊が退くと、信綱はようやく細川家本陣に入ることができた。恐れていたとおり小左衛門が逃亡していた。顔色を無くす信綱に、佐渡守は、

「追っ手をかけましたから、心配は要りません」と虚勢を張った。

しかし忠利は厳しい顔で押し黙っている。

信綱は、忠利らとともに追っ手からの連絡を待った。

もし小左衛門が城に逃げ込むような事態になれば、敵に千の味方を与えることになる。

信綱たちが気を揉んでいると、そこに小左衛門を捕まえた、という知らせがもたらされた。張り詰めていた空気が一気に緩み、信綱と忠利は安堵の溜息を洩らした。

やがて信綱らの前に小左衛門が連行されてきた。顔は捕縛されたときにつくった痣で、赤く腫れていた。その痣を見つめながら信綱が告げた。

「残念だったな」

小左衛門が顔を正面に向けると、憎しみのありたけを込めて信綱を睨んできた。その憎悪の凄まじさに、信綱は思わず息を呑んだ。

「連れて行け」

忠利の命を受けて、小左衛門が獄舎に連れ戻された。

「やれやれ、命が縮まったぞ」忠利が洩らす。

「まことでございますな」佐渡守が追従する。

信綱が、小左衛門が連れ去られた方角を見つめていると、陣中に戸田左門が姿を現した。目が合うと、信綱はひどくばつの悪い思いに陥った。

「某が申したとおりでしたでしょう」左門が冷淡に告げた。

「まことでございますな」信綱は、悔しさを殺して返した。

かつて左門は信綱に、小左衛門を城内に送るのは虎に翼を与えるようなものだとして反対した。奇《く》しくも今夜、それが具現化しそうになったのだ。

しょせん飼い慣らせぬ山犬だったのか。もっとも小左衛門の立場なら、今夜のような状況におかれれば、逃走を図ったとしても仕方がないか。それでも小左衛門と心が通じ合った気がしただけに、信綱は、裏切られたという思いを消すことができなかった。

信綱が考え込んでいると、左門が続けた。

「これで総攻撃をせぬ理由はなくなりましたな」

信綱は敢《あ》えて返さなかった。

「今夜の襲撃で、味方にどれだけの死傷者が出たとお思いです。それでもまだキリシタンどもと話し合いで事を決したいとお考えなのですか」

左門の指摘に、これまで城内にいる者を一人でも多く救おうとやっきになっていた信綱も、考えを改めざるをえなくなった。

どんなに説得しても無駄なのだ。一揆勢は自分の命より信仰が大切なのだ。信綱はついに総攻撃を決意した。

夜明け前、奇襲隊が城内に引き上げてきた。兵糧を奪うことはできたが、出陣した五千人のうち三百人ほどの行方が知れなかった。

また長崎に向かおうとした三吉が、細川水軍の攻撃に遭い、這々の体で戻ってきた。

土下座して詫びる三吉を、甚兵衛が労った。

「生きて帰ってこられただけましだ」

四郎はひとり、屋敷で奇襲の成功を祈っていた。そこに左太郎が帰還した。

「ご無事で何よりでございました」笑顔で迎える四郎に、

「ああ」と左太郎が言葉少なに応えた。

奇襲が成功したのに、左太郎は元気がなかった。仲間が多数行方不明になったせいか。

それとも徹夜の戦闘で疲れたのか。

ともかく汚れを落とさせようと思い、四郎は女衆に湯を用意させた。左太郎の顔の汚れをぬぐい、胴丸や手甲を外す作業に手を貸した。それに左太郎は漫然と身を任せていた。

　汚れを落としても、左太郎の表情は冴《さ》えなかった。

「ゆっくり休んで下さい。後で湯漬けなどを持って参りますから」

四郎は部屋を出ようとした。

「四郎殿」左太郎が呼び止めた。

振り向くと、左太郎が床の上に立ち尽くしたまま、食い入るような眼を向けていた。

四郎は、左太郎のもとへ引き返した。

「義兄様、敵陣で何かあったのですか」心配そうに問いかけるなり、左太郎に抱きすくめられた。

四郎は一瞬、体を硬くした。その四郎の顔に涙が降り注いできた。左太郎が声を殺して泣いていた。四郎は、何があったのか、重ねて尋ねようとした。しかし言葉を呑んで、左太郎の腕に静かに収まった。

蜂起後、左太郎は涙ひとつ見せたことがなかった。そしてくじけそうになる四郎を励ましてきた。その左太郎が涙しているのだ。敵陣でよほどのことがあったのだろう。四郎は黙って寄り添うことにした。

四郎を胸に掻き抱く左太郎の耳には、福の声がまだ生々しく残っていた。あと少しで救えたものを。思い出すだけで、悔しさに身がよじれる。

しょせん、この世で会うことはかなわないのだ。だが、諦めようとするほどに涙が溢れる。左太郎の涙が四郎の顔を濡らす。

「どうか、気持をしっかりお持ち下さい」

左太郎を慰めようとして、四郎の指先が額に触れた。

左太郎が眼を開くと、福に生き写しの、四郎の顔が正面にあった。知的に澄んだ眼差しを見つめていると、福の声がまた甦る。

「あなた」

「福！」鋭く叫んで、四郎をいっそう堅く抱きしめた。

このとき四郎ははじめて、左太郎の嘆きの正体を知った。

昨夜、姉様に会われたのだろうか。尋ねてみようと思ったが、どうやらそれは成功せずに終わったらしい。四郎は質問をすべて呑み込み、左太郎の背を抱いてやった。

左太郎が床の中で、死んだように横たわっていた。心地よい眠りではないのだろう、額が苦悶に歪んでいる。その寝顔を眺めながら、四郎は部屋を後にした。

いつのまにか、日が西に傾いていた。四郎は礼拝堂に足を向けた。そしてマリア像の前まで行くと、静かに跪いた。

（どうか、義兄さんをお憐れみ下さい）

左太郎が、あれほどの悲しみを胸に秘めていたとは知らなかった。どんなに辛かったことだろう。何とか左太郎を救いたい。

四郎が一心に祈りを捧げていると、礼拝堂の外に人の気配を覚えた。小さな笑い声に続いて、入口に四郎付きの小姓・玄右衛門《げんえもん》が姿を現した。その横に、女衆みちの姿があった。

玄右衛門はみちの肩を抱いたまま、敷居に足をかけた。そのとき祭壇の前に四郎の姿を見出して、慌ててみちの肩から手を離した。

どうやら逢《あ》い引《び》きにきたらしい。四郎は信じがたい思いで、ふたりを見据えた。

「何用ですか」

ふたりは青い顔で口を結んでいたが、仕方なく玄右衛門が口を開いた。

「お祈りの最中とは知らず、失礼しました」

玄右衛門は、四郎がまだ左太郎の部屋で休んでいると思っていたので、思わぬ失態を見咎められて困惑した。

「ここは神に祈りを捧げる、神聖な場所なのですよ」

四郎から厳しく叱責されても、ふたりとも黙りこくっていた。ふたりは上津浦と口之津の庄屋の子女で、信仰の篤さから四郎の奉仕役に選ばれていた。

四郎は許しがたい思いから、ふたりを罰するため本丸本陣に向かおうとした。

それまで石のように黙っていた玄右衛門が、すがりついてきた。

「お待ち下さい。四郎様。すべては私の責任です。みち殿をここに誘ったのは私です。どうか、みち殿ばかりはお許し下さい」

「いいえ、四郎様。玄右衛門殿を罰するのであれば、どうか私を一緒に罰して下さい」

ふたりは、神を冒瀆《ぼうとく》しようとしたわけではなかった。明日をも知れぬ運命の下、ごく自然に惹かれ合ったに過ぎない。しかし、四郎は平常心を維持するのが精一杯で、土下座するふたりに寛容な態度をとれなかった。

「神の前で夫婦《めおと》の誓いをたてたわけでないあなたたちが、肉の交わりを持つことは許されません。あなた方は自分がどれほど罪深いか、分かっておられますか」

四郎のもっともらしい説教に、玄右衛門が不服そうに眼を剝いた。

「確かに私たちは罪深いかも知れない。けれども私たちはあなたのように罪一つ犯さぬほど、完璧な人間ではないのですから」

玄右衛門から挑戦的な態度をみせられ、四郎の中で、一度堪えた怒りがこみ上げてきた。

四郎が玄右衛門に詰め寄ろうとすると、これはまずい、と思ったみちが、ふたりの間に割って入った。

「四郎様、今の言葉は、玄右衛門殿の本意ではないのです。どうか、未熟な私たちをお許し下さい」

みちの機転に助けられて、玄右衛門もしぶしぶ頭を下げる。四郎も苦しい思いで、ふたりの謝罪を受け入れた。

「私に対して謝罪するのではなく、デウスに己が犯した罪を告白して許しを乞いなさい」

ふたりは言われたとおり、祭壇の前まで進むと罪の告白と祈りを捧げた。懺悔《ざんげ》を終え十字を切ると、ふたりは、もう一度、四郎に謝罪してから立ち去った。

四郎は、遠ざかる足音を聞きながら、籠城がまさに限界に来ていることを感じた。

二十六日、前夜から降り出した雨が朝になっても止まず、原城周辺に泥の川を作った。城内では、それまで日に二度行われていた炊き出しが、ついに一度になった。奇襲で若者を失ったこともあり、各曲輪の見張番には高齢者も立つようになった。多くの者が、空腹と疲れで壁際に座り込んだり、横たわったりしていた。

本丸本陣に指導部が顔を揃えた。

「このままでは全員餓死するぞ」

誰の顔もげっそりとやつれ、城を枕に討死、と叫んでいた忠右衛門に同調していた半之丞も、そんなことを口にする元気をなくしていた。

「それではいよいよ降伏するか」甚兵衛はぼそりと零した。

最後の一人まで抗戦すべし、と主張してきた甚兵衛の言葉だけに、軍議は重苦しい雰囲気に包まれた。

表では冷たい雨が降っている。ろくに食事もしていない状態で雨に打たれれば、死者がまた増える。降伏すべき時が来たのは明白だった。しかしそれを口に出す者はいなかった。

沈黙が支配する本陣に、軒を伝う雨の音ばかりが響く。降伏するのであれば、総大将四郎が切腹するのが戦の作法だ。だが、それだけは一揆勢の面目にかけてできなかった。

「敵の総攻撃の前に、やはり女子供を外に出すべきではありませんか」

左太郎が意見した。

「幕府は、キリスト教徒であれば猫の子一匹生かしておかないとまで通告してきたのだ。今さらキリスト教徒ではないとして城から出したところで、額面どおり受け取りはしないだろう」

伝兵衛の反論に、話し合いは膠着した。

「それでは全員で飢え死にするか」

再び甚兵衛は、指導部の面々に打診した。

本陣に、息をすることさえ躊躇われるほど、重い空気が垂れ込めた。飢え死になどという惨めな死に様を晒すくらいなら、華々しく戦って死にたい、そう多くの者が望んでいた。しかし勝ちが見込めない以上打って出ることもできず、結局、餓えと戦うほかなかった。

軍議を終えて左太郎が屋敷に戻ってきた。四郎は礼拝堂にいた。せめて冷たい雨が上がるよう祈っていたのだ。

まんを敵陣に送り返してから、四郎は軍議に加わらなくなった。祈るのが自分の役目だとしたが、甚兵衛に対する抗議であることは明らかだった。そんな四郎を指導部も責めずにいた。

「四郎殿」左太郎が近づくと、肩越しに振り向いた。

目が合うと、左太郎が足許に視線を落とした。奇襲の後、四郎の前で号泣したことを恥じているのだ。どうしてあんな見苦しい真似をしたのか、思い出すだけで全身から汗が噴き出しているのだろう。

左太郎が照れ臭そうにしているので、四郎はおかしくなった。弱みを掴んだ気がしたのだが、それ以上に、左太郎との距離が近くなったように思われた。

「話し合いはどうでしたか」四郎が屈託なく尋ねてくる。

城の周りには、その首を狙って十二万もの軍勢が押し寄せているのに、四郎は少しも気にした風をみせず、普段どおりに振る舞っていた。

そんな四郎を見るにつけ、左太郎は、何としても守りたいという思いに駆られた。それでも、甚兵衛が降伏を口にしたことは知らせねばならなかった。


「父上が、まことに降伏するとおっしゃったのですか」四郎も驚きを隠せなかった。

徹底抗戦を唱えていた父が、なぜ態度を変えたのか。四郎が考え込んでいると、

「このまま餓死するよりましだ、と思われたのかも知れません」

そう言う左太郎も、かなり痩せていた。もともと痩身だった体から肉がそげ落ち、胸にはあばら骨が浮き出ていた。

「それで、話し合いはどうなったのです」

固唾を呑む四郎の前で、左太郎が虚しく首を横に振った。

「誰も承知しませんでした」

「さようでしたか」四郎は不服そうに唇を尖らせた。

ここでいくら左太郎と話しても、父の真意は分からない。四郎は甚兵衛と直接話し合うため、本丸本陣へ出かけていった。

人気が失せた本陣内で、甚兵衛がひとり考え事に耽《ふけ》っていた。

「どうした」甚兵衛が優しく息子を迎えた。

相好を崩す甚兵衛の前に、四郎は腰を下ろした。

「左太郎殿から、父上が降伏を打診されたと伺いましたので」

「降伏しようと言ったのではない。このままでは食料が尽きるからどうしたものかと、問いかけただけだ」

「さようでしたか。しかしこれまで最後の一兵まで戦うとされてこられた父上が、降伏を口にされたことを不思議に思いましたので」

四郎は内心、父がこのまま降伏を決めぬか期待した。

甚兵衛を絶対視してきた四郎でさえ、甚兵衛の信仰至上主義には付いていけないものを感じていた。その甚兵衛が、死んでも口にすまいと思った降伏を提案したのだ。この機を逃せば、二度と降伏の機会は巡ってこないだろう。たとえそれが自分の首と引き替えであっても構わない、と四郎は思った。

期待に胸を膨らませる四郎に、甚兵衛がぽつりと洩らした。

「四郎、儂は以前、マニラに向かわれる途中の高山右近様にお会いしたときのことを話したであろう」

四郎は、はい、と小さく頷いた。

「先ほどの軍議で、もしあの方だったら、どうするだろうかと考えた。そうしたら、最初から城に籠もる道など選ばなかったように思われてきたのだ」

「父上……」四郎は、弱音を吐く甚兵衛に強い衝撃を受けた。

「右近様は、日本で神の王国を作ることが許されないのなら、大名であることに意味はない、と考えられた。儂はあの方の潔さに感銘を受けて、一度捨てた信仰の道に戻ったつもりだったが、再び剣を握ってしまった。今思えばそれが間違いだったのだろう」

もともと武装蜂起は甚兵衛が立案したものではない。核となっていた小左衛門の代理を務めただけだ。ただ初戦の圧勝が彼の気持を狂わせた。このまま勝ち戦の波に乗れば、自分たちの要求を通せるかも知れない。それはまさに見果てぬ夢だった。

四郎は甚兵衛の話を聞きながら、やはり武力蜂起に反対した自分の判断は誤りでなかった、と思った。それだけに、暴走していく天草勢を止められなかったことが悔やまれた。

「もっとも、今さら何を後悔してもはじまらない。すべては神が決められたことなのだから」

「父上」四郎は、父の疲れ切った姿に言葉を呑んだ。

「違うか、四郎。人間はみな己の判断で己の運命を決めているだなどと考えているが、それこそ驕りだ。すべてのことは神が決められたことなのだから」

甚兵衛にとって、蜂起したことも、そして今敗れ去ろうとしていることも、すべては神の定めた運命だった。四郎もそれを否定しなかった。

「誰しも美しく死ぬことはやさしいが、惨めに死ぬのは難しいことだ。イエスは美しさのために死んだのではない。儂はそれを忘れていた。我々はイエスの教えを信じると言いながら、剣を持って蜂起した。教えに背きながら、自分たちは正しいと思い込んでいた。そしていよいよ負け戦となり、飢え死になどという惨めな死に方は嫌だと思うようになった。何と愚かで罪深いことか。我ながら情けなく思う。だが、せめて最後ぐらい、イエスの教えを実践せねばなるまい」

「それが降伏を見送られた理由なのですね」

四郎の質問に甚兵衛が「そうだ」と穏やかに頷いた。

四郎は話し合いを終えると本陣を出た。そして、暗い回廊を歩きながら、父との話し合いを思い返した。

それまで四郎は、自分の首を差し出せば、すべてが終わると思っていた。殉教する、すなわち美しく死のうと思っていたのだ。人々に試練に耐えよ、と言いながら、当人にその気が全くなかったのだ。

四郎は、光明を失わずに生きることの難しさを改めて思った。

表では相変わらず激しい雨が降っていた。四郎は、白い水しぶきを上げて軒を伝う雨を袖で避けながら、屋敷の玄関に進もうとした。

そのとき、玄関から薄暮の中へ飛び出していく人影を見出した。

この雨が降る中、いったい何者だろうかと思い目を凝らすと、人影の先頭に、小姓の玄右衛門がいるのが分かった。四郎と目を合わせたが、すぐに視線を逸らせると何ごともなかったように走り去っていった。

玄右衛門の後ろに、みちの姿があった。みちも四郎に気づき会釈をした。しかし足を止めることなく玄右衛門の後を追っていった。

四郎はその場に立ち尽くして、彼らが戻ってくるのを待った。しかしいくら待っても、彼らが戻ってくることは二度となかった。


夜が明けると、玄右衛門らの脱走が知れた。三の丸の番兵が、幕府が設けた柵を越えていく姿を見ていたのだ。

「何という情けないことだ。四郎殿に仕える身で脱走を計るとは」

伝兵衛が、歯ぎしりして悔しがった。

「逃げた者を詰っても仕方がない。ともかく本陣におる者を数名、四郎のもとに移すことにしよう」

そう言うと甚兵衛が、まず最初に花を移すことにした。

左太郎は、花が四郎と悶着を起こしてから、できるだけ花を四郎のもとに行かせぬよう気を配ってきた。だが事情を知らぬ甚兵衛は、大矢野の大庄屋の娘を外すわけにはいかぬとして、候補者に入れた。

次にサキが自ら名乗りを上げた。

「何でも致しますから、ぜひお加え下さい」

サキに警戒心を向けていた甚兵衛も、右衛門作の内通を密告してきた功績を考慮して、希望を入れることにした。

花とサキ、そして菊《きく》という女が新しく四郎に仕えることになった。


「花殿と一緒になられて、大丈夫ですか」

新しい女衆の人選を知って、左太郎が心配そうに四郎に問うた。

「大丈夫ですよ」四郎は笑顔で返した。

四郎とて不安に思わないではない。だが、花といつまでも仲違いをしているわけにもいかず、これを機にわだかまりを解きたかった。

その花が、四郎のもとに挨拶にやってきた。息子の小平は奉公の邪魔になるという理由で、大矢野衆の陣屋に残された。花は、四郎の横に左太郎がいるのを見て、怪訝そうな顔をした。それでもひとまず、両手をついて挨拶をした。

「よろしくお願い致します」

「こちらこそお世話になります」四郎も穏やかに返す。

それきり言葉が続かなかった。先ほど左太郎に、大丈夫だ、と請け合った手前、何とか話を続けたかったが、花と正面から対しただけで緊張で体が硬くなった。見かねて、左太郎が間に入った。

「義姉様、こちらに移ってこられることに不満はないのですか」

「ありません」花が感情のこもらぬ声で応えた。

「お望みなら、本陣に戻れるよう甚兵衛殿に頼んでみますが」

左太郎の気遣いに、花が不服そうに唇を突き出した。

「左太郎殿、私は大矢野の大庄屋渡辺小左衛門の妻です。四郎殿に仕えることに何の不満もありません」

日頃、引っ込み思案な花とは思えぬほど、はっきり言い切られて、左太郎も言葉が続かなかった。ともかく花が望む以上、屋敷から追い立てることはできない。

「義姉様がそう申されるのなら、私もこれ以上何も申しません」

左太郎がそう告げると、花が、当惑している四郎にもう一度頭を下げて辞去していった。

「やれやれ」左太郎が、花の背を見つめながら嘆息した。

四郎も肩から力を抜く。

「本当に大丈夫ですか」左太郎が四郎の顔を覗き込む。

「大丈夫ですよ」四郎はそう応えながら、花の後ろ姿を思い返した。

四郎に向けた背は、おまえを許したとは決して言っていなかった。花との和解は、永遠にないのだろうか。

四郎が考え込むと、左太郎が心配そうに肩に手を回してきた。四郎は笑いながら逃れた。自分の好意を無にされた気がしてか、左太郎が不服そうな顔をした。

四郎は壁際に逃れると、左太郎に涼しげな眼を向けた。

「義兄さん、私はもう子供ではありませんから」

左太郎が小首を傾げる。

「小左衛門殿にも、同じ事を申し上げたのですが」

そう言いながら四郎は、小左衛門のことを回想した。

大矢野で布教をはじめた頃、小左衛門は、はにかむ四郎の肩を抱いて人々の前に連れ出した。まだ四郎は十三歳で、背も小左衛門の胸ほどしかなかった。ところがこの三年間で、身長が三寸（約九センチメートル）近くも伸びて、肩を抱かれると顔が小左衛門の頬に吸い寄せられるようになった。四郎がどんなに嫌がっても、小左衛門は肩を抱くのを止めようとしなかった。


左太郎も、四郎の肩を抱く小左衛門の姿をよく覚えている。あたかもこいつは俺のものだ、と誇示するような兄の姿を思い返すと少しばかり嫉妬を覚えた。

だが、小左衛門が四郎の肩を抱くことは二度とないだろう。それがいいのか悪いのか。左太郎は判断を避けた。

左太郎は、もう一度四郎に手を伸ばそうとした。そのとき表から銃声が聞こえてきた。はじめは遠くで響いていた音が、徐々に近づいてきた。

「外の様子を見て参ります」左太郎は座敷から出て行った。


それからも、銃声は止む気配を見せなかった。

どうやらどこかの曲輪で、幕府との銃撃戦がなされているようだ。こうした小競り合いは毎日のことだったので、四郎はあまり気にしなかったが、今日はその音が少し大きいように思われた。出て行ったきり、左太郎も戻ってくる気配を見せない。

不安になった四郎が本陣に使いを出そうとしたとき、四郎付きになったばかりのサキが、駆け込んできた。

「大変でございます、二の丸出丸に敵が攻めてくる気配を見せております」

# 終章　天国の門

山田右衛門作と連絡を取り合っていた有馬左衛門佐から、右衛門作からの連絡が途絶えたという報告を受けると、信綱は右衛門作の内通が発覚したことを悟り、急いで本陣に諸将を集めた。

「もはや一刻の猶予もならぬ。総攻撃を二十八日と定める」

諸将の間から、おおと言う感嘆が上がった。多くの者がこのときを待ちかねていたことが窺えた。

「攻撃は卯《う》の刻（午前六時頃）から開始する。城内にいる者は一人残らず討ち取るように」

一揆勢掃討の決定は、瞬く間に幕府陣営に広まった。

「明後日まで待つなどまどろっこしい。明日、攻めかかってしまおう」

これまで一揆勢にさんざんしてやられてきた鍋島藩は、先駆けの功名をたてようとして、二十七日に兵を繰り出した。これを見た他藩も、遅れまいとして、出陣した。

幕府の総攻撃がはじまったと知らぬまま、四郎はサキを連れて館の外に出た。二の丸方面からの銃撃音は激しく、城内は慌ただしい空気に包まれていた。時刻は未《み》の刻（午後二時頃）。雨が止んだ空から陽射しが覗いている。

突然、銃撃音が止んだ。これで攻撃は終わりかと思われたが、二の丸出丸から伝令が来て、味方が二の丸出丸を放棄したと告げた。

初戦では、松山丸をわざと放棄して敵をおびき入れた。あのときと同じ戦術を取ったのかと思ったが、今度ばかりは敵の激しい攻撃に、味方が持ち堪えられなくなったという。

眼下では、鍋島軍が大挙して動き出していた。無数の足軽が出丸城壁をよじ登る。その姿は、死に瀕《ひん》した巨象に蟻が群がるようだった。

ほどなくして鍋島軍は、二の丸出丸を占領した。その勢いに乗り二の丸に殺到した。二の丸には島原衆の陣屋が林立しており、中で女子供が息をひそめていた。鍋島軍は容赦なく火を放った。中にいた者たちが驚いて外に飛び出ると、老若男女の別なく斬り殺された。

陣屋に付けられた火は北風に煽《あお》られて、瞬く間に二の丸全体に燃え広がった。幕府軍と炎に追い立てられて、女子供の多くが犠牲になった。二の丸は噴き上がる炎で火柱と化した。

四郎は二の丸から上がる炎を呆然と眺めていた。そこに左太郎が四郎を探しにやってきた。左太郎は胴丸をして、すっかり戦支度を整えていた。

「このような場所にいてはなりません」

左太郎が四郎を館に連れ戻そうとした。サキがその後に続こうとしたとき、二の丸から逃げてきた人々が、本丸大手門前までやってきた。背後に、尾根道を駆ける鍋島兵が迫る。

「門を閉じよ」左太郎が鋭く叫ぶ。

守備兵が慌てて城門を閉ざした直後、門扉を半狂乱で打ち鳴らす音がした。

「開けてくれ、開けてくれ」

それでも門番は門を開かずにいる。四郎は左太郎にすがりついた。

「開けてあげて下さい」

「四郎殿を館へお連れせよ」左太郎が四郎をサキに押し渡した。

左太郎の剣幕に驚いたサキが急いで四郎の手を取った。

「参りましょう、四郎様」

「何を申すのだ、門の外に人がいるではないか」

四郎はサキを振り切ると、もう一度左太郎に懇願しようとした。

左太郎が苛立った口調でサキを怒鳴った。

「何をしている、早く四郎殿をお連れせよ」

力任せに四郎を押し渡すと本丸鉄砲隊を声高に呼んだ。その間も門を叩く音は続く。

やがて、その音は断末魔の叫び声に代わった。四郎は思わず耳を覆った。もう一度門扉に向かおうとした四郎の手をサキが固く握りしめると、屋敷への道をたどった。

左太郎の指揮下、本丸大手門前に鉄砲隊が整列した。その後に槍隊が続く。鉄砲隊がいっせいに点火し、左太郎の合図を受けた門番が門扉を開いた。

扉前には、今まさに息を引き取ったばかりの一揆勢の屍が山をなしていた。その後方に鍋島軍が並ぶ。本丸一番乗りを目論んできた鍋島軍将兵は、それまで殺戮を恣《ほしいまま》にしてきた。だが突然、目の前に銃口を突き付けられて、慌てて後退しようとした。しかし背後から味方が殺到して、戻りたくても戻れない状態に陥っていた。

立ち往生する鍋島軍将兵に向かって本丸鉄砲隊の銃が火を噴く。最前列の兵が絶叫を上げて倒れていくと、後ろにいた将兵は必死に退却しようとした。一揆勢の槍隊はただちに鉄砲隊の前に出ると逃げる敵を串刺しにした。

「槍隊、槍隊を前に」鍋島側も応戦に転じた。

本丸大手門では死に物狂いの攻防が続いた。

四郎が館に戻ってみると、礼拝堂に多くの女たちがうずくまっていた。四郎を見つけると駆け寄ってきた。

「四郎様、どうかお助け下さい」

四郎はまだ、大手門での惨劇に気持を混乱させていたが、ともかく女たちをどこかに逃がそうとした。しかし男手を借りようにも、左太郎や小姓衆は大手門前の防戦に出かけており、館には四郎しかいなかった。それにいくら思案しても、女たちを逃す安全な場所が思い当たらない。

先ほど味方を見殺しにした左太郎を非難しながら、四郎もまた女たちを守ってやれなかった。四郎は無力感に襲われた。そして最後のときが来たことを悟った。しかし絶望している暇はない。そう自分に言い聞かせると、四郎は怯《おび》える女たちに向き合った。

「デウスに祈りましょう。私たちの罪が許されて魂がハライソに迎えられるように」

四郎はゆったりと微笑んだ。自分が落ち着くことで、女たちの気持を鎮めたいと考えたのだ。そんな四郎の姿を見て、それまで取り乱していた女たちも、落ち着きを取り戻した。十字架の前に跪くと祈りを捧げはじめた。そうすることで、やがて訪れる死の恐怖から己を守ろうとした。

大手門では激戦が続いていた。左太郎は大手門で指揮を執っていた。本門扉を破れないことに苛立った鍋島軍は、二の丸に続いて本丸にも火矢を放った。本陣の軒先に突き刺さった火矢は、瞬く間に本陣全体を炎で覆い尽くした。その火は本丸内の陣屋に燃え移り、本丸を守っていた兵士たちも火に押されて、松山丸へ撤退しはじめた。

日没前、大勢は決した。二の丸出丸と二の丸、そして少し遅れて三の丸も敵に占領されて、一揆勢が籠もっているのは本丸と松山丸だけになった。

左太郎は四郎の館にやってきた。本丸全体が炎に吞まれる中、頑強な石垣に囲まれた四郎の館だけは火が回らなかった。

左太郎は礼拝堂に足を踏み入れて、そこを埋める女たちの姿に息を吞んだ。しかし肝心の四郎の姿が見当たらない。

「四郎殿、四郎殿はおられますか」声を上げると、

「私ならここにおります」最前列から四郎が顔を覗かせた。

左太郎は安堵すると、大股で近づき、女たちの間にいる四郎を引き出した。

「これより松山丸に参ります」

左太郎は本丸を棄てることを告げた。女たちが狼狽しはじめた。松山丸はひどく手狭で、本丸にいる者を全員は収容できない。慌てた女たちが後に続こうとした。

「私たちもお供致します」

左太郎は応えず、四郎だけを連れて礼拝堂を出て行こうとした。

四郎は左太郎の態度に困惑した。足を止めようとすると左太郎が笑顔で言った。

「じきにここにも敵が攻めてきます。今のうちに松山丸に参らねばなりません」

「この方たちもともに参れるのですよね」

四郎は、女たちを無視する左太郎に尋ねた。左太郎が意を決して女たちに告げた。

「槍・刀を持てる者は松山丸まで参れ。そうでない者は、ここに残るように」

死の宣告を受けた女たちが四郎に取りすがろうとした。

「四郎様、どうか私たちを見捨てないで下さい」

「邪魔を致すな」左太郎が、女たちの手を払《はら》い除《の》けようとした。

その形相は、あの心優しい左太郎とは思われず、まさに鬼相を呈していた。四郎は左太郎の手を振りほどくと、立ち止まった。

苛立った左太郎が、四郎を引き戻そうとする。四郎は左太郎に静かに告げた。

「私は、この人たちを残して行くことはできません」

「何をおっしゃるのです、本丸にはもう誰もおらぬのですよ」

「松山丸には、父上が向かわれたのでしょう。後のことは父上にお任せしたいと思います」

左太郎が、一瞬奥歯を噛みしめた。それから四郎を見据えた。

「甚兵衛殿は亡くなられました」

「え？」四郎は自分の耳を疑った。

「本陣で先ほど、弥兵衛殿とともに火に呑まれました」

左太郎の言葉に、四郎は息を呑み、女たちは絶望の声を上げた。

左太郎は、松山丸への撤収許可を求めて本陣に入ったところで、甚兵衛と弥兵衛に出会ったのである。二人とも池尻口門《いけじりぐち》で防戦に当たっていたので、満身創痍《まんしんそうい》だった。左太郎が手当をしようとすると、甚兵衛が拒んだ。

「もうよいのだ。左太郎殿、それより四郎を頼む」

弥兵衛はもはや口がきける状態になく、目ばかりで懇願した。左太郎は、二人を諦めると、広間の出口に進んだ。そこで敷居に足をかけたまま、もう一度、背後を振り返った。広間はもうもうとした煙に包まれていた。それが甚兵衛たちの姿を見た最後だった。

父の死に四郎は強い衝撃を受けた。最後の一兵まで戦うと言った父が、自分より先に死ぬとは思わなかったようだ。四郎が動転を鎮めて言った。

「たとえ父上が亡くなられたとしても、このように多くの方が私を頼りにしているのです。やはり松山丸には参れません」

女たちが安堵の涙を零した。だが左太郎は厳しい顔つきで詰め寄った。

「四郎殿、あなたは総大将なのですよ。敵の手に掛けさせるわけにはいきません」

もし本当に最後のときがきたなら、自分が手を掛ける。それが最後まで四郎を守ろうとする、左太郎の壮絶な覚悟だった。だが四郎は応じない。

「確かに、私は総大将です。しかし義兄様は先ほどおっしゃいました。槍・刀を持てる者は参れと。私ができるのは主に祈りを捧げることだけです。ならばここで、最後まで祈りたいと思います」

四郎の瞳は、揺るぎない信念を示していた。

これまで左太郎は、心のどこかで、四郎のことを甚兵衛や小左衛門の意に迎合するだけの、操り人形のように考えていた。だが、四郎には四郎個人の確固たる意志があった。しかもそれは左太郎が考えている以上に崇高で、畏敬の念すら感じさせるものだった。

脳裏に福の言葉が甦ってきた。

四郎にはボカーチオとして、神の言葉を人々に説いて回る使命があるのです。

左太郎が考え込んでいると、女たちが四郎を取り囲んでしまった。

「どうか左太郎様、あなたおひとりで松山丸においで下さい」

「四郎殿は、私たちとともにおられるとおっしゃっております」

非難の声を上げる女たちを前にして、左太郎は途方に暮れた。

ぐずぐずしていれば、松山丸に至る道も敵に封鎖される。その前に館を出ねばと気が急くばかりで、敵意を剝き出しにしてくる女たちに対して、説得の言葉が浮かんでこなかった。

左太郎が困り果ててしまったとき、四郎を取り巻く女たちの前に、突然、立ち上がった者がいた。サキだった。

「四郎様。松山丸に行かれてはなりませんし、ここにおられてもなりません」

左太郎は、奇妙なことを口走るサキを見つめた。

「サキ殿、いったい何を言われるのです。松山丸には一揆勢一の射撃の腕を誇る大矢野勢がおります。彼らとともに私が四郎殿を守ってみせます」

サキが眼を怒らせて返した。

「左太郎様、松山丸に行っても無駄なことは、あなた自身よく分かっているはずです。それとも神は、あなたに四郎様の命を絶つよう命じられたのですか」

サキの言葉に、女たちはざわめき、左太郎も図星を指されて思わず気後れした。

「ではサキ殿。あなたは先ほど、ここにいてもならないと言われましたが、いったい四郎殿にどこに行けと言われるのです」

左太郎は強く迫った。サキが意を決して言った。

「私の仲間が沖合に船を出しております」

女たちがいっせいに罵りはじめた。やはりサキは長崎代官の間者だったのだ。非難を浴びると、サキが申し訳なさそうに弁解した。

「みなさんから、裏切り者だと言われても仕方がないと思います。そもそも私は荷を届けるだけのつもりでおりました。その私が突然、城に残ると言い出したので、私の身を案じた仲間が、万一のときの合図を決めていったのです。合図は赤い凧《たこ》でした。その凧が、二の丸出丸に対する攻撃がはじまったとき、大江浜の奥手の林にあげられたのです」

左太郎たちも、外部との連絡手段として凧や狼煙《のろし》を用いていた。しかし戦闘に気を取られて、大江浜奥の林にそのような凧があがっていたとは気づかなかった。いずれにせよ、これで四郎を救済する道が確保された。

「サキ殿、その方を信じてもいいのだな」

「最後まで四郎様の側から離れなかった私を、まだ疑うのですか」

サキが、憤懣《ふんまん》やるかたないといった目をした。

「すまない、そういうわけではないのだが」左太郎は謝罪した。

腹の中ではまだ疑いを消せなかったが、いくら疑ったところで、四郎を脱出させる方法はもはやサキにすがるしかない。問題は、どうやって海岸線に降りるかだ。

海岸に通じる池尻口門は幕府軍が押さえている。残る手段は、南の城壁から断崖を下るしかない。左太郎は綱を作るため、女たちに帯を解くよう求めた。

「私はまだ脱出すると決めたわけではありません」四郎が訴えた。

そのときまた、ひとりの女が立ち上がった。花だった。それまで花は礼拝堂の隅から、左太郎と女たちとのやりとりを眺めていた。

「あなたは死んではなりません」毅然として四郎に言った。

「しかし」四郎も、女たちも、唖然として花を見つめた。

「本丸の地下に、海岸に通じる間道があります」

礼拝堂内はざわめいた。左太郎でさえ、間道があることを知らなかった。間道は有馬晴信《はるのぶ》の鎧櫃《よろいびつ》に隠されているという。

「どうしてそのようなことをご存じなのですか」

花が弥兵衛から教えられたと言った。

「たとえ城にいる者が皆殺しにされようと、四郎殿だけはお助けせねばならない。四郎殿は伴天連様の言葉を唯一伝えられる方なのだから。もし四郎殿がいなくなると、島原から信仰そのものが消えてしまう。また四郎殿にもどんな屈辱や苦痛を忍んでも生き残らねばならない使命がある、そう父は申しておりました」

花の話しぶりは雄弁で、弥兵衛の霊魂が乗り移ったようだった。

弥兵衛には、大矢野のコンフラリアの長としての誇りがあった。かつて転び証文を出したのも、四郎の身の安全を考えたのも、ひとえに信仰の火を消してはならないという、使命感からだった。

一方左太郎は、弥兵衛の話を聞いてひどく恥じ入った。つい先ほどまで、最後は自分が四郎を手に掛けるなどと英雄ぶった考えをしていたが、それはひどく浅薄な考えだったのだ。

左太郎はさっそく、本丸の地下に四郎を連れて行こうとした。本丸は炎上しているが、幸い武器庫へ通じる道は、まだ火の手が回っていなかった。だが肝心の四郎が、その場から動こうとしなかった。

弥兵衛の話はもっともだが、女たちが皆殺しになろうとしているさなか、四郎は自分一人が逃げることはできなかった。

左太郎が四郎の肩に手を添えた。

「四郎殿、あなたはボカーチオなのです。私たちのために生きねばならないのです」

ボカーチオ。小左衛門がよく口にした言葉だ。それを口にされる度に四郎は重荷に感じたが、今ほど重く感じられたことはなかった。女たちも口々に脱出を勧める。それでも四郎は決心できなかった。

「たとえここを出たとしても、幕府の追及の手は及ぶでしょう」

仲間と引き離されてひとり死なねばならぬのなら、最後まで仲間とともにいたい。四郎がそう洩らすと、サキが即座に応じた。

「いいえ、幕府の手が及ばぬところがございます」

「それはどこですか」

四郎の問いにサキは、男女群島《だんじょぐんとう》だ、と答えた。

男女群島は、野母崎《のもざき》の西、三十里ほど沖合に浮かぶ島々だった。

「しかしあそこは無人島だ」

左太郎が難色を示すと、サキが自信を持って返した。

「昔、倭寇が基地にした島です。人が暮らすことは充分可能です」

この問答の間も時は刻々と過ぎていた。本丸の炎に恐れをなしたのか、幕府軍は攻撃を中断していた。しかしぐずぐずしていれば攻撃が再開される。

「とにかく城を出るのです。いいですか、四郎殿。それがあなたの使命なのです」

左太郎から強く促されると、四郎もとうとう迷いを捨てて脱出に同意した。


本丸地下の武器庫。

延焼を免れた地下室の片隅で、有馬晴信の鎧櫃が埃《ほこり》を被っていた。左太郎は手燭の光を頼りに櫃を動かした。すると、花の言葉どおり、人間がひとり通れるほどの間道が現れた。

最初に、真っ暗な穴から潮の香りがする。間道は本丸正面の海岸に通じているようだ。

ともあり、サキが穴に入ることになった。このとき四郎と左太郎の三人だけになったこ
「私ひとりでは、四郎様をお守りできません」

サキの願いに、左太郎は首を横に振った。

「外に出れば、仲間がおるのだろう。私はこのまま松山丸に参る」

松山丸に行っても、勝ち目はないと先ほど認めたばかりなのに。強いて死出の旅路に就こうとする左太郎を、サキが力尽《ちからず》くでも海岸に連れ出そうとした。しかし律儀な左太郎が仲間を見捨てることはない。諦めると、サキは四郎に向き直った。

「では先に海岸に出て、船を捜して参りますから」そう言い残して間道に消えた。

続いて、四郎が間道に足を踏み入れた。体が半分ほど穴に入ったところで、別れがたさから、左太郎の方に振り向いた。

「義兄様」切ない眼差しが左太郎を捉える。

左太郎は無言で四郎に近づくと、首を抱き寄せた。このまま時が止まればいい。左太郎はそう思った。四郎もそう思ったのだろう。短い抱擁を終えると、左太郎は告げた。

「どうか無事で」

「義兄様も」四郎が瞬《まじろ》ぎもせず、左太郎を見つめた。

四郎の瞳は美しく、透明に澄んでいた。天草の海のように清く澄んだこの眼を、最後に見られたことを左太郎は幸せに思った。

「ハライソで会おう」これから松山丸で最後の戦をする左太郎は、今生の別れを告げた。

離れていこうとする左太郎の手を、四郎が力一杯握りしめる。なかなか穴に入っていこうとしない四郎を、左太郎は敢えて押しやった。

「さあ、参られよ」

優しく促されて、四郎もついに踏ん切りを付けた。

「あなたに神の加護がありますように」

アーメン、と口にすると、左太郎は静かに十字を切った。

ついに四郎が間道に入っていった。左太郎はその場に佇み、四郎の姿があった場所をしばらく見つめていたが、やがて意を決すると松山丸に通じる崖道へ向かった。

四郎は、真っ暗な間道を手探りで進んだ。ほどなくして正面から潮風が顔に吹きつけてきた。間道の出口は狭く、枯れ草に覆われているので、海上の細川水軍からは見えない構造になっていた。海岸に降り立つと、頭上で本丸が赤い炎を吹き上げている様が窺えた。父をはじめ多くの一揆勢の体を燃やす炎を、複雑な思いで眺めていると、そこにサキが駆け寄ってきた。

「四郎様、お出でにならないのではないかと、案じておりました」

「心配をかけました」


サキは、謝罪する四郎の手を取ると海岸に急いだ。海岸は遠浅で、白い砂浜が続く沖合に一艘の小船が碇泊していた。

「あれです」サキは先立ちになり、小船へ進んだ。

船では、サキを城に送り届けた水主頭が櫓を握っていた。

サキは水主頭のもとに近づいた。そのとき水主頭の足許に、人影があることに気づいた。男は小袖の尻をからげて、頬被《ほっかむ》りをしている。水主かと思ったが、サキは相手の顔を見るなり息を呑んだ。

「よお」柳生十兵衛は、目深に被っていた頬被りを取った。

総攻撃がはじまると、十兵衛は足軽たちに交じり城内に入った。そしてサキの行方を捜した。

サキほどの者が、一揆勢と運命をともにするわけがない。おそらく落城のどさくさを利用して、脱出するだろう。もしかしたら、そのとき四郎が一緒かも知れない。

そう考えて海岸線を見張っていると、案の定、怪しい小船が現れた。十兵衛は水主頭を脅して、船に乗り込んだのだった。

「四郎様でいらっしゃいますか」

十兵衛は、サキの背後に立つ四郎に尋ねた。四郎が素直に頷く。サキは、四郎を庇って、十兵衛の前に立ちはだかった。

「よく私が脱出してくることが分かったわね」

「そう嚙みつくものじゃない。伊豆守様は、上使の許可証がない船を片端から捕縛するよう厳命を出したのだ。この船にはその許可証がなかった。だから俺が乗り込んでやったのだ」

「そうやって恩を着せて、四郎様をどこに連れて行くつもり」サキが敵意を剝き出しにした。

十兵衛には、サキが何を目的としているのかまだ分からなかった。自分に非協力的な態度を取るのは、間者としての誇りなのか。少なくとも、単に長崎代官の手先として動いているのではなさそうだ。

「どこへなりとも、参りたいところにお連れ致そう」

「要らぬお節介よ。幕府の犬なんかの世話にはならないわ」

「まあ、少し落ち着けよ。少なくとも、俺はおまえたちを伊豆守のもとへ連れて行こうなんていうつもりはない」

十兵衛は、表面上松平信綱のもとで働くふりをしていたが、一揆勢が神のように崇《あが》める天草四郎という少年に興味を引かれたのだと言った。

「そんなことを信じろって言うの」

「ともかく船に乗れ。日が昇る前に城から離れないと細川水軍がうるさい」

十兵衛は海に入ると、水際で吠えているサキを強引に船に投げ入れた。続いて四郎と対した。

四郎は、十兵衛の出現に多少困惑しているようだった。

「お世話になります」丁重に頭を下げた。それから十兵衛に手を差し出した。

十兵衛は、将軍家光さえ恐れない男だ。だが、わずか十六歳の少年の手に触れただけで体が震えた。畏怖さえ覚えた。

けれどもそんな自分がおかしくなってきた。長く島原にいたせいで、キリシタンに毒されたのだろうか。

十兵衛は、四郎の乗船をすませると、腰まで海水に浸りながら船を深みに導いた。船は浅瀬を脱すると流れに乗って沖合に進みはじめた。

四郎は船梁に腰を下ろして、遠ざかっていく原城を見つめた。城では、松山丸に籠もった一揆勢が最後の気勢を上げている。

四郎は、左太郎のことを思った。手にはまだ左太郎の感触が残っている。小左衛門がいなくなった後、陰になり、日向《ひなた》になり自分を庇ってくれた。

間道へ押されたとき、どうして手を離してしまったのか。あのまま一緒に松山丸に向かえば良かった。そんな存念がこみ上げる。涙ぐんでいると、横手からサキが声をかけてきた。

「四郎様、大丈夫ですか」

「すみません、心配をおかけしました」四郎は慌てて涙を隠した。

「これで四郎様のお城、原城ともお別れですね」サキが同情を示す。

「ええ」四郎は言葉少なに応じた。

自分は神に選ばれた者、ボカーチオとして生き続けねばならない。そう自分に言い聞かせると、四郎は気持を切り替えるために、辺りの風景に目を向けた。

空が白みはじめ、太陽が水平線から姿を現そうとしていた。水平線には分厚い雲が幾重にも横たわり、その合間をぬって日輪がわずかに頭を覗かせた。

その日も、凄まじい朝焼けが原城一帯を押し包もうとしていた。血が滲んだような真っ赤な東雲《しののめ》が空を染める中、突然、雲の隙間から一条の光が原城へ伸びた。

四郎が不思議な思いで眺めていると、やがて光の道を進んでくるひとつの人影を見出した。肩まで伸びた亜麻茶色の髪、額には茨《いばら》の冠を頂いている。

四郎は目を凝らして何度もその人を見つめた。

背に朝日を受けて黄金に輝くその人は、まっすぐ原城に進んでいく。そして、城が間近に迫ったところで、不意に四郎の方へ顔を向けた。深い憂いに満ちた眼差しは、四郎を憐れんでいるようだった。それから正面を向くと、再び原城へと進みはじめた。

四郎は猛然と立ち上がった。

「主よ、どちらにおいでになるのですか」

「四郎様、どうされたのですか」

サキが驚いて、四郎が叫んだ方角を見た。

暁暗の光に照らされた海原は暗く静まり返り、深い淵のような潮の流れが横たわっているだけだった。

気味が悪くなってか、サキが四郎を座らせようとした。

「四郎様、立っていては危のうございます。お座り下さい」

しかし四郎はサキの手を振りほどくと、海面に身を躍らせた。

サキは咄嗟に袖を摑んだが、四郎の体は海中に消えた。サキは四郎を追って船縁《ふなべり》に足をかけた。十兵衛がすかさず取り押さえる。

「バカ者、やめろ、死にたいのか」

「離して、離して、四郎様をお助けするのだから」

サキは半狂乱で、十兵衛を振りほどこうとした。そうして揉み合っているうちに、波の狭間に浮かんでいた四郎の影がいつのまにか見えなくなっていた。

サキたちを乗せた船は、潮の流れに乗り、みるみる城から遠ざかっていく。サキはもう一度、四郎の姿を捜したが、もうどこにも見当たらなかった。サキは泣き崩れた。

十兵衛にとっても、四郎の入水《じゅすい》は予想外の出来事だったようだ。暗い海面を見つめながら、船縁にもたれて泣くサキの肩を抱いた。

「諦めろ、サキ。これも運命だ」

「馬鹿なこと言わないで、運命などであるものですか。船を岸に戻してちょうだい」

サキは泣き腫らした顔で怒鳴りつけた。このとき十兵衛は、サキが長崎代官の間者ではなく、真の信者であることを察したのだろう。

「そう泣くな。どの道、あの小僧は生きておられなかったろう」

「そんなことはないわ。四郎様はみんなに望まれて、城から出る道を選ばれたのだから。それなのにどうして」

サキには、四郎が入水前に叫んだ言葉がよく聞き取れなかった。もちろん原城に向かうイエスの姿を見ることもなかった。だから何のために四郎が入水したのか、理解できなかった。泣き続けるサキを十兵衛が重ねて宥めた。

「たとえおまえの言うとおりだとしても、自分だけ生き残るのが許せなくなったのだろう」

十兵衛に慰められながら、サキは泣き濡れた瞳で城を見やった。

原城は朝日を浴びて、最後の輝きを放っていた。その姿は信仰に命をかけて燃え尽きた、一揆勢の誇り高い姿を象徴しているようだった。


四郎はイエスの後を追って海に飛び込むと、死に物狂いで泳いだ。

「あなたは鶏が鳴く前に、三度、私を知らないと言うだろう」

ペテロの裏切りを示唆する、イエスの言葉が頭に甦る。

違う、違う、私は決してあなたを裏切ったりしない。四郎は身の潔白を証明するため、必死に泳ぎ続けた。しかし海水を含んだ衣は重く、前進を阻んだ。四郎は履き物を脱ぎ捨てて、潮に身を任せた。瞬く間に、冷水に体温を奪われて感覚がなくなりはじめた。

このまま死ぬかも知れない。そう思ったとき、足がつくところに戻っていた。四郎は辺りを見渡した。どうやら城の東の入江近くに流れ着いたようだ。それから細川水軍の目に止まらぬように、足早に海岸を駆けた。そして先ほど抜け出てきた間道を伝い、城内に戻った。

本丸は鎮火していた。きな臭いにおいが立ちこめる中、急いで屋敷に足を運んだ。人気は無く、先ほどまで礼拝堂にいた女たちの姿も見えなかった。

松山丸へ向かったのだろうか。思いあぐねていると、祭壇前にひとりの女を見つけた。

「花殿」四郎は驚くまま、花のもとに駆け寄った。

花も四郎の姿を見て、目を大きく見開いた。

「まあ、四郎殿。いったいどうされたのです」

理由を問われて、四郎は少し返答に困った。そこで先ほど海上から見た光景をそのまま伝えた。花は、四郎の話を聞いても、信じられないのか、目を白黒させていた。話の真偽はともかく、四郎の服はたっぷりと海水を含んでいる。

「それにしてもせっかく船に乗られたというのに、わざわざ戻ってこられるとは」

花が呆れたように言った。それから着替えを用意しようとした。四郎は、更衣する前に、ここに詰めていた女たちがどこに行ったのか問うた。花が少し口ごもってから答えた。

「四郎様が出られた後、みんなで松山丸に向かおうとしました。けれども大手門に向かう途中、敵方に見つかってしまい」

そこまで説明すると、花が言葉を途切れさせた。

敵の手にかかることを嫌った女たちは、全員で燃え盛る陣屋の炎に身を投じた。中には子供を連れていた者もおり、子供を先に投げ入れて後から続いたという。

四郎は、悲しみと怒りで目の前が暗くなった。

やはり女たちから離れなければよかったのだ。四郎は、城を出ることにした自分の判断を悔いた。最後の瞬間まで、互いを思いやり、祈り合うべきだったのだ。

四郎が悲しみに喘いでいると、花が労るような視線を向けてきた。四郎の胸に素朴な疑問が湧いた。

「花殿、花殿はどうしてここに残られたのです」

「ここを守るのが、私の役目だと思ったからです」花が微笑んだ。そして目を見張る四郎に、静かに語りはじめた。

「四郎殿、私はあなたのことをずいぶん恨みました。私や小平から小左衛門殿を奪った憎い人だと。でもあの人は、あなたを主君として神の王国を作ることを夢見ておられた。だからこの屋敷があの人の夢の結晶のように思われたのです。私はあの人にとっていい女房ではなかったかも知れない。でも最後ぐらい大矢野の大庄屋渡辺小左衛門の妻として、あの人が作ろうとしたものを守りたかったのです」

花の言葉は、四郎の胸に染みた。気がつくと花の前に身を投げ出していた。

「花殿、どうか私を許して下さい」つっぷして許しを乞うた。

「四郎殿、何をされるのです」花が四郎を抱き起こす。

四郎はこれまで花を傷つけていることを知りながら、目をつぶってきた。悪いのは自分ではない。小左衛門が望んだだけのこと。そう思っていた。その驕りに気づき、ようやく心から謝罪する気持になれた。花が四郎の手を取った。

「あなたは、いつも皆さんにこうおっしゃって参られました。私に許せと言わないでもらいたい。罪を許すのは主であると」

四郎の瞳から溢れていた涙が止まった。それから穏やかな笑みを浮かべる花を見上げた。

「花殿、私の告解を聞いて下さいますか」

「告解、この私がですか」

花は、自分にはその資格がないと返すと、四郎が、それでもいいから聞いて欲しいと頼んだ。花は黙って頷いた。

「どうか、お聞き下さい。私は罪を犯しました。私は先ほど信者の皆さんから脱出を勧められたとき、正直ほっとしました。これで戦いから逃れることができる。そう思ったのです。けれども私が船に乗ると、私と入れ違うように岸に向かう人影を見ました。それこそ、私の代わりに、私が見捨てた信者の皆さんを救いに戻られる主であると思ったのです。罪深い私は、ただ主の幻を見ただけかも知れません。それでも私は自分が助かりさえすれば、他の人々がどうなってもいいと思った自分が許せなくなりました」

花がしんみりとした様子で、四郎の懺悔を聞いていた。

「私の罪を許して下さいますか」

「あなたの罪を許しましょう。父と子と精霊の御名において」

四郎は花の膝に額を埋《うず》めて泣いた。懺悔はこれだけかと思われた。しかし四郎の懺悔はまだ続いた。

「花殿、もうひとつ聞いて頂きたい話があります」

「なんでしょう」

「私は、小左衛門殿に大切にされていることを当然のように考えていました。そのことでどんなにあなたが苦しんでいるか知りながら、目を向けようともしなかった。私をどうか許して下さい」

四郎は花個人に許しを求めた。花が何も言わずに、四郎の背に優しく手を添えた。

「あなたは、小左衛門殿が命よりも大切にした方。だから私にとっても何にも代えがたい方です」

花の言葉が、四郎の耳に優しく響いた。それはまるで聖母の口から伝えられた言葉のようだった。聖母はすぐ近くにいた。自分を助けてくれないと、恨んだことが悔やまれた。自分は愚かだ。聖書を巧みに読んでも、その本質を何も分かっていなかったのだ。

「どうぞ、私を許して下さい」四郎の目にまた涙がこみ上げる。

「もういいのです。四郎殿、もういいのですから」

花が四郎を抱きしめた。四郎は花の胸の中で泣き続けた。しばらく泣いたところで、くしゃみをした。冷たい海を泳いできたので、四郎は全身ずぶ濡れで、ひどく寒そうにしていた。

「四郎殿、いつまでも濡れたお召し物を着ていては体に障ります。着替えましょう」

花は立ち上がると、四郎の部屋に着物を取りに行こうとした。そのとき、きな臭いにおいが漂ってきた。

本陣の火が延焼してきたのだろうか。しかし四郎が屋敷に帰り着いたとき、本丸はすでに鎮火していた。熾火《おきび》が火を噴いたのか。訝《いぶか》しく思っていると、屋敷の天上から黄色い煙が漂いはじめた。四郎の屋敷もついに火に覆われたようだ。

「表に出ましょう」四郎は花を連れて、玄関へ向かおうとした。

「だめです、きっと敵がおりましょう」青い顔で花が返す。

表から物音はしなかった。しかしその静けさは、まるで獲物を狙う狼《おおかみ》が気配を消しているかのようだった。

躊躇している間に煙が激しくなってきた。四郎は花の手を引くと玄関先へ急いだ。

玄関に見知らぬ若武者が立っていた。屋敷付きの小姓衆とは異なる粗野な顔立ち。眉を逆立てて若武者は叫んだ。

「その方、天草四郎だな。我こそは細川家中、神野佐左衛門《じんのすけざえもん》」

敵兵の出現をみて、四郎は慌てて花を背に隠した。

「御首《みしるし》頂戴致す」若武者は白刃を振り上げた。

「危ない」花が四郎の前に飛び出した。

刃は花の背を割った。花の悲鳴が館の柱を震わせる。

「花殿、花殿」四郎は花を助け起こした。

致命傷を負った花は、喉を痙攣させて四郎に逃げるよう目ばかりで告げてきた。

四郎は花を腕に抱いたまま、神野佐左衛門に顔を向けた。佐左衛門が一瞬たじろいだ。

それは四郎に睨まれたからではない。あまりにも悲しい眼を向けられて戸惑ったのだろう。

身構える佐左衛門の前で、四郎は静かに瞼を閉じた。剣を持てば、剣の報復が待っている。それが四郎の変わらぬ思いであり、イエスを信じる者としての信念でもあった。この者に主の憐れみがありますように。四郎は口の中で佐左衛門のために祈った。佐左衛門は、無抵抗の四郎を前に困惑していた。表では、本丸を接収した細川軍とともに、伊豆守が待っているに違いない。迷いを捨てると、上段に振りかぶった刀を四郎めがけて振り下ろした。

四郎は花を腕に抱いたまま、激しい衝撃を覚えた。それに続いて輝ける光景が待っているはずだった。主から罪を許されてハライソの門をくぐるのだ。遠のく意識の中でそう思った。やがて祈りを繰り返す四郎の唇は動きを止め、意識は暗い闇の中に沈んでいった。

二十八日の巳の刻、松山丸で最後の抵抗をしていた一揆勢に幕府軍が襲いかかった。左太郎は大矢野衆の先頭に立ち、阿修羅のように戦った。しかし最後は力尽きると仲間の屍の中に倒れ込んでいった。

松山丸陥落をもって、四ヶ月に及ぶ島原の乱は鎮圧された。

信綱は幕府の法度どおり、城に籠もっていた者を全員キリシタンと見なして、皆殺しにし、弔うことすら許さなかった。

原城は徹底的に破壊された。門や建物群はもとより石垣なども崩されて、城として二度と機能しないようにされた。

一揆勢の亡骸は、城とともに始末された。空堀などの窪地《くぼち》や城内外に掘られた穴に、首や鼻のない遺骸が放り込まれた。埋めきれなかった亡骸は、海に投げ落とされた。水《み》漬《づ》く屍は数千近くに上り、それが潮に乗り、近在の入江や湊に流れ着いて猛烈な異臭を放った。

非業の最期を遂げたキリシタンたちに同情を寄せる者もいたが、幕府の処罰を恐れて弔う者はいなかった。

村人全員が一揆に参加した南島原では、至る所に無人の村落ができた。主が戻らなかった家屋は、朽ちるに任せて廃墟《はいきょ》になった。

一揆勢の首は、城の周囲に晒された。女の首もあれば子供の首もあり、中には生まれたばかりの乳飲み子の首さえあった。

京、大坂などから来た商人が、これらの首を見物した。彼らは郷里への土産話として総大将天草四郎の首を見て行こうとしたが、いくら捜しても見あたらなかった。

四郎の首は長崎に運ばれていた。そこで他の一揆首謀者ともども晒されることになった。

三月になると、細川陣中にいた人質たちが成敗された。

三日に、まんと小兵衛。六日には、マルタと福、そして瀬戸小兵衛。最後に小左衛門が斬られることになった。

刑場は陣地の外れに設けられ、周囲は竹矢来で囲まれた。処刑を見物に来る者もなく、辺りはひっそりしている。

小左衛門が引き出されたとき、マルタや瀬戸小兵衛らの処刑がなされた後なので、土《ど》壇場《たんば》の土は血を吸って黒く濡れていた。筵の上には、赤い血が飛び散っている。その上に、小左衛門は無造作に腰を下ろした。首斬り役が目隠しを用意して背後に立つ。

土壇場正面には、検分役の信綱が床机に腰を下ろしていた。

小左衛門はまっすぐ信綱を見据えた。その瞳には、奇襲当夜に見せたようなぎらぎらとした光はなく、静けさだけが満ちていた。

総攻撃がはじまったとき、小左衛門は牢獄の中から、幕府軍が城に押し寄せていくのを見た。

「主よ、主よ。どうか我らをお救い下さい」格子に取りすがり、必死に祈りを捧げた。

「四郎はあなたに選ばれた者。お見捨てにならないで下さい」

祈りを捧げる間も、目の前で仲間が殺されていく。

日頃、祈りを捧げたこともないくせに、こんなときだけ祈ったところで、願いが聞き届けられるわけもない。小左衛門は自分に腹を立てて壁に頭を打ち据えた。そのときの傷が額に残っている。

刑場の向こうに原城が望まれた。鍋島家の仕寄に連れ出されたとき、城からは一揆勢の気勢や鉄砲の音が聞こえていた。しかし今や何の音も聞こえず、うららかな春の陽射しの中、風の音ばかりがこだましていた。

みんないなくなってしまった。四郎、左太郎、甚兵衛に伝兵衛、福や瀬戸小兵衛も、もはやこの世の者ではない。

中でも四郎は、小左衛門にとって人生のすべてであり、生きる目標でもあった。その四郎がいなくなってしまった。すべては自分の傲慢さゆえだ。

「最後だな」信綱の声がした。

小左衛門は、我に返ると顔を信綱へ向けた。

「総大将四郎の首は長崎に送った。一揆の首謀者として西坂に晒す。だが、小左衛門。儂は今でも四郎が総大将だとは考えておらぬ」

「では誰だとおっしゃるのです。四郎殿は天が使わされた、我らの総大将にございます」

小左衛門は最後の意地を示した。その小左衛門に信綱は返した。

「違う。まことの総大将は小左衛門、その方であろう」

小左衛門は信綱を見据えた。そしてわずかに失笑した。

「無礼者、何を笑うか」信綱の脇にいた息子の輝綱《てるつな》が声を上げた。

小左衛門は、信綱に向かって恭しく頭を下げた。

「この世の終わりに、伊豆守様からそのようなお褒めの言葉を頂くとは恐悦に存じます」

信綱が小左衛門の世辞を黙って受け入れた。

小左衛門は天を仰いだ。春霞がたなびく島原の空は、まことに穏やかだった。城が落ちたとき、まだつぼみだった桜も満開になり、北から吹き付けていた風も南風に変わっていた。

この風に乗って、マカオからの援軍が来たかも知れない。それまで籠城を続けるのは、あまりにも厳しい道程だった。

原城の上に、城門のように白く輝く雲が上っていた。主がおわすハライソがそこにある。許された者しかくぐることができないその門を抜ければ、四郎たちが待っていよう。

奇襲の夜、小左衛門は三の丸の城門までたどり着いたが、扉は固く閉ざされていた。あたかも小左衛門の驕りを懲する、神の意志が示されたかのように。

果たして、天の門は開かれるだろうか。

「控えい」首斬り役が、いつまでも天を仰ぐ小左衛門に命じた。

小左衛門は、再び信綱に顔を向けた。

「伊豆守様、私の首も長崎に晒されるのですか」

「無論そうなる」

小左衛門は内心、それも悪くない、と思った。

これまで長崎西坂には、殉教したキリスト教徒たちの首が晒されてきた。その中に自分と四郎の首が加えられるのだ。それが総大将として、ひとり戦へ送り出すことになった四郎への謝罪にもなる。小左衛門は感謝の意を込めて、信綱に平伏した。

もはや語るべき言葉もない。別れのときが来たことを悟ると信綱は目を閉じた。小左衛門を見るにつけ、殺すには惜しいという気持がこみ上げる。だが幕府軍総大将として、一揆勢は皆殺しにする、とした己の命を全うすることにした。

首斬り役が、小左衛門の顔に目隠しの面紙《つらがみ》をあてる。小左衛門が土壇場の上に首を差し出した。


四月四日、幕府は豊前《ぶぜん》小倉《こくら》城《じょう》で、島原の乱に関する仕置きを行った。一揆勃発の責任を問われた松倉長門守勝家は、六万石没収。美作国森長継《もりながつぐ》に預け入れられてから斬首になった。切腹も許されない、武士としてこの上もない不名誉な死だった。

天草領主寺沢堅高は、天草四万石の削減ですんだ。しかし事件から十年ほどして、発狂して自殺した。このことで寺沢家はお取り潰しとなった。世間では、キリシタンの祟《たた》りだと噂された。

総攻撃の際、牢獄につながれていた山田右衛門作は、幕府軍の手で救い出された。その後、信綱に連れられて江戸に上り、絵師として活躍したが、生涯郷里の島原に戻ることはなかった。

総大将を務めた信綱は、鎮圧の功を認められて、武蔵忍《むさしおし》三万石から川越《かわごえ》六万石の城主となった。三万人もの民を虐殺した殺戮者として忌み嫌われることなく、知恵伊豆の異名どおり、行政に辣腕を奮い、後に川越が小江戸《こえど》と言われる基礎を作った。

乱後、幕府は国を閉ざして禁教令を徹底させ、キリシタンの根絶やしを図った。

四郎の首は西坂に晒された後、何者かが持ち去ろうとした。

キリシタンは聖者の亡骸を聖遺物として崇める。幕府は、首はもとより着物、髪、爪に至るまで雲仙地獄に沈め、信仰のよりどころにならぬよう処理した。

乱のさなか、原城籠城をめぐり、大矢野衆と袂《たもと》を分かった下島衆は厳しい弾圧を受けた。しかし崎津《さきつ》などでは、村落共同体の保護下、信仰が密かに守られた。

下島のほか、長崎周辺にも、こうした集落が見受けられた。

祖先からの言い伝えにもとづく信仰は、幕府が健在だった間に本来の姿から変わっていったが、キリスト教の教えである助け合いの精神を失うことはなかった。

二〇一八年、長崎・天草地方で信仰を守り続けた集落は、潜伏キリシタン関連遺産として世界遺産に認定された。

その中に、一揆勢が立て籠もった原城も含まれた。

四郎たちの命をかけた戦いが、二百三十年にも及ぶ太平の世の代償になったことが認められたのだろう。

バチカンでは、通常は殉教した者に聖人などの称号を与えている。しかし乱で命を落とした三万七千人の一揆勢のうち、誰一人としてその称号は与えられていない。

カトリックの教えでは、地上の支配者に対する反乱は認められない。そのため、今でも乱で命を落とした者たちは殉教者と見なされていないのである。

# 解　説

澤田瞳子

江戸時代初期、寛永《かんえい》十四年（一六三七）に肥前《ひぜん》・肥後《ひご》両国にまたがって発生した島原《しまばら》の乱は、一般的には日本史上稀《まれ》なキリシタン宗門一揆《いっき》と理解されている。当時の島原領主・松倉勝家や天草《あまくさ》領主・寺沢堅高の苛政とキリシタン迫害への怒りが、蜂起の形で噴き上がったという解釈である。

この乱における島原・原城《はるのしろ》籠城者数は、「稿本原城耶蘇《やそ》乱記」なる史料によれば二万七千七百五十四人。蜂起側が記した史料は存在せず、乱後、現地で記された幕府方の史料に、盟主たる天草四郎時貞を筆頭に籠城の信徒全員が死亡したと記されることから、この乱にはとかく敬虔《けいけん》な信仰を持つキリシタンの殉教戦争のイメージがつきまとっている。

ただ神田千里《かんだちさと》氏の『島原の乱』（中公新書・二〇〇五）など近年の研究では、蜂起側が各地で働いた狼藉《ろうぜき》や、落城直前の原城から少なからぬ人数が幕府軍に投降していたことも指摘されている。なにせ島原の乱の発生は、豊臣《とよとみ》家滅亡からほんの二十余年後。戦国時代の遺風がそこここに濃く残っていたであろう事実を考えれば、キリシタンの蜂起が家財略奪や女子供の拉致といった暴虐を伴っていたことは容易に推測できる。しかしそれにもかかわらず、今なお「島原の乱」という語に清冽《せいれつ》な宗教戦争を思う日本人が多いのは、何といっても蜂起者たちの盟主として原城に入り、大勢の宗徒たちと命運を共にした十六歳の少年・天草四郎時貞の存在に負うところが大きかろう。

四郎は乱の勃発以前から、九州北部のキリシタンの間でカリスマ的存在と見なされていたらしい。当時の史料には四郎のことを「天人」、つまり天使と記しているものもあり、白い鳩《はと》が彼の手の中に卵を産み、割ってみると聖書の一節が記された紙が入っていたとか、盲目の少女に手を触れたところ、その目が開いたなどといった奇跡譚《きせきたん》が語り継がれている。

本作『四郎の城　キリシタン戦記』はそんな天草四郎を聖なる神の使いではなく、迷い多き、純なる少年として捉えることで、島原の乱全体を様々な困難に葛藤する人間たちの物語として描いた歴史小説。家族や多くのキリシタンたちから「神に選ばれた者」と見なされる自分と、己自身の内面の相違に苦しむ四郎像は、我々が一般に抱く天草四郎像とは大きく異なっている。

そんな四郎の行状の中でもことに読者の目を惹《ひ》くのは、姻戚である渡辺小左衛門との関わりであろう。この小左衛門は実在の人物で、乱の勃発時に捕縛され、熊本に押送された。護送先や原城外での詮議における彼の口書（供述調書）が今日も残っており、そこには四郎を「天人」と言いふらしたのは小左衛門だとある。いわば彼は、四郎を乱の盟主へと押し上げた人物の一人である。

ただ筆者・袴田康子は本書で、四郎と小左衛門をただ担ぎ出された側と担ぎ出した側という単純な関係に押し込もうとはしない。野心家で四郎を利用しようとするが、その野心に溺れ切る非情さを持てない小左衛門。小左衛門に反発を抱きながらも、布教のパートナーとしての彼に一目置く四郎。ともに迷いも悩みも多い両人の立場は、人々の盟主として崇《あが》められる存在とそれに従うべき一個人、はたまた親類の年少者と年長者など多様な要素を含んでいる。その複雑さがまだ年若い彼らを惑わせ、乱の推移にも大きな影響を与える。

実は史実では、四郎と小左衛門は義理の兄弟だったと考えられている。しかし筆者はこの関係に一部創作を加えることで、四郎をただただ案じる姉の福、小左衛門の四郎への思い入れの深さゆえに夫から疎んじられるその妻・花といった女たちの愛憎を明確に描き出すことに成功している。またこの二人の女の存在が、四郎・小左衛門それぞれに大きな変化を強い、一種の宗教的覚醒をもたらす点も見逃してはならない。歴史のうねりとはそれ自身が人間の喜怒哀楽によって成り立つものであり、ただそれを追うだけでも物語となり得る。そんな歴史の持つエネルギーに甘んじず、確かに生きたであろう人々の葛藤を捉えんとする筆者の真摯な姿勢が、本作にはある。

この物語における四郎は争いを望まず、ただ布教のみを望んでいたが、多くの人々の期待に背くことができず、心ならずも蜂起の総大将の任を負う。とはいえ、その後も捕らわれた小左衛門の身を案じ、激しく惑乱する四郎の姿は、およそ敬虔かつ峻烈《しゅんれつ》なキリシタン像とは程遠い。また自分が信仰ゆえに小左衛門を利用し、家族のもとから引き離してしまったと後悔する彼は、聖書の一節「姦淫《かんいん》するなかれ」を目にして愕然《がくぜん》とする。そう思って顧みれば、本作の四郎は常にキリスト教の教えと小左衛門を始めとする周囲の人々への思いに引き裂かれ続けている。その困惑こそが本作の四郎の大いなる魅力にして、特色であると言えよう。

ところで島原の乱そして天草四郎は、これまでにも多くの小説家が挑み続けてきたテーマである。その中でもことに今日まで長く天草四郎像に影響を与え続けているのは、やはり昭和四十二年（一九六七）に刊行され、のちに深作欣二《ふかさくきんじ》監督によって映画化された山田風太郎《やまだふうたろう》の『魔界転生』（小説原題『おぼろ忍法帖』）ではなかろうか。映画のみならず、コミック・舞台・ゲームなどさまざまなメディアでも展開され続けているこの物語において、天草四郎は女とも見まごう美貌の冷酷なる転生者として描かれる。一度死んだ身という事実はさておくとしても、山田の描いた人間ばなれした四郎像は、たとえば彼を千々石《ちぢわ》ミゲルの子と設定した市川森一《いちかわしんいち》の『幻日』、ご存じ十津川《とつがわ》警部シリーズの一冊として書かれた西村京太郎《にしむらきょうたろう》のミステリ『天草四郎の犯罪』などにも濃厚に引き継がれている。近年では矢野隆《やのたかし》氏の『乱』は四郎を殺戮《さつりく》と信仰に引き裂かれる青年として、また伊東潤《いとうじゅん》氏の『デウスの城』では自らの虚言を真実だと信じるに至る偽りのカリスマとして描いている。しかしそれらの作品においても、四郎は自分自身のことについてはほとんど思い悩まず、信仰や社会のありようにばかり目を向ける、少年らしからぬ少年として描かれている。

そんな中で異色なのは、大正十四年（一九二五）、つまり『魔界転生』より約四十年前に伝奇作家・国枝史郎《くにえだしろう》が発表した「天草四郎の妖術」であろう。この短編における四郎は年の割に純粋無垢《むく》に過ぎる少年として描かれ、キリシタン伴天連《ばてれん》の幻術を使う森宗意軒《もりそういけん》の催眠術によって、自らを神の使いと思い込むに至る。幻術はやがて破れ、自らのありように悩んだ四郎の破滅的な行動により、原城は落城する。信仰ではなく己自身の生き様に苦悩する四郎像は、その後の『魔界転生』における超人的な四郎像に触れると、極めて純なるものと映る。

その上で改めて本書を顧みれば、袴田が描く天草四郎は、人がただ平穏に生きることを諦められない。むしろ地上での人の営みを信仰が損なう現実を目の当たりにし、神に対する絶望すら抱く。この四郎像はこれまで長きにわたって本邦の小説が描き続けてきた天草四郎像からの脱却であり、国枝が描こうとした一人の人間としての彼に連なるものとも考えられる。しかしだからといって、本書は決してキリスト教を描くことから目を背けているわけではない。

それが明示されるのが、捕らわれの身となった小左衛門が同じく捕縛された知人を救うため、キリスト教徒であることを否定せんとする場面である。それまで信仰を利用することのみ考えていた小左衛門は、突如、胸の中に四郎の声を聞く。そして自らの死を覚悟の上で、自分はキリシタンだと役人に告げる。

そんな彼の姿に想起されるのは、新約聖書『マタイによる福音書』第二十六節、自らの捕縛と死が近づきつつあることを知ったイエス・キリストと弟子のペテロのやりとりである。

——イエスは言われた、「よくあなたに言っておく。今夜、鶏《にわとり》が鳴く前に、あなたは三度わたしを知らないと言うだろう」。ペテロは言った、「たといあなたと一緒に死なねばならなくなっても、あなたを知らないなどとは、決して申しません」。弟子たちもみな同じように言った。

イエスはこの後、ユダの手引きによって捕縛される。ペテロは師を案じながらも、周囲の人々の「この人はナザレ人イエスと一緒だった」との指摘に、「そんな人は知らない」と三度繰り返し、直後響いた鶏の声に、イエスの予言を思い出して慟哭《どうこく》するのである。

イエスの死後、ペテロは原始キリスト教の布教に邁進《まいしん》し、一説にはローマ皇帝ネロの迫害下で殉教する。死に及んでは、一度イエスを裏切った自分が師と同じ十字架にかかるわけにはいかないと、逆さ十字架での磔刑《たつけい》を望んだとも伝えられている。

本書における小左衛門の信仰との出会いは、まさに否定と後悔によってもたらされたより強固なる信心と言えるであろう。そしてその結果、小左衛門は四郎を誰よりも強く神の子だと信じるキリスト者となる。

そんな小左衛門に比して、四郎は人々を率いる「神に選ばれた者」であることを自らに課しつつも、戦の最中でもなお己のありように悩み続ける。いわば四郎と小左衛門は光と影の存在であるが、互いが互いを思い合うその感情に、わたしはキリスト教の真髄たる隣人愛を見ずにはいられない。

つまり本作は完全無欠なるキリスト者たちの戦いを通じてではなく、一人の青年と彼を取り巻く多くの人々の葛藤の向こうにこそ、キリスト教とは何かとの問いを投げかけている。多くの作家たちが描き続けた「島原の乱」を巡る物語の中に生まれた、新たなる金字塔と言えるであろう。

（さわだ・とうこ　作家）

本文デザイン／高橋健二（テラエンジン）
編集協力　川端幹三事務所

本書は、集英社文庫のために書き下ろされた作品です。

# 集英社文庫　目録（日本文学）


野口　卓　新しい光　めおと相談屋奮闘記
野口　卓　親と子　めおと相談屋奮闘記
野口　卓　出世払い　おやこ相談屋雑記帳
野口　卓　弟よ　おやこ相談屋雑記帳
野口　卓　ちゃからかぽん　おやこ相談屋雑記帳
野﨑まど　HELLO WORLD
野沢　尚　反乱のボヤージュ
野中ともそ　パンの鳴る海、緋の舞う空
野中　柊　小春日和
野中　柊　このベッドのうえ
野茂英雄　僕のトルネード戦記
野茂英雄　ドジャー・ブルーの風
羽泉伊織　ヒーローはイエスマン
袴田康子　四郎の城　キリシタン戦記
萩本欽一　なんでそーなるの！　萩本欽一自伝
萩原朔太郎　青猫　萩原朔太郎詩集
橋爪駿輝　さよならですべて歌える
橋本　治　蝶のゆくえ
橋本　治　夜
橋本　治　幸いは降る星のごとく
橋本　治　バカになったか、日本人
橋本　治　結婚
橋本　紡　九つの、物語
橋本　紡　葉桜
橋本長道　サラの柔らかな香車
橋本長道　サラは銀の涙を探しに
蓮見恭子　バンチョ高校クイズ研
馳　星周　ダーク・ムーン(上)(下)
馳　星周　約束の地で
馳　星周　美《ちゅ》ら海、血の海
馳　星周　淡雪記
馳　星周　ソウルメイト
馳　星周　雪炎
馳　星周　パーフェクトワールド(上)(下)
馳　星周　陽だまりの天使たち　ソウルメイトII
馳　星周　神奈備
馳　星周　雨降る森の犬
羽田圭介　御不浄バトル
畠山理仁　黙殺　報じられない〝無頼系独立候補〟たちの戦い
畠中　恵　うずら大名
畠中　恵　猫君
畑野智美　国道沿いのファミレス
畑野智美　夏のバスプール
畑野智美　ふたつの星とタイムマシン
はた万次郎　北海道青空日記
はた万次郎　ウッシーとの日々　1
はた万次郎　ウッシーとの日々　2
はた万次郎　ウッシーとの日々　3

## 集英社文庫　目録（日本文学）


はた万次郎　ウッシーとの日々4
花井良智　美しい隣人
花井良智　はやぶさ 遥かなる帰還
花村萬月　ゴッド・ブレイス物語
花村萬月　渋谷ルシファー
花村萬月　風　転(上)(中)(下)
花村萬月　虹列車・雛列車
花村萬月　鏨《あ》娥《が》哢《る》妊《た》(上)(下)
花村萬月　日蝕えつきる
花村萬月　花　折
花村萬月　GA・SHIN！ 我・神
花家圭太郎　八丁堀春秋
花家圭太郎　八丁堀春秋 日暮れひぐらし
帚木蓬生　エンブリオ(上)(下)
帚木蓬生　インターセックス
帚木蓬生　賞の柩
帚木蓬生　薔薇窓の闇(上)(下)
帚木蓬生　十二年目の映像
帚木蓬生　天に星 地に花(上)(下)
帚木蓬生　安楽病棟
帚木蓬生　やめられない ギャンブル地獄からの生還
帚木蓬生　ソルハ
浜田敬子　働く女子と罪悪感 「こうあるべき」から離れたら、もっと仕事は楽しくなる
濱野ちひろ　聖なるズー
浜辺祐一　こちら救命センター 病棟こぼれ話
浜辺祐一　救命センターからの手紙 ドクター・ファイルから
浜辺祐一　救命センター当直日誌
浜辺祐一　救命センター部長ファイル
浜辺祐一　救命センター「カルテの真実」
浜辺祐一　救命センター カンファレンス・ノート
葉室麟　冬姫
葉室麟　緋の天空
葉室麟　蝶のゆくへ
早坂茂三　政治家 田中角栄
早坂茂三　オヤジの知恵
早坂茂三　田中角栄回想録
林修　受験必要論 人生の基礎は受験で作り得る
林望　リンボウ先生の閑雅なる休日
林真理子　ファニーフェイスの死
林真理子　トーキョー国盗り物語
林真理子　東京デザート物語
林真理子　葡萄物語
林真理子　死ぬほど好き
林真理子　白蓮れんれん
林真理子　年下の女友だち
林真理子　グラビアの夜
林真理子　失恋カレンダー
林真理子　本を読む女

## 集英社文庫　目録（日本文学）


林真理子　女文士
林真理子　フェイバリット・ワン
林真理子　我らがパラダイス
早見和真　ひゃくはち
早見和真　6 シックス
早見和真・文　かのうかりん・絵　かなしきデブ猫ちゃん
早見和真　ポンチョに夜明けの風はらませて
早見和真・文　かのうかりん・絵　かなしきデブ猫ちゃん　マルの秘密の泉
原宏一　ムボガ
原宏一　かつどん協議会
原宏一　極楽カンパニー
原宏一　シャイン！
原民喜　夏の花
原田ひ香　東京ロンダリング
原田ひ香　ミチルさん、今日も上機嫌
原田ひ香　事故物件、いかがですか？　東京ロンダリング

原田マハ　旅屋おかえり
原田マハ　ジヴェルニーの食卓
原田マハ　フーテンのマハ
原田マハ　リーチ先生
原田マハ　丘の上の賢人　旅屋おかえり
原田宗典　優しくって少しばか
原田宗典　スバラ式世界
原田宗典　しょうがない人
原田宗典　日常ええかい話
原田宗典　むむむの日々
原田宗典　元祖スバラ式世界
原田宗典　十七歳だった！
原田宗典　本家スバラ式世界
原田宗典　平成トム・ソーヤー
原田宗典　大サービス
原田宗典　すんごくスバラ式世界

原田宗典　幸福らしきもの
原田宗典　笑ってる場合
原田宗典　はらだしき村
原田宗典　大変結構、結構大変。ハラダ九州温泉三昧の旅
原田宗典　吾輩ハ作者デアル
原田宗典　私を変えた一言
春江一也　プラハの春（上）（下）
春江一也　ベルリンの秋（上）（下）
春江一也　カリナン
春江一也　ウィーンの冬（上）（下）
春江一也　上海クライシス（上）（下）
ロジャー・パルバース　早川敦子・訳　驚くべき日本語
半田畔　ひまりの一打
坂東眞砂子　桜雨
坂東眞砂子　曼《まん》荼《だ》羅《ら》道《とう》
坂東眞砂子　快楽の封筒

# 集英社文庫　目録（日本文学）


坂東眞砂子　花の埋葬　24の夢想曲
坂東眞砂子　鬼に喰われた女　今昔千年物語
坂東眞砂子　逢はなくもあやし
坂東眞砂子　傀《く》儡《ぐつ》
坂東眞砂子　くちぬい
坂東眞砂子　朱鳥《あかみどり》の陵《みささぎ》
坂東眞砂子　眠る魚
坂東眞砂子　真昼の心中
坂東眞理子　上野千鶴子　女は後半からがおもしろい
半村良　雨やどり
半村良　かかし長屋
半村良　すべて辛抱(上)(下)
半村良　産霊《むすび》山《のやま》秘録《ひろく》
半村良　石の血脈
半村良　江戸群盗伝
ビートたけし　ビートたけしの世紀末毒談
ビートたけし　ザ・知的漫才　結局わかりませんでした
ビートたけし　アナログ
東憲司　めんたいぴりり
東直子　水銀灯が消えるまで
東野圭吾　分身
東野圭吾　あの頃ぼくらはアホでした
東野圭吾　怪笑小説
東野圭吾　毒笑小説
東野圭吾　白夜行
東野圭吾　おれは非情勤
東野圭吾　幻夜
東野圭吾　黒笑小説
東野圭吾　歪笑小説
東野圭吾　マスカレード・ホテル
東野圭吾　マスカレード・イブ
東野圭吾　マスカレード・ナイト
東山彰良　路傍
東山彰良　ラブコメの法則
東山彰良　DEVIL'S DOOR
東山彰良　越《ユエ》境《ジン》
樋口一葉　たけくらべ
ひずき優　雨瀬シオリ・原作　小説　ここは今から倫理です。
ひずき優　小説　最後まで行く
備瀬哲弘　精神科ER　緊急救命室
備瀬哲弘　うつノート　精神科ERに行かないために
備瀬哲弘　精神科ER　鍵のない診察室
備瀬哲弘　大人の発達障害　アスペルガー症候群、AD/HD、自閉症が楽になる本
備瀬哲弘　精神科医が教える「怒り」を消す技術
備瀬哲弘　もっと人生ラクになるコミュ力UP超入門書
日髙敏隆　世界を、こんなふうに見てごらん
日髙敏隆　ぼくの世界博物誌
一雫ライオン　小説版　サブイボマスク

## 集英社文庫　目録（日本文学）

一雫ライオン　ダー・天使
一雫ライオン　スノーマン
日野原重明　私が人生の旅で学んだこと
響野夏菜　ザ・藤川家族カンパニー　あなたのご遺言、代行いたします
響野夏菜　ザ・藤川家族カンパニー2　ブラック婆さんの涙
響野夏菜　ザ・藤川家族カンパニー3　漂流のうた
響野夏菜　ザ・藤川家族カンパニーFinal　嵐、のち虹
氷室冴子　冴子の母娘草
姫野カオルコ　みんな、どうして結婚してゆくのだろう
姫野カオルコ　ひと呼んでミツコ
姫野カオルコ　サイケ
姫野カオルコ　すべての女は痩せすぎである
姫野カオルコ　よるねこ
姫野カオルコ　ブスのくせに！　最終決定版
姫野カオルコ　結婚は人生の墓場か？
平岩弓枝　釣女　花房一平捕物夜話
平岩弓枝　女櫛　花房一平捕物夜話
平岩弓枝　女のそろばん
平岩弓枝　女と味噌汁
平松恵美子　ひまわりと子犬の7日間
平松洋子　野蛮な読書
平谷美樹　賢治と妖精琥珀
平山夢明　他《ひ》人《と》事《ごと》
平山夢明　暗くて静かでロックな娘《チャンネー》
平山夢明　あむんぜん
広小路尚祈　今日もうまい酒を飲んだ　～とあるバーマンの泡盛修業～
ひろさちや　現代版　福の神入門
ひろさちや　ひろさちやの　ゆうゆう人生論
広瀬和生　この落語家を聴け！
広瀬隆　東京に原発を！
広瀬隆　赤い楯　全四巻
広瀬隆　恐怖の放射性廃棄物　プルトニウム時代の終り
広瀬隆　日本近現代史入門　黒い人脈と金脈
広瀬正　マイナス・ゼロ
広瀬正　ツィス
広瀬正　エロス
広瀬正　鏡の国のアリス
広瀬正　T型フォード殺人事件
広瀬正　タイムマシンのつくり方
広谷鏡子　シャッター通りに陽が昇る
広中平祐　生きること学ぶこと
アーサー・ビナード　出世ミミズ
アーサー・ビナード　空からきた魚
マーク・ピーターセン　日本人の英語はなぜ間違うのか？
深川峻太郎　キャプテン翼勝利学
深田祐介　翼の時代　フカダ青年の戦後と恋
深谷敏雄　日本国最後の帰還兵　深谷義治とその家族
深町秋生　バッドカンパニー

# 集英社文庫　目録（日本文学）


深町秋生　オーバーキル　バッドカンパニーII
深町秋生　スリーアミーゴス　バッドカンパニーIII
深緑野分　カミサマはそういない
福田和代　怪物
福田和代　緑衣のメトセラ
福田和代　梟の一族
福田和代　梟の胎動
福田和代　梟の好敵手
福田隆浩　熱風
ふくだももこ　おいしい家族
福本清三　小田豊二　どこかで誰かが見ていてくれる　日本一の斬られ役　福本清三
藤井誠二　沖縄アンダーグラウンド　売春街を生きた者たち
藤岡陽子　金の角持つ子どもたち
藤岡陽子　きのうのオレンジ
藤島大　北風　小説　早稲田大学ラグビー部
藤田宜永　はなかげ
藤野可織　パトロネ
藤本ひとみ　快楽の伏流
藤本ひとみ　離婚まで
藤本ひとみ　令嬢テレジアと華麗なる愛人たち
藤本ひとみ　ブルボンの封印(上)(下)
藤本ひとみ　ダ・ヴィンチの愛人
藤本ひとみ　マリー・アントワネットの恋人
藤本ひとみ　令嬢たちの世にも恐ろしい物語
藤本ひとみ　皇后ジョゼフィーヌの恋
藤原章生　絵はがきにされた少年
藤原新也　全東洋街道(上)(下)
藤原新也　アメリカ
藤原新也　ディングルの入江
藤原美子　我が家の流儀　藤原家の闘う子育て
藤原美子　家族の流儀　藤原家の褒める子育て
布施祐仁　三浦英之　日報隠蔽　自衛隊が最も「戦場」に近づいた日
船戸与一　猛《たけ》き箱舟(上)(下)
船戸与一　炎　流れる彼方
船戸与一　虹の谷の五月(上)(下)
船戸与一　降臨の群れ(上)(下)
船戸与一　河畔《かはん》に標《しるべ》なく
船戸与一　夢は荒れ地を
船戸与一　蝶舞う館
古川日出男　サウンドトラック(上)(下)
古川日出男　gift
古川日出男　あるいは修羅の十億年
古川真人　背高泡立草
辺見庸　水の透視画法
保坂展人　いじめの光景
保坂祐希　ビギナーズ・ライブ！
星野智幸　ファンタジスタ
星野博美　島へ免許を取りに行く

集英社文庫

四郎《しろう》の城《しろ》 キリシタン戦記《せんき》

2024年7月25日 第1刷 定価はカバーに表示してあります。

著　者 袴田康子《はかまたやすこ》

発行者 樋口尚也

発行所 株式会社 集英社
東京都千代田区一ツ橋2-5-10 〒101-8050
電話 【編集部】03-3230-6095
【読者係】03-3230-6080
【販売部】03-3230-6393(書店専用)

印　刷 TOPPAN株式会社

製　本 TOPPAN株式会社

フォーマットデザイン アリヤマデザインストア　マークデザイン 居山浩二


ISBN978-4-08-744677-7 C0193